新宿物語'70《ななまる》

Shinjyuku Story '70

Takabe Tsutomu

高部 務

光文社

新宿物語'70

目次

装幀　泉沢光雄
写真　渡辺克巳

第一話

香具師のテツ

ピンクのアドバルーンが夏空に浮かんでいる。紅白のストライプ柄の衣装をまとった男が自分の背より高い一輪車に跨《またが》り路上を走り回り、手前では黒装束の男が三本のトーチに火を点《つ》けて次々に宙に放り投げる。落ちてきたトーチを一瞬にして投げ返し空中で火の輪を描く。

それだけではない。真っ赤な炎が口から勢いよく噴き出された。

「ママ、あの人死んじゃうわ〜」

母親に手を引かれた女の子が驚きの声をあげた。

新宿駅東口前から、伊勢丹《いせたん》デパートのある新宿三丁目交差点までの新宿通りが、日曜日になると車を遮断して歩行者に開放されている。騒音をまき散らす車が姿を消すだけで、街はこんなに和《なご》むものなのか。

ビルの谷間に出現したこの空間に椅子やテーブルが置かれ、朝から買い物客や家族連れが繰り出し大道芸人があちこちで通行人の目を楽しませている。

マイカー時代の到来とともに訪れた車社会は生活を便利なものにしたが、大気汚染や交通事故の増加など良いことばかりではない。

初の革新都政として登場した美濃部《みのべ》亮吉《りょうきち》知事が、道路を人々に開放してはどうかと提案し実施されたのが、一九七〇年の八月から始まった『歩行者天国』だ。新宿ばかりではなく銀座、池袋、浅草の繁華街でも時を同じくして歩行者天国が登場した。

僕は、夕方になると東口の地下道に座って詩集『さりげなく』を売っているが歩行者天国の日は驚くほどの人通りだ。

この人出を見込み、夕方を待たずに地下道に座るようになった。座ってみると期待外れで、人混みに押されて僕の前で足を止めてくれる悠長な通行人などいない。

そのうえ表通りの賑《にぎ》やかさと違い、地下道の暗さがやたら陰湿に思えて気が滅入った。

僕は歩行者天国となっている紀伊國屋《きのくにや》書店の前の通りに移動することにした。自由な空気を満喫している通行人には、詩集売りなど辛気臭く見えるのか一向に目を向けてくれない。二週間続けてみたがさっぱりだ。さりとて地下道に引き返す気も起こらず、通行人の数が多少は減るが、西口の小田急《おだきゅう》百貨店の地下道に続く階段の手前の踊り場に座ることにした。

東口のグリーンハウスにたむろするフーテンも、あまりの人混みに食い扶持とするカンパもままならなくて逃げ出したのか、僕より先着でその場を占めていた。

それもそのはずだ。日当たりの良いこの場所には乾いた明るさがある。

アンパン（シンナー）を吸う女と男がショーウインドーに凭《もた》れかかり、唇を重ねあって離れない。ナポレオンヘアの男は朦朧《もうろう》とした意識で通行人を眺めている。フーテンたちの衣服は、いずれも汚れて汗臭く周囲の空気を澱《よど》ませている。

爽やかな空間を売りにするデパートは、店の前でこんな風体の人間たちにたむろされては迷惑千万であろう。

警備員が回って来た。

「ちょっと、この場所に居座られたんじゃ困るんだ。他所《よそ》に行ってくれないかなぁ」

寝そべっていた一人が起きあがると、デパートのコンクリート壁と道路との間に引かれた境界線を指した。

「おっさん、悪いけどこの線の外側は公道じゃないの。公道に座っているだけで誰に文句付けられる筋合いがあんの」

その言葉を聞いた仲間が集まってきた。玩具《おもちゃ》を与えられた子供のように警備員を取り囲んだ。自分たちの権利を主張して引き下らない。警備員は多勢に無勢で勢いに押されて退散した。

フーテンは、自分たちの空間を自力で確保した勢いでご機嫌だ。

再び腰を下ろすと、ポケットから疲労回復効果があるとして売られている清涼飲料水の瓶を出し、蓋を外してビニール袋に液体を流し込む。アンパンだ。ビニール袋に空気を吹き込むと両手で包み口に押し付けて大きく吸い込む。同じ動作を何度も繰り返す。

西日に照らされた男の顔が呆《ほう》けたように緩んでくる。

通行人に向ける視線が定まらない。立ち上がるとKOを喰《く》らったボクサーのようによろけてアスファルトにくずおれた。再び立ち上がると、遠巻きに眺める通行人の前に出た。

「な、カンパしてくれよ。今日はまだ何も喰っていないんだ」

そう言って大袈裟《おおげさ》に腹を押さえる。

露骨に迷惑顔をする者もいるがあまりの哀れっぽさが同情を引くのか百円玉を渡す者もいる。

アンパンの匂いが風に乗って僕のところにも流れてきた。

短髪に銀縁メガネの男が、白いポロシャツにタータンチェックの伊勢丹デパートの買い物袋を提げて近づいて来た。

「あれあるよ、今夜の分どう」

フーテンの一人一人に囁《ささや》きながら歩く。アンパンの売人だ。グリーンハウスで何度か見かけたことがある。こいつは稼《しの》ぎがあるだけにフーテンたちよりはるかに身なりが良い。

アンパンは一本三百円が相場だ。先刻の男が、通行人から貰った百円玉を三つポケットから出した。売人が袋から清涼飲料水の瓶を渡した。

僕は、グリーンハウスで顔見知りのアンパンの常習者にその入手経路を訊《き》いたことがある。街の塗装屋からアンパンの一斗缶を三千円で譲り受ける。一斗缶は、清涼飲料水の瓶に詰めると二百五十本分が取れるという。

一斗缶一本で、換算すると約七万五千円の売り上げになるわけだから相当ぼろい儲けになる。そんなことはともかく詩集売りとしては近くでこんなことをされては商売にならない。壁に貼った詩集の宣伝用ポスターを剝がして踊り場の反対側に座ることにした。

道を隔てた歩道の斜め前で、坊主頭にダボシャツで雪駄《せった》履きの男が、みかん箱を並べその上にベニヤ板を載せた即席店舗を作ってスカーフや靴下を売っている。露天商の香具師でトランジスターラジオから流れる歌を聴いている。

春に春に追われし　花も散る
酒《きす》ひけ酒《きす》ひけ　酒暮《きすぐ》れて
どうせ俺らの　行く先は
その名も　網走番外地

『網走番外地《あばしりばんがいち》』だ。高倉健《たかくらけん》主演の映画『網走番外地』が人気を呼びシリーズ化されて健さんの歌う主題歌『網走番外地』もヒットしていた。

ダボシャツは健さんがよっぽど好きなんだろう。スクリーンの中で無法者を相手にする健さんになりきっているのか、歌詞を口ずさみながら肩を怒らせ体を横に振り始めた。僕と視線が合うとバツが悪そうに下を向いた。それでも体の揺れは止まらない。

僕は、拾った朝刊を広げた。

「シンナー遊びが小学生まで蔓延《まんえん》」

三面記事にこんな見出しが載っていた。

警視庁が補導したアンパン常習者は、二年前（一九六八年）の二万人から毎年一万人近く増え続け、七〇年の今年は四月末までに既に一万二千人となりこのままだと四万人に迫る勢いだと書かれている。

目の前のフーテンたちのラリパッパぶりを見ているとその数字も頷《うなず》ける。

ラジオの曲がクレージーキャッツの『スーダラ節《ぶし》』に変わった。植木等《うえきひとし》のシーチョーな歌声が流れると空気まで軽くなる。

僕もつられて口ずさんだ。

和らいだ空気を切り裂いて、いきなりサンドバッグを叩《たた》きつけるような鈍い音が響いた。絞り出すような呻《うめ》き声と同時にドサッと地べたに何かが落ちる音がした。振り向くと路上に倒れているのはアンパンの売人だった。ダボシャツの雪駄が男の顔を踏みつけている。

メガネが落ちレンズが路上に砕け散っている。口元から流れ出た鮮血がポロシャツに飛んで斑《はん》点《てん》を作っている。

路上に落ちた買い物袋から、清涼飲料水の瓶が何本も飛び出して転がっている。ダボシャツが、売人から買ったアンパンの瓶を握りしめているフーテンに手招きした。

恐怖心からだろう。足元がふらついている。フーテンは胸倉を摑《つか》まれた。

「このブツは、こいつから買ったんだな」

怯《おび》えた顔が小さく頷いた。踏みつけていた顔から雪駄を離し反動をつけて顔を蹴り上げると、雪駄が宙に舞った。同時に声にならない悲鳴が上がった。

「てめえ何のつもりだ。俺んとこの縄張《シマ》りを荒しゃがって」

失禁したようだ。売人のズボンの前が濡れている。

よろけながら立ち上がると、白い歯が二本路上に落ちていた。

「すみません。勘弁してください」

折れた歯の隙間から小さな声を絞り出した。

ダボシャツは売人のズボンのポケットから財布を抜き取った。財布は鰐皮《わにがわ》だった。

女の膝枕で寝転んでいた男の姿が消えている。フーテンたちは逃げ足が速い。売人は口から血を流し片目が潰れかけたように腫《は》れている。ダボシャツは正面にある公衆電話の前まで男を引きずって行くと受話器を取った。男の胸倉を摑んだまま露店に戻って暫《しばら》くすると、黒塗りの日産ブルーバードが露店のある路肩に横付けに停まった。角刈りと坊主頭がドアを開けて降りてきた。

角刈りは黒いダボシャツで坊主頭は無地の白いTシャツだ。

「お疲れさんです。サブさん、ふざけた真似《まね》をしていたのはこの野郎なんです」

サブと呼ばれた黒いダボシャツは兄貴分のようだ。

坊主頭の鉄拳が売人の耳元に飛んだ。小さく唸り声を発すると路上に腰からくずおれた。通行人は遠巻きに怖ごわと眺めて通り過ぎる。坊主頭が倒れた男の手を逆捻りにして立たせて車に押し込むと、角刈りが運転席に乗り込んでエンジンをかけた。

残されたダボシャツは車を見送るとゴミでも払うように両手をポンポンと叩いた。売人の口から流れ出た血が通行人の足で踏みつけられ、折れた二本の白い歯がアスファルトの上に転がっている。

怖すぎる。僕は詩集をバッグに仕舞って僕も退散する準備に入った。

顔を上げるとダボシャツが立っていた。

大柄ではないが締まった体をしている。

角ばった顔に太い眉毛。目尻の横に付いている疵痕《きずあと》の縫い目が凄味《すごみ》を増している。

「お前さん、誰に許可取ってこんなことしてんの？」

首を左右に振りながら言った。雪駄で蹴り上げられた売人の歪んだ顔が浮かんだ。怖くて正面を向けない。売人が喰らった重い鉄拳を覚悟して下から覗《のぞ》くように顔を上げた。

「ここはうちの縄張りなんだよ。勝手にこんなことされちゃ困るんだよ。商売しようというんなら場所代《しょば》貰《もら》わなくちゃいかんしな」

体が固まって動かない。縄張り、場所代。ヤクザが使う用語を持ち出されては対応する言葉が見つからない。目線が合えば一発喰らうのは間違いなしだろう。顔を下に向けたまま壁のポスターを剝がした。

僕たちの動きを通行人が遠巻きに眺めている。

「すみませんでした。知らずにこんなことをしてしまい申し訳ありません」

これだけをようやく絞り出した。脇の下に冷たい汗が流れている。

「兄ちゃん、こういう物って売れるもんなんか」

この日は二時間で十六冊売れていた。その通り答えた。

「そうかぁ、俺が売っているスカーフの枚数よりも売れてるんだ。随分と売れるもんだなぁ」

売人をどやした声と違って柔らかい声になっている。

「学生さんかい」

「はい」

「じゃ、学費稼ぎでやってんだ」

親からの仕送りでは足りず、生活費の足しに自分で書いた物を売っていると答えた。

「自分で稼いだ金で勉強しているんだ。そうか、偉いなぁ」

話が妙な方向に展開してきた。

「さっきの野郎、俺の目の前でアンパンを売り捌《さば》くような真似しやがるから、組の事務所まで引っ張ったんだ。あんなことされちゃ俺たちの稼業は示しが付かないんだよ」

そう言いながら、詩集を一冊手に取った。

「『さりげなく』だって。随分と洒落《しゃれ》た名前だなぁ。兄ちゃんセンスいいよ。で、これの原価はいくらくらいするもんなの」

百円で売っているが、原価はわら半紙代と一枚三十円の表紙のラシャ紙代。ラシャ紙は三十円といっても一枚で表紙が六枚分取れる。

印刷代は先輩が勤務している中野《なかの》区役所の労働組合の印刷機を借りているから経費はかからない。

原価はざっと計算して一冊七円くらいのものだ。

「そりゃ安いな。てことは一冊で九十三円儲かるんだ。難しいことは分からないけど、兄ちゃんいいとこに目をつけたよ。今日も二時間で千五百円の儲けか。座って本を読みながら、日雇いの連中の半日分を稼いじゃうってことだ。随分と割がいい商売なんだ」

妙な感心をされた。が、僕は一刻も早くこの場を離れたかった。

「すみません。もうしませんから」

僕は頭を下げた。

「頭を下げることないよ。俺は駄目だなんて言ってないんだから。商売するんならもっと続けてもいいんだぜ」

ダボシャツは自分をテツと名乗った。凄味を利かせている顔の傷も、こんな言葉を投げかけられると気にならなくなるから不思議なものだ。

「ここは俺の組のシマで、あんな物を目の前で売られたら黙っている訳にはいかないんだよ。だけど、学生さんが生活の足しに詩を売っているとなりゃ、やめろとは言えないもんな」

僕は神妙に聞いていた。

テツが説明を始めたヤクザの縄張りとは、ヤクザ同士で取り決めた一定の地域内で発生する諸々の利益に結びつく利権を指すということだ。

特定の組が持つ縄張り内で出店やギャンブルの胴元を張るには、縄張りとする組に許可を得なければならない。許可を得るには場所代が生じる。これを無視することは縄張り荒らしとなる。ヤクザは、縄張りの中で上がる利益を稼ぎとして組の運営に当てるわけで「縄張り荒らし」はそのまま組に対しての挑戦状となる。

そんなわけで、売られた喧嘩《けんか》は買わなければ、組の存続もおぼつかなくなる。

ヤクザが起こす抗争の殆《ほとん》どは、こうした縄張り争いに端を発しているという。テツがアンパンの売人を締め上げたのは、縄張り荒らしに対するけじめだった。そこまで説明されると、詩集売りといえども明らかな縄張り荒らしになる。僕の出店を組の兄貴分から説明を求められたとき「知りませんでした」では申し開きができない。縄張りを預かる組織の一員としてテツのとった行動は至極当然というわけだ。

テツは三か月ほど前に起きたという縄張り荒らしの一件を付け加えて教えてくれた。

新宿御苑《ぎょえん》前のマンションの一室で、組に届け出なしに競馬の馬券屋《のみや》を始めた男たちがいた。情報を耳にした組の者が、客を装って電話で馬券を注文し場所を確認してから事務所に乗り込んだ。

そこにいた電話番の男を縛り上げ、有り金を集めて大久保《おおくぼ》の組事務所に連れて行った。素人がヤクザに囲まれて凄まれると、先ほどの一部始終を目撃した後だけにその恐怖心は想像しただけでも震え上がる。男を締め上げてノミ行為についての詰問《きつもん》を始めた。

そこに組の親分からの電話が入った。その電話に気を取られている際に男が組事務所の窓から外を見ずに飛び降りた。組事務所は三階にある。敵対する組織の殴り込みや不審者の進入を防ぐため、事務所の建物周辺に塀を張り巡らせ、塀の上面に先端が槍《やり》状に尖った忍び返しの鉄の棒を嵌《は》め込んでいる。知らずに飛び降りた男は、真っ逆さまにその忍び返しの上に落ちる羽目となった。

二本の忍び返しが男の腹部を貫通して背中につき出ていた。

「凄い悲鳴が上がったものだから、兄貴が窓に走り寄って下を見ると男の体が串刺しになっていたと言うんだ。声にならない呻き声を上げ、魚のように体をばたばた震わせる姿が恐ろし過ぎて窓を閉めちゃったと言うんだ」

テツはそこまで喋《しゃべ》ると話を切って煙草に火を点けた。

救急車を呼んだが、救急隊員も体を貫通している忍び返しから体を抜くのを嫌がり警察に助けを求めたという。ようやく体を忍び返しから引き抜いたときには息の根が止まっていた。

遺体を片付けた後の忍び返しには肉片がこびり付いていた。

「兄貴も舎弟も嫌がって傍《そば》に近寄らないんだ。しょうがないから俺が忍び返しを雑巾で拭いたんだけど、赤く千切れた肉片がひだのように残っていて、これが人間のものかと思うと気色悪すぎたんだよ。あんなことは二度と御免だな」

警察の調べでは、死んだ被害者は自分で勝手に飛び降りたのか組員が手を下したのか、そこが焦点になったという。

「事務所に連れ込んだことが不法監禁として成立しても、殺人罪で持っていかれるか脅迫罪で逃れられるか。そこが罪の重さの境界線になるんだ」

そう言うと深く煙草を吸いこんだ。

「単に、縄張り荒らしについての追い込みだけなら脅迫罪だけど、生かすの殺すのと言ってしまうと殺人罪になるんだ。殺人罪と脅迫罪で起訴されたときの刑期が大幅に違ってくるからな。堅《かた》気《ぎ》相手の場合、脅かしだけなら殺すを使ってもいいが、危害を加えたりおとしまえが必要なときには使わないんだ。事件になったとき、それを使ったことがバレると罪状に殺人未遂が加えられる。これが付くととんでもなく懲役が長くなるからそれは避けるんだ」

その事件は被害者が死亡したが、自分で逃げ出した結果の死亡事故として監禁罪と脅迫罪だけで収まったという。身の毛立つ話だ。

僕は帰ろうとバッグを肩に掛けた。

「いいんだよ、もっと続けなよ」

そう言って止められた。これ以上関わりたくない。とはいえ、このまま帰ってはテツのメンツを潰してしまうことになるのかも……。余計な揉《も》め事を起こしたくもなくポスターを貼り直して詩集を並べた。

「暇だからこれ読ませてよ。読み終わったら返すから」

そう言って詩集を手にするとテツは自分の売り場に戻った。

西日が浄水場の向こうに沈み始めていた。

「駄目だ。俺には難しすぎて何が書いてあるのかさっぱり分からねえや」

神妙な顔でテツが詩集を返しに来た。

暫くすると、今度は両手で前を押さえながら落ち着かない表情で僕のところに走り寄ってきた。

「こればかりは我慢できねえや。地下の便所に行ってくるから、俺が戻って来るまで店を見張っててよ」

階段を駆け下りる。雪駄の裏の鉄鋲《てつびょう》が階段のコンクリートに当たって派手な金属音が木霊《こだま》するように聞こえてきた。

香具師に近づきたくはないが、日曜日は地下道に座っていても詩集は売れない。

ここに座ると結構売れるから背に腹は代えられない。やむなくここで店開きをすることにする。

久しぶりにミノルと歌声喫茶『カチューシャ』に行った。

『カチューシャ』はコマ劇場の一筋東側、歌舞伎町《かぶきちょう》公園の三軒隣にある。アコーディオンとギターの伴奏に合わせて、ロシアの民謡から日本の童謡、流行歌まで何でもありのレパートリーで歌唱リーダーと客とが一体となって大声を張り上げる。

ミノルと僕も『トロイカ』や『ステンカ＝ラージン』などを童心に返って歌った。西武《せいぶ》新宿駅前にある『灯《ともしび》』とこの店は歌声喫茶として人気を二分している。大声を張り上げると程良い運動となり汗をかくし腹も減る。僕たちは二時間ほどで店を出た。

「今日はろくな女がいなかったな。ペケだよ」

歌舞伎町通りで、夜になると自作自演のエロ写真を売り捌いているミノルは、どんな遊び先でも常に家出娘に目を光らせる根っからのスケコマシだ。熱気溢《あふ》れる店内から出ると、繁華街を通り抜ける風も爽やかに感じる。

「飯でも喰って、ゴールデン街に流れるか」

「そうだな、この時間じゃ麻雀《マージャン》の面子《メンツ》も立たないし。軽く飲んで引き上げることにしようぜ」

歌舞伎町公園の斜め向かいにある『つるかめ食堂』に向かった。

不夜城・歌舞伎町は、九時を回ったばかりのこの時間はほんの宵の口だ。酔いどれや飲店を探して歩く客で通りはごった返している。

ミノルはカレーライスで僕はカツ丼だ。腹拵《ごしら》えを終えて店を出た。

「あ、あれ、な、何?」

女の子の怯えた声が聞こえた。

「わ〜、こっちに向かってくる」

歌舞伎町公園に聳《そび》え立つ欅《けやき》の枝を指して叫んでいる。その方向に目を向けると、ネオンの明かりに照らされた木の枝が緩く揺れ手足の長い生き物が枝から枝にゆっくりと移動している。枝から枝に移動している動きを見るとたぬきでも狐《きつね》でもなさそうだ。黒い生き物が公園のベンチに飛び降りると、その反動を利用して木の枝を見上げていた女の子の肩に飛び乗った。

「キャ〜」

両手をバタつかせるとその生き物はまた欅の枝に飛び移った。

「猿だよ、猿」

集まっていた一人が言った。なるほど、そう言われてみると確かに猿だ。

「怪我《けが》人が出たら大変だ。コマ劇場の横に交番があるから、お巡りさんを呼んできた方がいいよ」

猿の動きを見ていた通行人の一人が交番へ走りだした。場違いの猿騒動に人垣が膨らむ。

お巡りを呼んできたにしろ、飛び回る猿をどうして捕まえるのか。結局はビルの谷間に逃げてしまうだろう。そんなことを考えながら物見遊山で眺めていた。

「高垣《たかがき》、あの猿、モモコじゃないかな」

ミノルが妙なことを言った。

「モモコって。何、それ」

「ほら、海老根《えびね》さんの彼女の千恵《ちえ》さんが連れているペットだよ」

海老根と一緒に雀荘に来る千恵さんが、連れている猿は僕も知っている。千恵さんはいつも猿を抱いて海老根の打つ麻雀を見ている。

そう言われてみると大きさも尻尾《しっぽ》の長さも似ている。

時たま、海老根が一人で連れて来ることもあった。その時は鎖に繋《つな》いで店のソファーに置いたり自分の肩に乗せたりしながら麻雀を打っている。

「モモコ、こっちに来なさい」

ミノルが猿に向かって声をかけた。

「ほらチョコレートだよ。お前の好きなチョコレートだ」

猿まわし一座の座長のような口振りだ。

「どいてどいて、皆さんどいてくださ〜い」

拳銃を腰に携えた交番のお巡りがやってきた。

「確かに猿のようですね。皆さんに怪我があっては大変です。この場は本官に任せてください」

木の枝を見上げながら両手を広げて通行人を公園から遠ざける。

「モモコ、駄目でしょ、言うことを聞かないと」

猿に親しげに話しかけるミノルをお巡りが訝《いぶか》しげに見る。

「あなたは、あの猿のこと知っているんですか」

ミノルは木の上を見たままお巡りに顔を向けようとせずに言った。

「黙って見ていてよ」

ミノルの呼びかけに猿の動きが止まった。

「ほら、チョコレートだよ」

ミノルがジャンパーのポケットからチョコレートを取り出した。

あろうことか、それを見て猿がスルスルと木から下りるとミノルの肩に飛び乗った。ミノルは慣れた手つきで抱きしめる。通行人はぽかんとした顔で見ている。猿は目をパチクリさせながら、ミノルから貰ったチョコレートの包み紙を解くのに夢中だ。

「お前、どうしてこんなところにいるんだ」

お仕置きのように猿の頭を軽く叩いた。

「この猿、あなたの飼っているペットなの？」

「ええ、僕のです。すみません、お騒がせしてしまいまして」

「ここは街の中です。こんなことされたんでは騒ぎになりますんで、逃げられないように注意してくださいね。今度こんなことがあると、始末書を書いてもらうことになりますから」

「分かりました。言うことを聞かなくちゃ駄目だよ、モモコ」

猿の頭を撫《な》でながらお巡りに小さく頭を下げた。

騒動が収まり人垣が解けた。

「お前、いつからこの猿と親しくなったんだ？」

「ま、いいじゃん。それより、海老根さんは今夜も麻雀打ってるんじゃないのかな」

「モモコがここにいるということは麻雀に夢中になって逃げられたんじゃないかな。だとしたら『満元《まんがん》』に行けばいると思うよ」

「そうだな。海老根さん、今頃、モモコに逃げられたと言って大騒ぎしてるんじゃないかな」

『満元』は目と鼻の先で、歌舞伎町東通りにある名曲喫茶『ラークル』の地階だから歩いても三分とかからない。ここは、徹マン（徹夜麻雀）をさせる店でフーテンや新宿に根を張るその筋のお兄さんたちが夜になると集まって来る。もちろん、僕たちもよく使う店だ。

店に続く階段を下りてドアを開けた。相撲取りのような肩幅とパンチパーマの海老根は後ろ姿を見るだけですぐに分かる。

その海老根が壁際の席で打っていた。

「海老根さん、これ千恵さんのモモコじゃないですか」

ミノルの胸に収まる猿を見ると、海老根が大袈裟に牌《パイ》を放り投げて立ち上がった。海老根だけじゃない。客の誰もがミノルを見ている。

「お前、どうしてモモコを抱いてるの？」

海老根が駆け寄ると、それまでミノルの胸に抱かれていたモモコが両手を出して海老根に抱きついた。

「歌舞伎町公園の欅の枝にいて、通行人に飛びかかったりで大騒ぎになってお巡りが来たんですよ。運よくそこに俺が通りかかって捕まえたんですよ」

「あんなとこまで逃げて行ったんだ。それでおとなしく捕まったのか」

「好物のチョコレートを出したんですよ」

「そ〜か、お前は女ばかりじゃなくて猿を捕まえるのも上手《うま》いんだ」

「海老根さん、そういう言い方はやめてくださいよ。実はモモコに逃げられて慌てていたんでしょ」

「そうなんだ。麻雀を打っている俺の肩に止まっていたのに退屈したのか、客が入ってきてドアが開いた瞬間に逃げ出したんだ。ここにいる客のみんなが協力して探してくれたけど、どこに行ったか分からなくてな。結局、諦めていたところなんだ」

一時間前の出来事と言う。

強面《こわもて》の海老根の顔が緩んでいる。

「海老根さん、どうするんですか。全員に満貫《マンガン》分払うんなら、この局をお開きにしてもいいんですよ」

卓を囲んでいる仲間が、待ち切れないと言って催促する。

「あ、そうだったな。わり〜いわり〜い」

パンチパーマを掻《か》きながら仲間に詫《わ》びる。

「もう直《す》ぐここに千恵が来るから、それまでこいつの面倒を見ててよ。それから千恵が来ても、こいつが外に逃げて大騒ぎしてたなんてことは内緒だぞ」

そう言うとミノルに千円札を握らせて雀卓に戻った。

「出た出た、それロンだよ」

「え、またかよう。駄目だ、今夜はついていねぇや」

店内で勝負に打ち込んでいる男たちの声が姦《かしま》しい。

繁華街にある雀荘は、夜が深まるにつれて煙草の煙が立ち込め活気のある言葉が飛び交う。

「モモコおとなしくしていような」

ミノルが話しかける。モモコはチョコレートをもっとくれと言ってミノルのジャンパーのポケットを探している。ミノルがどうしてこんなにモモコと親しいのか。

海老根は歌舞伎町と三丁目の寄席『新宿末廣亭《すえひろてい》』近くのトルコ風呂を経営し、新宿二丁目にはヌードスタジオを何軒かと前衛劇場『ニュー・モダンアート』の経営にも携わっている。

四十を少し回った海老根は新宿界隈の夜の世界の顔役だ。

ドアが開いた。髪を大袈裟にカールさせピンクのワンピースに白いジャケットを着た千恵さんが煙草を咥《くわ》えて入ってきた。

艶のある真紅の口紅の使い方や長いマスカラは素人のそれではなく、この界隈を仕切るヤクザの女としての貫禄をいかんなく発揮している。千恵さんがミノルの前に来た。

「あら、ミノルがあの人に代わってモモコちゃんの子守をしてくれているの。ありがとうね」

モモコが両手をバタつかせて千恵さんの胸に飛びついた。

千恵さんが愛《いと》おしげに頬ずりをする。

「モモコちゃん、おとなしくしてたの?」

そう言いながら海老根の打つ卓に目線を移した。

「税理士さんとの交渉終わったわよ」

「おう、そうか、御苦労さん。助かるよ、お前がいるから」

口ではそう言いながら雀卓からは目を離さない。

千恵さんがミノルの横に座った。

「この前の子、気風が良くてお客さんには大人気よ。スタジオの方もお風呂の方も人手が足りなくて困ってるの。あんたが連れてくる子は素人っぽくてお客さんが喜ぶから助かるの。自分の商売だけじゃなくて、こっちにもいい子いたらお願いね」

千恵さんは、海老根の経営するそれぞれの店の人事面を担当し裏から経営を支えていると聞いている。ミノルと海老根の接点は麻雀仲間としてもだが、それらの店への女の子の斡旋で付き合いが深いのかもしれない。

いつもの千恵さんは、海老根の後ろに座り麻雀を眺めながら持ち込んだウイスキーのボトルを出して卓を囲む仲間の湯飲み茶碗に景気よく注いで回るが、このときは用事があったのか間もなくモモコを連れて帰った。

僕たちは、モモコの思わぬ出現で飲みに行くはずの気勢を削《そ》がれてしまった。

今から麻雀の面子が揃うわけもなくジャズ喫茶『ヴィレッジ・ゲート』に移動した。

「お前、海老根さんとこの店に女を働かせているのか」

「うん、連れて行くよ。だけどトルコ《ルートコ》風呂じゃないよ。スタジオと劇場だ。演劇をしたい子にはモダンアート。自分の体に自信を持っている子はスタジオだな。俺から体を売らせるようなことはさせてないよ。もっとも本人が望めば別だけどな」

グリーンハウスで、家出娘と見ると声を掛けてハントする。

宿を提供して何日か面倒をみたあと、芸能界志望の女の子にはカメラマンと組んでスタジオでプロダクションへの売り込み用のプロモーション写真を撮影する。

「千恵さんも、おれが連れて行く女の子たちと同じような境遇じゃなかったのかな。とにかく、女の子たちの相談に親身になって乗ってくれるから俺も助かるんだ」

千恵さんとミノルとモモコの繋がりが分かった。

「高垣も、家出娘がいたら連れてきなよ。千恵さんは前払い《バンス》も気前よく出してくれるよ」


いつものように、小田急百貨店の脇の通路に座った。

雲ひとつない青空の下で人波を眺めていると、休日の通行人の表情は心なしか穏やかで足の動きも緩やかだ。そんな風景に僕の姿が馴染《なじ》むのか詩集の売れ行きも良い。

読者の感想を聞きたくて、僕の詩集の最後のページには住所を載せ、感想を聞かせて欲しい旨を書き込んである。その効果があって感想の書かれた手紙が時折届く。その文面に目を通すのも街頭詩人としての楽しみだ。昨日は葉書と封筒が一通ずつ送られてきた。それをバッグから出した。封筒の送り主は、北海道の当麻《とうま》という町の女子高校生だ。文面は、「修学旅行で新宿に来た折に地下道で見かけて買った。宮沢賢治《みやざわけんじ》に似た一節がある」と言って褒めてくれている。

褒められるとすぐに有頂天になる。早速礼状を書きたくなった。

バッグから葉書を出しサインペンで宛先を書いた。

僕の前を行ったり来たりしている女の子がいる。詩集の前に立ち止まる通行人でも、買ってくれる客か時間潰しの冷やかしの客かはその所作で判断できる。女の子が膝を曲げて詩集を捲《めく》った。開いたページに目を落とすが活字を追ってのものではない。

この類の客は明らかに買う気がない。時間潰しに寄った通行人だ。細面《ほそおもて》の顔を肩まで伸びた髪が隠している。指で髪を掻き上げた。睫《まつげ》の長い穏やかな顔をしているが唇が乾いていて艶がない。小柄な体を包む紺のトレーナーも黒いジーンズも汚れくたびれて見える。肩に下げているグレーの布製のバッグの中身に膨らみがない。

こうして街頭に座っていると家出少女との出会いはよくある。目の前の女の子は、まさにその類とみた。

相手をすることもなく葉書に書く文面を考えた。

相手が高校生ならどんなことを書くと喜ぶのか。

知っている詩人についての感想なのか、新宿の街の様子なのか。あれやこれや考えていると、詩集を手にしている女の子に声をかけられた。

「当麻に知り合いがいるんですか」

僕が葉書に書いた宛先の地名を口にした。

「知り合いと言うより、この詩集を買ってくれた人から感想が届いたから礼状を書こうと思って」

「当麻は、私が通っていた高校の近くの町で同級生がいました」

当麻は北海道の中央部に位置する観光地、層雲峡《そううんきょう》の近くの町だと言う。

詩集の最後のページに書かれている僕の名前を見て安心したのか自分を可奈子《かなこ》と名乗った。十九歳と言う。

僕は腹が減っていた。歩いて三分とかからないデパートの並びに思い出横丁がある。行きつけの店は、百十円の鯨カツ定食を喰わせてくれる『きくや』だ。

「飯でも喰わないか」

学生なのか家出娘なのか、そんなことはどちらでもいい。とりあえず誘ってみた。

返事がない。僕は壁に貼ったポスターを剝がし詩集をバッグに仕舞い歩きだした。可奈子が後から付いてきた。夕食には少し早い時間だが思い出横丁は混んでいた。

焼き鳥屋から立ち上る甘い匂いの煙が食欲をそそる。

「ここの鯨カツが旨《うま》いんだ。奢《おご》るよ」

可奈子が初めて笑顔を見せた。たっぷりのころもに包まれた鯨カツが堪《たま》らなく旨い。ビールを注文した。グラスを渡すとはにかみながら受け取った。長い睫が人形のように可愛い。

腹ごしらえをしたところで、歌舞伎町に出た。店の壁一面に蔦の絡まる名曲喫茶『スカラ座《ざ》』に入るとシューベルトの『交響曲第八番未完成《みかんせい》』が流れていた。

「学生なの?」

小さく首を振った。

「じゃ家出か。もっとも話したくなければ別に話す必要もないけど、ここにいたければいてもいいし帰りたければ帰ってもいい。好きにしたらいいよ」

それだけ言うとノートを広げてボールペンを握った。

僕は可奈子に自分の日常を話した。大学をドロップアウトして仕送りを止められ、仕方なく詩集を売って生活費に充てている。部屋はあるがフーテンしていて時々しか帰らない。今日もフーテンする予定だと言った。

「一緒にいても邪魔ではないですか」

僕の顔を覗き込むように訊いてきた。僕は黙って頷くと散文を書き始めた。可奈子はバッグの中の詩集を見せて欲しいと言った。詩集を渡すと暫く眺めていたが、ページの空間にイラストを描き始めた。

『天井桟敷《てんじょうさじき》』や『状況劇場《じょうきょうげきじょう》』のポスターを手掛けている宇野亜喜良《うのあきら》の耽美《たんび》的なサイケデリック風な構図の絵だった。

眉毛のない女の顔の唇と髪の毛に赤い色を上手く使っている。

「詩の横にこんなイラストを入れると、詩集を買ってくれるお客さん喜んでくれるんじゃないですか」

なるほど。イラストが入るとページが見違えるほど立体的に見えてくる。

イラストの説明を聞くと、可奈子はイラストレーターになりたくて美術大学を目指していたと言った。自分の経歴を口にした。父親は地元の市議会議員という。

「女に学問は要らない。結婚して家庭を持つことが女の幸せだ」

の一点張りで進学を認めてもらえず地元のデパートに就職した。

そこまでは親に従った。

「私の知らない間に、議員仲間と親同士で結婚を決めてしまったんです。挙式がこの十一月に決まって、それがどうしても嫌で一週間前に家を出たんです。そんなことがありますか？」

そう言ってコーヒーカップを握りしめている。

「宇野亜喜良さんが好きで、働きながらイラストの勉強をしてみたいんです」

夢を語りだすと暗く沈んでいた目に小さい光が宿った。

音楽でも聴いているほうが気も晴れるだろう。三時間ほどいて、向かいのジャズ喫茶『ヴィレッジ・ゲート』に場所を移した。アート・ブレイキーのドラムが心地よく鳴り響いていた。歌舞伎町の路上に立って似顔絵を描く熊《くま》ちゃんが奥の席で将棋を指している。熊ちゃんは九時を過ぎて店仕舞いをするとここに来てまず将棋の相手を探す。相手が見つかると将棋盤と駒をバッグから出して勝負を強要する。

今夜の相手はどういう風の吹き回しか海老根だった。終局に近いのか盤上の駒が入り混じっている。熊ちゃんの表情は余裕綽々《よゆうしゃくしゃく》で海老根は苦虫を嚙み潰したような顔になっている。戦局は一目瞭然だ。

「おい、街頭詩人、商売のほうはどうだ？」

熊ちゃんに声をかけられた。

人前で街頭詩人、などと呼ばれると恥ずかしすぎる。

「まあ、ぼちぼちですよ」

「お、言うねぇ。ぼちぼちときたかぁ。その表現は関西に行くと儲かってしょうがないという意味だ。詩人てのはそんなに儲かんの」

僕は慌てて首を振った。海老根がパチ～ンと音を立てて飛車を熊ちゃんの角筋から逃がした。

「はい、それじゃあ俺はここに金打ちといきますよ」

涼しい顔で熊ちゃんが王将の筋に金を打った。

「熊、ちょっと待った、ちょっと待ってよ」

海老根が哀願口調になって熊ちゃんを見る。

「駄目ですよ、さっきから何回待ったしてんですか」

「ちょっと、考え違いしただけだよ」

「武士に二言はないんでしょ」

熊ちゃんの顔を恨めしげに見る。

「熊、お前ねぇ、歌舞伎町で商売してられるのは誰のおかげだと思ってんの」

「またそれ。ずるいよ、負けそうになるとすぐにそれを出すんだから。俺の描く絵の芸術性を認めてくれないの。俺は、伊達や酔狂で街頭で絵を描いているんじゃないんですから。芸術の探求者として似顔絵を描いているんです。ヤクザだって、少しは俺の芸術を認めて応援してくれたって罰は当たらないと思うけどねぇ」

「そんなのは知らねえよ。組《うち》の縄張りで商売しているだろ。普通だったら場所代払わなくちゃあならないんだよ。そのあたりのこと分かってんの」

「それとこれとは別でしょ。そんな脅しで待ったをかけてしっかり態勢を立て直しちゃうんだから」

「今度だけだ。もうしないから一回だけ勘弁してよ」

パンチパーマが、長髪の似顔絵描きに両手を合わせて頭を下げる。その光景が堪らなく可笑《おか》しい。

「分かりましたよ」

熊ちゃんがようやく待ったを認めた。

それでも何手か打つと、海老根が駒を将棋盤に放り投げた。

「チェ、面白くねぇや。ほら、持ってけ泥棒」

将棋盤の上に千円札を投げつけた。

「俺、泥棒になっちゃった。勝負で勝って泥棒になるなら負けた時には何て言われるのかなぁ」

「うるせーや、黙って持ってけ」

熊ちゃんが、手刀を切って千円札をポケットに収めた。

「この盗《ぬすっ》人猫《とねこ》め」

「盗人猫でもなんでもいいですよ。エビさん敵討《かたきうち》する気ないんですか。それならもう一局お付き合いしてもいいんですよ」

熊ちゃんはボーイを呼ぶとウイスキーのストレートを二杯注文した。

「一杯奢りますよ」

「ちぇ、面白くねえ野郎だなぁ。しょうがねえ。もう一局だけ相手するよ」

「相手するって、それ俺の言葉じゃございませんか？」

「うるせいやぁ、早くしろいッ」

二人が駒を並べる。セロニアス・モンクからハービー・マンに曲が変わった。それを合図のように、タキシードに蝶《ちょう》ネクタイの男が入ってきた。

「海老根さん、遅れてすみませんでした。ここに置いておきます」

男がポケットからビニール袋を出すと将棋盤の横に置いた。

「ありがとうよ。で、今日の客の入りはどうだ？」

「まあまあです」

声に聞き覚えがあった。顔の疵を見て確信した。新宿駅の西口に露店を出しているテツだ。露店に立っているときのダボシャツとタキシード姿とではまるで別人だ。振り返った僕にテツも気付いた。

「高垣、ここよく来るのか」

「え、ええ、フーテンする夜はここが多いです」

「おたくテツ知ってるの」

海老根に訊かれた。テツの出している露店近くで詩集を売っていることを話した。

「そうか、そういう仕事してると家出娘が寄ってくるだろ。そういう子は仕事を探してるだろうから連絡してよ、悪いようにゃしないから」

顔は怖いが目は笑っている。可奈子の顔が小さく歪《ゆが》んだ。

「確かに田舎から出てきた女の子が、温泉場の熱海だの伊東に行こうって誘われたら、温泉の湯煙が頭にちらついて断らないよね」

熊ちゃんが言葉を挟んだ。

「お前ねぇ、何でも言葉を挟めばいいってもんじゃあないよ」

「一旦抱き込んだら、体を売らせて搾《しぼ》るだけ搾る。搾り取る方は確かに悪くはないよ。でも、搾り取られる身になったら地獄の日々で一生が苦界だよね」

天井に向かって煙草の煙を吐き出す熊ちゃんを、海老根が忌々《いまいま》しげに睨《にら》みつけると、テツもその目線に合わせた。

海老根がテツから渡された袋を開けると、薄いピンクのコンドームが入っていた。指でコンドームを広げ口で空気を送り込んで膨らませると駒を放り投げた。

「熊、俺、仕事が入ったんだ。今日はこれで終わり」

「エビちゃんずるいよ、形勢が不利になったもんだから」

「お前ねぇ、仕事が入ったら何があろうと仕事を優先する。それが人の道というものだろが」

そう言って海老根が立ち上がった。

「こいつが意気地ないもんだから、しなくてもいい仕事が俺に回ってくるんだ」

「すいません」

「こいつはヤクザしているというのに、女に関してはからきし駄目なんだ」

テツは上目使いに海老根を見ながら頭を下げる。

「店に入ってくる新人女の実地指導をさせたいんだけど、どうしてもできないって言うもんだからしょうがなく俺がするわけよ」

西口で露店を出しているテツは、夜になると組が経営するトルコ風呂のフロント業務に就いている。その店で初めて働く子は、本人が経験あると言っても従業員が「実地指導」の名目で相手をさせる。

そつのない接客方法をわきまえているかを見極めるためで、接客に問題なしとみれば即日採用となって働くことになる。指導が必要とみなした場合はサービスの手順を教授する。

手元のコンドームは、この実地指導のためのものという。

「こいつがやってくれれば俺の手間が省けるんだけどよ、気持ちの入らない女とはしたくないんだといって駄目なんだ。ヤクザはどんな女でもヒイヒイ泣かせて、器量ある博打《ばくち》を打つくらいじゃないと大きくはなれない。そう教えてるんだけど駄目なんだ。潔癖過ぎるんだな」

海老根におでこを突《つ》かれたテツはそれでも頭を下げる。

「じゃあ、俺仕事に行ってくるわ」

「それにしても、いいねえ。これすることが仕事になっちゃうんだもの」

熊ちゃんが両手を前に出して女を抱く仕草をした。

「好きな女とするのと、仕事でするのはまったく別物だよ」

そうは言っても海老根の顔は笑っている。

テツが入口に走った。開けられたドアから海老根が出て行く。

「お話聞いていると家族みたい。みんな仲がいいんですね」

海老根の言っていることがどこまでわかっているのか、可奈子の顔が屈託なく笑っている。

それからのテツは西口に座る僕に以前より優しくなった。自分の経歴も隠すことなく教えてくれた。僕より六歳年上だった。福島出身で、集団就職で大田区大森《おおたおおもり》の電気工事店に就職して親方家族と同居して一年半働いた。この間、大学に通う親方の息子に小馬鹿にされ続け堪忍袋の緒が切れて息子を袋叩きにして飛び出してしまった。

行く当てもなく歌舞伎町に出て映画館に入ると隣に座った男に話しかけられた。映画が終わると酒場に誘われた。歌舞伎町東通りの立ち飲み酒場『水野屋商店《みずのやしょうてん》』だ。

男はこの街を縄張りにしている組の香具師だった。

新宿に出てきた理由を話すと、組に入って働く気があるなら取り次いでもいいと誘われた。

ヤクザと聞いて二の足を踏んでいると目の前でこんなできごとが起きた。

自分たちの並びで飲んでいた客がトイレに立つと、入れ替わるように髪がボサボサで寝起きのような顔をした男が店に入って来た。落ち着きなく酒を注文するでもなく辺りを見回していたがカウンターの下の棚に置かれてあるバッグを抱えると店を飛び出した。バッグはトイレに立っている客のものだった。置き引きと咄嗟《とっさ》に判断した香具師が逃げる男に飛びかかって捕まえた。

店の通報で、花園神社《はなぞのじんじゃ》裏にあるマンモス交番からお巡りが駆け付けると香具師が犯人を引き渡した。被害を免れた客が頭を下げると、

「俺は当たり前のことをしただけですよ。特別なことをしたわけじゃありませんから気にしない

でください」

そう言って客が下げる頭を制した。お巡りにも同じ態度で接した。

「俺は間違ったことが許せない性格でな。この世界の人間はヤクザといわれて蔑《さげす》まれるが、ヤクザなんてのは社会の枠にうまく溶け込めない不器用な連中の集まりで、俺もその中の一人さ」

テツは香具師の言う「不器用」の言葉に惹《ひ》かれた。

自分をサブと名乗る男の生き様に惹かれ、誘われるまま組事務所に行くと、その日から事務所詰めの若い衆となり露店に立つようになったという。


可奈子は、僕と知り合った日から僕の部屋に居候している。

僕が詩集売りに新宿へ出ると一緒に付いてくる。

この日、テツが露店に並べていた商品は小さなテーブルウサギだった。不器用な字体で「一匹五百円」と書かれた看板の前で五匹のウサギが千切られたキャベツを食《は》んでいる。テツが並べる売り物はスカーフや靴下、女物の衣類と日によって変わる。

「事務所に忘れ物をしたんだ。ちょっとの間ウサギを見ていてよ」

僕が店番を頼まれたが、隣に座る可奈子がウサギ番を買って出た。露店の前に行くとウサギを手に取って抱きしめキャベツを与えている。ダボシャツのいかつい顔の男が売るより、若い女の子のほうが客も安心するのだろう、人だかりができた。三十分程してテツが戻るとウサギが二匹売れていた。

「姉ちゃんこの仕事向いてるようだな。売り子する気があるなら俺の仕事手伝ってよ」

「私にできますか」

可奈子は前のめりになっている。

テツは、可奈子がどんな境遇にあるか知らない。

十九歳の家出娘は正規の仕事に就くのは難しい。新聞の求人欄を見ても、年齢や家出人という立場が求人広告への応募を足踏みさせていた。

「仕事をする気があるんなら、さっそく明日からでもやってよ。俺は別の仕事があって、昼間ここで商売《バイ》して夜は夜で店のフロント業務があるから姉ちゃんが手伝ってくれると助かるんだ」

フロント業務とはトルコ風呂のことだろう。

昼過ぎにテツが商品を運んで露店をだすと、可奈子が夕方の七時まで店番をすることでバイト代は売り上げの二割という。売れる日には二千円にもなるというから悪い仕事ではない。可奈子が引き受けると、早速翌日から店番に立つことになった。

僕は可奈子の就職を祝ってその日の夕飯の場所に『アカシア』を選んだ。

懐の暖かいフーテン達が寄る洋食店『アカシア』は二幸《にこう》デパートの裏手にある。この店はロールキャベツが売りで、洋風のスープに浮かぶロールキャベツの味が絶品と評判の店だ。

「私、デパートの婦人用品売り場にいたの。だから、女の人の物を売るのって自信があるの」

そう言って僕が注文したビールを飲んだ。

帰り道、可奈子の仕事用にイエローのトレーナーを買った。

翌日、可奈子は僕より早く部屋を出た。露天商を無事にこなせるものなのか。詩集売りをする前に可奈子がいるはずの露店を覗いた。

ベニヤ板の上にスカーフと靴下が並べられ、昨晩買ったトレーナーを着た可奈子が立っていた。足を止める客に近寄ると、客の首にスカーフを巻いて鏡を見せる。小さな鏡は僕の部屋に置いてあるものだった。客は何回か形を変えてスカーフを巻き直すと納得したのか財布を出した。

なるほど、可奈子の客あしらいは素人ではない。

僕は可奈子に声をかけず東口の地下道に向かった。

仕事を終えた可奈子が僕の座る東口の地下道に来た。一枚三百円するスカーフを一万五千円ほど売り上げたと言って胸を張った。

僕の詩集の売り上げと可奈子の稼ぎを入れると軍資金は豊富だ。詩集売りを切り上げて、三丁目にある居酒屋『どん底《ぞこ》』へ向かった。「サントリーホワイト」をボトルで入れて乾杯した。

「私、イラストを基礎から勉強してみたいんです。デザインの専門学校に通えるように貯金できるかなぁ」

ウイスキーに溶ける氷を見ながら言った。

親の定めた生き方に反発して家出した。自力で学校に入り勉強するには入学金が十五万円いる。来年の三月までに働いて貯《た》めたいと言う。

詩集を売る僕と露天商として街頭に立つ可奈子は、仕事が終わると『どん底』や近くにある『猿《さる》の腰掛《こしかけ》』に一緒に出掛けるようになった。

『猿の腰掛』は演劇関係者が多く出入りする居酒屋だ。

隣の席で『状況劇場』の麿赤兒《まろあかじ》と劇団主宰者の唐十郎《からじゅうろう》が飲んでいる。

時代の寵《ちょう》児《じ》と言われ、演劇を目指している若者には圧倒的支持を得ている二人だ。大柄な麿の隣にいる唐十郎が小さく見える。麿とは『風月堂《ふうげつどう》』で同席して何回か話したことがあった。僕が麿に挨拶した。

「今度の舞台面白いよ。良かったら稽古見にきなよ」

麿が誘ってくれた。可奈子は目を輝かせて喜んだ。

露天商の売り上げは思いのほか数字が上がっているようだ。生活に必要なものを少しずつ買い足している。その日、僕の座る東口の地下道に可奈子が千恵さんを伴って顔を見せた。

「詩人さんはここに座っているの、偉いわね。可奈ちゃんが手伝ってくれるおかげで、テツが助かっているのよ。どうもありがとうね」

そう言われても僕は何と答えていいのか分からない。

「一つ、相談と言うより報告に来たの」

千恵さんが言葉を改めた。

「うちのスタジオで働く子が突然辞めちゃったの。可奈ちゃんに相談したところ働いてくれるって言うの。どうかしら？」

新宿二丁目の新宿公園を南北に挟んだ狭い木造建築の多い飲食店街には、二十軒以上のヌードスタジオが犇《ひし》めいている。そこの何軒かを海老根が経営していることは聞いていた。

ヌードスタジオは、客とヌード嬢の入る二畳の部屋がある。客の所要時間は三十分。入店料は二千円で、モデルと経営者の折半。女の子の露出の度合いは客との交渉次第。全裸で応ずる子もいればちょんの間（売春）の相手をする場合もあるようだ。嫌がる女の子にちょんの間を強要した場合、店を経営する筋のお兄さんが出張って収めてくれる。ここで働く女の子たちは、水商売が長くアルコールで体を壊した子や風俗で働き体調を崩した子が多く流れてくる。稀《まれ》に学費稼ぎの女子学生もいると聞いていた。

ヌードスタジオのミソは入店の際、客が画用紙と鉛筆を渡されることだ。これは、警察に踏み込まれた際を想定しての小道具で、現場に踏み込まれたとき、女の子が裸になっていても客が画用紙を手にしていれば「画家のデッサン」と言い逃れができるからだ。

それはそれとして、可奈子が酔いどれ客の前で裸を晒《さら》す。僕には返事のしようがない。

「画家を志している人たちの役に立てるなら、と思って引き受けることにしたんです」

可奈子が健気《けなげ》に答える。

「私が付いているから大丈夫よ、安心して」

仕事場は二丁目のスタジオ『オレンジ』で、この日から働くという。

目標を持った資金稼ぎのためなら反対する理由もない。僕が返事をする前に二人は肩を並べて地下道を伊勢丹デパート方面に歩きだした。

スタジオで働き始めると、仕事の終了時間はまちまちのようで可奈子は帰らない夜もあった。心配したところでどうなるものでもない。そんな日が続くと部屋で顔を合わせても会話がほとんどなくなった。可奈子の持つその匂いが変わっていくのが分かった。僕は麻雀を打ち、ゴールデン街に流れて朝までフーテンをする。そんな日常を続けるしかなかった。

スタジオで働くお姉さんたちは、店の前に立ち通行人に声をかけて呼び込みをする。可奈子もそれをしているはずだ。見てみたい気持ちと見たくない気持ちとが半々にある。詩集売りを終えて腹拵えした後『ヴィレッジ・ゲート』に腰を落ち着けた。ウイスキーを注文したが一向に酔えない。『ヴィレッジ・ゲート』を出ると足が二丁目に向かっていた。

『オレンジ』は、新宿公園の正面を一筋入ったところにあった。

薄暗い裸電球が灯《とも》る通りの向こうに、オレンジ色に白抜きの文字が浮かぶ看板が見える。スナックを挟んで同業の店が並んでいる。

『オレンジ』の間口一間《けん》の狭い店のドアの前に、ペイズリー柄のミニスカートの女が椅子に座って通行人に声をかけている。

「うちは現役女子大生がいるのよ。スケッチでもしてみません」

足元のふらついた男の足が止まった。

グレーの背広にネクタイが緩んでいる。

「本当かい、インチキが多いからなぁ」

「はるみちゃん、顔を見せて」

ドアが開いて顔を出した女はピンクの透けるようなワンピースを着ている。可奈子だった。

男が舐《な》めるような目つきで可奈子を見つめる。

「ほ〜、いいねぇ。頼むよ、いくらだい？」

「三十分で二千円。後はお客さんの腕次第よ」

手早くスケッチブックを渡される。可奈子が男の手を取ってドアの向こうに消えた。呼び込みに成功した女は煙草に火を点けた。僕は閉まったドアを見続けていた。室内でどんな光景が展開されるのか。

それ以上の想像はしたくない。僕は歌舞伎町に戻った。


僕が『風月堂』仲間のミノル、大島《おおしま》、F氏と『満元』で麻雀を打っていると千恵さんがモモコを肩に乗せて顔を出した。紫のスカートに黒いジャケットを肩に掛けている。貫禄十分だ。

「逃げだしたモモコを、あなたたちが捕まえてくれたんだって？　この前は何も知らなくてろくなお礼もしなくて御免ね」

海老根から騒動の話は聞いたようだ。

「お礼に御馳走《ごちそう》したいのよ、どう」

千恵さんは僕たちの麻雀が終わるのを待っていた。

招かれた先は、海老根が経営する三丁目の小料理屋だった。

「みんな好きな物を注文してね。モモコがいなくなったことを考えるとゾッとするわ。ミノルと高垣君はモモコの命の恩人よ」

僕は何もしていないが一役買ったと感謝されている。

刺身、焼き鳥、焼き魚とテーブルに食べきれないほど料理が並んだ。F氏も大島もご機嫌だ。玄関が開くと暖簾《のれん》を掻き分けるように角刈りの男が入ってきた。見覚えがあった。西口でアンパンの売人を車で連れ去ったときの男だ。

「姉さん、うちの料理の味はどうですか」

「サブ、刺身も焼き物もいい味出してるわ。板前を替えたの?」

「そうなんですよ。お客さんからお金取るからには満足して帰っていただきませんとね。前の奴は仕事の手抜きが酷《ひど》かったんで首にしたんですよ」

「そうだったの」

割烹着《かっぽうぎ》を着た男が、前掛けで手を拭きながら調理場から出てきた。

「今度は、この大将にお願いしてるんですよ」

そう言って紹介した。

「そうなの、あんた頑張ってね」

「はい、できる限りのことはさせてもらいます」

「ところでテツはどうです、役に立っていますか」

「あの子は几帳面《きちょうめん》で、お店の子たちにも優しいから海老根も喜んでいるわよ」

「そりゃあ良かった。頑張るように伝えてください」

会話を聞いている限り、テツの兄貴分のサブは仕事に厳しく物事をわきまえた言葉遣いもできている。

テツが惹かれるだけのことはありそうだ。

「高垣君、可奈ちゃん体の線が奇麗だと言ってスタジオでは売れっ子よ」

「良かったです。お金貯めて来年学校に入りたいって言ってるんで、これで夢が叶《かな》いますね」

「自分の夢を一生懸命話してくれたわ。イラストレーターになって田舎の親を見返してやりたいって言ってたわよ」

「テツさんがいるから、僕も安心していますよ」

こうは言ったが、半分は本心で半分は複雑な思いだった。

御馳走を前にしてみんなご機嫌だ。

「実は、昨日だけど、可奈ちゃんから相談を受けたのよ」

千恵さんがあらたまった口調になった。

「今は、スタジオで働いてくれているけど、学費を貯めるためにもう少しお金が欲しいからといってお風呂《トルコ》でも働きたいと言うの」

みんな飲んだり食べたりに夢中で千恵さんの話は聞いていない。だがミノルは違った。

「高垣、こんなラッキーなことないぞ。長いこと居候させてやったんだからそろそろ離し時だよ。女が何か事件でも起こして警察沙汰になったら、未成年者を匿《かくま》っているお前にも捜査の手が伸びる恐れがあるからな。自分からお風呂で働くって言うんならいいじゃないか。これまで投資した分を取り戻すこともできるんだから」

「ミノル、その発想は駄目よ。女の子の稼ぎを当てにするのもいいけど、その子の将来を考えてあげるくらいの愛情を持たないと女の子にも恨まれるしいつか罰が当たるわよ」

千恵さんは女の子を物としてしか見ていないミノルの生き方を戒《いまし》める。

「あの子が家出したのは父親の強引な結婚話と、絵の勉強をしてみたいという親との意見の食い違いからのようですから。本人が望むんならいいと思いますよ。自分の夢を自力で実現するわけですから」

「そうみたいね。今は、仕事が遅くなると私のところに来て泊まっているけど、もっと夜の仕事が遅くなると不便だから海老根が従業員用の部屋を用意すると言っているの。どうしたらいいのかしら」

僕は、本人の意見で取り計らってほしいとだけ言った。

「世の中には恵まれた子も、恵まれない子もいるのよね。恵まれないからって諦めていたら一生が終わってしまうでしょ。高垣君だってミノルだって夢があるから、この街でやんちゃしながら将来の生き方を考えているわけでしょ。みんなそれぞれ目標を持っているのよね」

群馬県で高校時代を過ごした千恵さんは、高校の教師との恋愛を経験して卒業と同時に子供を身籠ってしまった。田舎に居場所をなくして家出し、新宿に来た。海老根が店長をしていた新宿のキャバレーで働いているとき、海老根に相談して以来の付き合いと言う。

「これまで多くの女の子や男の子の面倒を見てきたけど、新宿の街に集まってくる子たちって結局は弱い者ばかりなの。みんなで助け合い励まし合って生きる以外にないの。可奈ちゃんだってその中の一人よね」

大島もF氏も料理を口にする手を止めた。

肩に止まっているモモコは、訳も分からず餌をねだっている。

千恵さんがポケットからチョコレートを出して与えた。

歌舞伎町公園前でのミノルとモモコの光景を思い出した。


フーテンを続けて一週間ぶりに部屋に戻ると可奈子の荷物が消えていた。ウサギのイラストを描いた便箋に、丸みを帯びた字で書かれた手紙がテーブルの上に置かれていた。

「今までありがとうございました。これからも頑張ります。また会えるのを楽しみにしています。

可奈子」


部屋の中を見渡すと可奈子の匂いがするものは東京デザイナー学院のパンフレットだけで、ハンガーにかかっていたワンピースもトレーナーも消えている。可奈子の持ち物がなくなったことで、部屋の空気が一気に暗転して寒々しい。

僕はいたたまれず新宿に引き返し『風月堂』のドアを押した。奥の席に座ったが、頭の中がスポンジになってしまったようでコーヒーの味がまるでしない。その思いを一篇《ぺん》の詩にしようと大学ノートを開いた。様々な思いが頭の中で錯綜《さくそう》するが一字も書けない。

諦めて東口地下道に座った。通行人の足の運びを眺めているとようやく落ち着きを取り戻すことができた。腹拵えをして『ヴィレッジ・ゲート』に向かうと、熊ちゃんが海老根と将棋を指していた。僕を見ると海老根の顔が緩んだ。

「高垣、ありがとうよ。あの子は気立てがよくて客受けが良いんだ。店として助かるよ」

そう言って海老根に頭を下げられた。その言葉が僕には複雑すぎた。

以前海老根が言っていた流れからすると、可奈子は新人の実地指導で海老根に組み敷かれたことになる。可奈子が海老根に……。

「これからも、いい子いたら連れてきてよ」

そう言って一万円札を僕の前に出した。

「北海道出身と聞いたけど、あの子をうちの店で働くように教育してくれたのは兄ちゃんだろ、たいしたものだ。ヒモになれる素質が十分にあるよ。さっ、取っときな」

「受け取れません」

「かたいこと言いっこなしだ。うちも助かっているんだから。スカウト料として納めなよ」

蝶ネクタイ姿のテツがドアを押して入ってきた。海老根を呼びに来たようだ。

「待ってろっ、直ぐに行くから」

僕を見たテツが声を掛けてきた。

「高垣、彼女がもっと稼ぎたいと言うものだからあの子の特徴を考えて店のショーウインドーに写真を貼ってセールス始めたんだ」

「テツが上手いこと考えたよ。彼女の裸の写真を二十歳の現役女子大生、と銘打って飾ったんだ。それが当たって翌日から押すな押すなの売れっ子だよ」

「あの子は肝っ玉が据わってるわ。客のどんな要求にもこたえてくれるってことで指名客が絶えないんだから」

二人の褒め言葉が、僕には鞭打《むちう》ちの刑のように辛《つら》く響いた。

居場所を失った僕はゴールデン街に向かった。『むささび』のネオンが目に入った。階段を上るとミノルがママのおみっちゃんこと佐々木美智子《ささきみちこ》さんを相手に飲んでいた。

「高垣、良かったじゃん。やることをやって上手く手が切れたんだから。家出娘なんかに長居されて警察沙汰にでもなったら大変だよ。昼間、西口で商売の店番してるんなら、会いに行ってあげれば喜ぶと思うけどな」

乾いたミノルの言葉がこの夜は馴染めない。

一杯だけ飲んで店を出た。

下弦の月が白い光を放ちながら西の空に浮かんでいる。

伊勢丹デパートの向かいにある劇場『蠍座《さそりざ》』のある路地を右に曲がったところに可奈子の働く『かぶきトルコ』がある。恐る恐る近づいてみた。

テツが言っていた通りだ。ちょっぴり細身の伸びやかな肢体をしている可奈子の裸体写真がショーウインドーの照明に照らされて通行人に微笑《ほほえ》みかけている。

「女子大生はどうですか、今なら間に合いますよ」

通行人に呼び掛ける店のボーイの口上が耳に入った。後ろから肩を叩かれた。

テツが立っていた。

「複雑な気持ちは分かるよ。でもな、彼女は目的があって働いているわけだ。高垣が学費のために街頭詩人をしていると言っていたけど、それと同じじゃないのかな」

僕は黙って聞いていた。

「あの子が自分の手を離れてしまったと思うだろうけど、学校に入るまでは何かと相談に乗ってやれよ。この店では俺が面倒を見る。俺たちの力で家出娘が独り立ちするのを見守ってやろうじゃないか」

テツの言葉が、僕には愛情とは受け取れない。

『かぶきトルコ』の点滅式の看板のライトが、テツの顔を照らしては消え消えては照らしている。西口で、アンパンの売人にヤキを入れたときの冷酷な目とは違った光がテツの目の中にある。

「実は、俺の田舎の妹も半年ほど前、進学の問題で親と揉めて家を飛び出して行方知れずらしいんだ。ひょっとしたら、この街にいるかもしれないし浅草か池袋かもしれない。あの子を見ているととても他人《ひと》ごとには思えなくてな」

そう言って夜空に顔を向けた。

「高垣、人間誰だって自分の信じた道で生きたいよな。でも信じた道に生きられない者が、守る側と守られる側になって助け合ってもいいんじゃないのかな」

呼び込みの声が途切れることなく聞こえてくる。

この街のネオンはヤクザもフーテンも分け隔てなく照らしている。

第二話

ヒッチハイクの旅人

新宿のゴールデン街は歌舞伎町のマンモス交番の並びにある。三筋目の通りが花園一番街で、ハーモニカ状に建つ木造二階建ての建物が、西日を浴びてくすんだ色のままネオンの灯る時間を待っている。

「グラス類は割れにくい厚手のものがいいよな」

「ビールグラスだけは薄手のものにしたいんだけど、駄目?」

ミノルとアケミが店で使う食器類の選定で意見を交わしている。

間口が二間《けん》で奥行三間の六坪の店は、中央にカウンターがあり七、八人が座ると満席になる。ミノルがアケミに店を持たせる気になったのは半月前のことで、それもひょんなきっかけからだった。

麻雀仲間の海老根は、この界隈の顔役でトルコ風呂などの風俗店を手広く経営しているヤクザだ。その夜も、僕たちは海老根を入れた仲間と卓を囲んでいた。夜の十二時を過ぎると徹マンの時間帯に入る。歌舞伎町のキャバレー『ニューハワイ』で働くアケミがピンクのワンピース姿で駆け付けると、いつものようにミノルの後ろに椅子を運んで座った。ミノルが煙草を咥えるとすかさず火を点けるが、この夜は拗《す》ねた顔でライターを出そうともしない。

「ねぇ、どうして来てくれなかったの?」

そう言って、卓から目を離そうとしないミノルの横腹を突《つっ》く。

それが何回か続いた。

「うるせ～なぁ。男にはどうしても抜けられない付き合いというものがあるんだよ」

それでもアケミは頬を膨らませて拗ねる仕草をやめない。

海老根のリーチにミノルが一発で高目を放銃した。

「いい加減にしろよ。そんなことをガタガタ言われたんじゃ勝負に集中できねぇじゃねぇかッ」

堪忍袋の緒が切れたようにアケミを怒鳴りつける。

「誕生日だからどうしろって言うんだ。そんなことでガタガタごねられたって俺は知らね～よ」

アケミは両手で顔を覆うとそのまま店を飛び出した。

ミノルが負け分の点棒を海老根に払う。

「ミノル、お前は色男を気取っているけど女の一人や二人交通整理できないようじゃ女衒として失格だぞ。新しい女ができたら古いのをそれなりに整理する。それが愛情ってもんだろ。女が邪魔になったらスナックでも持たせるんだよ。店でも持たせて少し冷たく振る舞っていれば女は直ぐに店の客といい仲になる。女と手を切るにはそれが一番だ。な、簡単だろッ」

ダブルの背広にパンチパーマの海老根は自慢げに言う。

アケミとミノルの仲は一年前に遡る。

女優を夢見て名古屋から家出してきたと言うアケミは、新宿駅東口のグリーンハウスで家出娘を物色していたミノルの網にかかった。歌舞伎町通りで自作自演のエロ写真を売り捌いているミノルの目には、色白で小柄ながら目鼻立ちが整い胸の膨らみも目立つアケミは、モデルとして使える上玉と映ったようだ。

新宿の街を遊び歩き、いい仲になったところで写真のモデルとして使い始めた。ミノルの目論見通り、自分とアケミが絡んだ淫らな写真は歌舞伎町に来る通行人に面白いように売れた。商品価値があるとなれば、ミノルの扱いも違ってくる。アパートを借り与え歌舞伎町のキャバレーに職を見つけて面倒を見るようになった。

後で分かったことだが、アケミは女優を目指しての上京ではなかった。両親が小さいときに離婚し、水商売で働いてアケミを育てていた母親は客の男と駆け落ちしてしまった。誰も面倒を見る者がいなくなったアケミは名古屋市内の養護施設に預けられた。高校を卒業すると、近所にある自動車工場の社員食堂で働き始めた。

何かと面倒を見てくれた食堂の上司と不倫関係になり、それが周囲に知られたことで逃げるように上京した。そんなアケミを不憫《ふびん》に思ったこともミノルの心を動かしていた。そこまでは良かった。自作自演の写真を売るミノルは写真に使うモデルを何人か抱えている。そんな中で、だんだん女房気取りの振る舞いをするようになったアケミの存在が疎ましくなってきた。そんな伏線がある二人だ。

その夜も、卓を囲んでいると海老根がミノルに訊いた。

「お前、この前の女は交通整理できたのか」

「それが、なかなか踏ん切りがつかなくて」

「じゃ、俺が言ったように、店を持たせてみたらどうだ」

「そんなにうまくいくもんですか」

「お前ねぇ、俺はその道で喰っているんだよ。俺の言っていることを信じなくて誰を信じるんだ。実はいい物件が出たんだけど、あの女にやらせてみる気はないか」

ゴールデン街で店を持つママが、酒の飲み過ぎで肝硬変になり店を手放さざるをえなくなった。自分の組がその店の権利を持っているから、ミノルがその気なら口を利いてもいいという。

「俺が経営者でアケミに店を持たせる。面白そうですね」

「物件を見ないと何とも言えないだろ。店を見る気あるか」

「ええ、見てみたいです」

「じゃ、見てみろよ」

「え、今からですか」

「そうだよ。こういうものはタイミングってことがあるからな」

そう言うと、海老根は早速点数表の紙の裏に店の名前と簡単な地図を書いた。

「この半荘《はんちゃん》が終わったら行ってこいよ」

「はい、行ってみます」

半荘が終わり、店の人間を代打ちに立てるとミノルは店を出た。暫くすると息を切らせて戻って来た。

「海老根さん、お願いします。やってみたいです」

そう言って海老根に頭を下げた。店の場所と入口の店構えが気に入ったようだ。海老根は権利金三十万円を用意すれば明日からでも店を使えるようにしてやると言う。

「本当ですね、お願いしますよ」

翌日の午後五時、喫茶店『王城』で待ち合わせの約束をすると、ミノルはもう一度海老根に頭を下げて雀荘を出て行った。


僕が『風月堂』で時間を潰していると、ミノルがアケミを伴って顔を出した。

「高垣さん、私お店を持つことになったの。ミノルが私にママになって店を切り盛りしてみろって言ってくれたの」

アケミはすっかりその気になっている。

「高垣、店に内装業者が来るんだけど付き合ってくれないか。どんな店にしたらいいのか相談に乗ってほしいんだ」

海老根に相当空気を詰められているんだろうが、ミノルの行動の早さには驚く。どんな内装の店にするのか面白そうだ。僕は立ち会うことにした。

ゴールデン街は靖国通りを渡った向こう側にある。

「俺は、店内に写真を飾れる空間を作りたいんだ」

妙なことを言う。

「写真、……何の写真を飾るんだ？」

「もちろん俺の撮った作品さ」

アケミは初めて耳にしたのか呆気に取られている。

店の入口には白地に赤字で『艶子《つやこ》』と書かれた、四十センチ四方の看板が通りに突き出るように掲げられている。黒塗りのドアはところどころ塗装が剝げ建物の年季が滲《にじ》み出ている。店の前に中肉中背の作業着姿の男が立っていた。

「ミノルさんですか。海老根さんから紹介をいただきました南雲《なぐも》と申します」

ミノルが呼んでいた内装業者だった。

「クロスのサンプルは用意してあるのかな」

すっかり経営者気取りになっている。

「はい、二十種類ほど持ってきました」

鍵を開けると、饐《す》えた臭いが店内から流れてきた。

電気を点けると、画鋲でとめられた演歌歌手のレコードジャケットが茶色く変色した壁を埋めていた。天井から二つの電球が下がっている。銀色に見えるはずのブリキの笠が料理の油や煙草の脂《やに》がこびりついて黒ずんでいる。

唯一贅沢な感じを受けるのは欅でできた一枚板のカウンターだ。

「臭いな。壁紙と床を張り替えるだけでこの臭いが消えるのかな」

「大丈夫と思いますが」

内装業は丁重に頭を下げる。

「この壁を写真サロンとして使うには、どんな壁紙が合うと思う？」

「まさかカラー写真を貼るわけじゃないだろうから、茶色かベージュがいいんじゃないか」

僕が答えると、ミノルはそれは違うと言う顔をした。

「高垣さんは、この壁に写真を飾るってどう思います？」

アケミが僕に話を振った。

「うん……、なんとも言えないな。あの類の写真を展示するとなれば写真の刺激が強烈過ぎて、客は酒を飲むどころじゃなくなってしまうんじゃないかな。それに、女の客は間違っても入ってこないだろうしな」

ミノルの眉がぴくりと動いた。

「俺は、客へのサービスのつもりで考えたんだけど女が来なくちゃ男の客も寄り付かないよな。客が来なければ商売にはならないわけだから、だったら写真は諦めるとするか」

アケミの顔がいくぶんほころんだ。

「私ね、フォークソングが似合うお店にしたいの」

「うん、だったら柔らかい色で優しい絵柄のものが良いんじゃないかな」

僕がアケミの心を代弁するとミノルが眉間《みけん》に皺を寄せた。

「ご免なさい。あなた方が今度この店をやってくれる人たち？」

嗄《しわが》れた女の声が入口の外でした。声のする方に顔を向けると肉が削げ落ち肌艶の悪い女が中を覗き込んでいた。

「この店は、私が二十年前からやっていたの。飲み過ぎて体を壊しちゃったものだから仕方なく辞めることにしたの。明日から入院するんで自分の育てたお店の見納めと思って……」

寂しそうな目で店内を見回している。

「今度このお店をやってくれるのはあなたなの……。若いのね」

アケミの正面に立った。頭がアケミの鼻までしかない小柄な女だ。

「はい、そうです」

「そう、美人は得よね。あなたが店に入ればすぐにお客さんが付くわよ、頑張ってね。だけど一言だけ言っておくわ。お客さんが勧めてくれるお酒は言われるままに飲んじゃ駄目。売り上げは上がるけど、そんなことしたら私みたいに体を壊しちゃうからね。水商売は、勧められるままに飲むことは命と引き換えになるということだけは覚えておきなさいね。それから一つお願いがあるの。私はお店の名前の通り艶子って言うの。私を訪ねてきたお客さんがいたらなにかと優しくしてあげてほしいの」

そう言うと名残惜しそうにまた店内を見回している。

内装業者がカウンターにクロスのサンプルを広げると、ようやく自分が邪魔になっていることを知ったようだ。外に出た。

ミノルがサンプルの何枚かを手にしてアケミの意見を聞いている。

「それにしても暑いなぁ。クーラーは点かないのか」

カウンター脇の柱に付いているスイッチを入れた。ガラガラと大袈裟な音を響かせてクーラーが回りだした。空調を通って吐き出された空気が腐ったような臭いでとても耐えられるものではない。

「なんだ、こりゃ。古くて使い物にならねぇな。買い替えるとなりゃぁまた金が要るんだろ。しょうがねぇなぁ〜」

ミノルは鼻をつまみ苦り切った顔で外に出た。

「クロスはお前の好きなものにしたらいい、任せるよ」

匙を投げたようなミノルの声だ。内装業者が、アケミに言われるまま何種類かのクロスを広げた。アケミが最終的に選んだのは濃いベージュの無地のものだった。

「この色だと、芝居のポスターも貼れるわよね」

アケミはサンプルを画鋲で壁にとめると一歩離れて眺めている。

「決まったのか」

「これでいい？」

「お前が気に入ればそれが一番だよ」

ミノルのお墨付きを貰ったアケミの顔が明るい。

「さっきのママさんが言っていた、前からの馴染みのお客さんが来たら優しく接してあげなくちゃね。お酒飲みに来る人ってみんな寂しいんだものね」

二十歳を過ぎたばかりのアケミだが男心を分かっているようなことを言う。

夏を迎えた東京の空は、ギラギラに燃える太陽を覆い隠すように光化学スモッグで霞んでいる。新聞がスモッグ情報を連日報じている。

杉並区の高校で、体育の授業を受けていた生徒が目の痛みや頭痛を訴えて四十人以上が病院に運ばれた。

《スモッグが夏休みを奪う。プールも禁止か。警報下の遊び検討》

子供たちの楽しみを奪うような見出しが新聞の紙面に躍っている。

東京都教育委員会は、

《無風、快晴と気象庁が予報し光化学スモッグが発生する恐れがあるときは、あらかじめ屋外でのプール遊びは中止した方がよい》

こんな内容の要請を出すほど公害の被害が深刻になっている。

夜になっても、昼間の蒸し暑さが残る熱帯夜が続いていた。

小さな民家がひしめく住宅街に建つ僕のアパートは、窓を開けても風は入らず座っていても汗が噴き出してくる。廊下を隔てたところにある共同便所からはアンモニアの臭いが部屋の中まで流れ込み否が応でも鼻を突く。朝、目覚めると寝汗をびっしょりかいていた。

「人間、寝汗をかくのは体のどこかが悪い証拠だ」

死んだ田舎のお祖父《じい》ちゃんの言葉を思い出す。ろくな運動もせず酒を飲み、徹夜麻雀をしたり寝ずにジャズを聴いていたりの毎日では体に良いはずがない。体が弱っていることを思い知る。

こんな不健康な生活から脱却しなければ――。

僕は新宿に出ると『風月堂』のドアを押した。コーヒーを注文して新聞を広げると若者の旅を扱った記事が載っていた。

青函《せいかん》連絡船で函館に着いた旅行者が、リュックサックを背負って国鉄の駅に向かう光景が写っている。

「本州各地から移動してくる旅人は、北海道に入ると名産のトウモロコシを齧《かじ》りながら市街を闊《かっ》歩《ぽ》し、大自然のふところを求めて原野へと散っていく。ばかでっかいリュックを背負って、列車の通路を横歩きする姿がカニに似ている。そんな若者たちをカニ族と呼ぶ。カニ族は年々増えて、今年は三万人にも上ると見ている」

旅行者が写った写真のキャプションにはこう書かれていた。

女性情報雑誌『ａｎａｎ《アンアン》』も、国鉄とタイアップして増加する女性旅行者をターゲットにした旅の特集記事を組んでいた。北海道や能登《のと》半島、離島を紹介した特集記事が人気を集め女子大生やＯＬが自然を求めて旅に出ると書かれている。

各大学の学費値上げ反対闘争から始まった学園闘争は、安保反対闘争を巻き込みベトナム反戦運動、沖縄返還闘争、成田空港開港阻止闘争と三年以上にわたる戦いで三万人を超える逮捕者を出していた。

それだけの逮捕者を出しながら一九七〇年六月の二十三日、日米安全保障条約が自動延長され活動家の間には虚しさだけが残った。その日を境に『風月堂』に顔を出す学生運動の活動家の数も櫛の歯が抜けるように少なくなっていった。

スモッグでもやついた夜空を見上げながら、僕は『風月堂』からジャズ喫茶『ヴィレッジ・ゲート』に場所を移すといつものように熊ちゃんが仲間と将棋を指していた。熊ちゃんは歌舞伎町通りの似顔絵描きだ。

僕がテーブルの下で隠し持っているウイスキーのポケット瓶をコップに注いで隠し飲みしていると、将棋を終えた熊ちゃんが僕の席に移動してきた。

「最近のお前の詩は、からからに乾燥したものばかりで潤いが感じられないよ。詩人たるものは常に新しい風を感じながら生きないと人の心を打つものは書けないよ」

街頭詩人として地下通路に座らなければ酒にも飯にもありつけない僕の、言葉を拾い集めて繋ぎ合わせているだけの詩を熊ちゃんは見破っていた。創作意欲を奮い立たせるためにも、不摂生で痛めつけている体の養生も兼ねて環境を変えることがそれらの解決策に繋がるはずだ。

大自然の豊かさを求めて涼しい北海道に渡り、広々とした荒野とオホーツクの海を眺めてみたい。焼きたてのトウモロコシや海産物に舌鼓を打つのも悪くはないだろう。僕は旅に必要なテントやリュック、寝袋と飯盒などを用意するため上野のアメヤ横丁に向かった。

僕は十五日間有効の北海道一周の周券を買って、北海道に向かった。宗谷《そうや》本線の終着駅でもある日本最北端の町・稚内《わっかない》の空は、青く澄みわたり白い綿雲が浮かんでいた。

小さな駅舎の前にある花壇には、ピンクと白いコスモスの花が北国の柔らかい日差しを浴びて風景に彩りを添えていた。

正面の小高い山の中腹にスキーのジャンプ台が見える。錆《さび》ついているのか黒褐色の重い色をした滑走面が僕の座る駅前のロータリーに向かって一直線に延びている。

冬になると、雪に覆われたあの山のジャンプ台から選手たちが一気に滑り降りて空中に飛び出すはずだ。そんな姿を想像すると恐くなって背筋に寒いものが走った。

「稚内～、稚内～、終点です。どなた様もお忘れ物をしないようお気を付けくださ～い」

ホームのアナウンスが聞こえてきた。ホームに列車が到着したようだ。暫くすると、カニ族といわれる登山用のリュックを背負った者や大きなバッグを肩から下げた男女が改札口を通って駅前に姿を見せた。

いずれも、夏休みを利用して北海道にやってきた本州からの旅行客だろう。ロータリーに停車している「市内定期観光」のバスに乗り込む者や観光案内所へ走り込む者で、それまでの静かけさが一変された。駅舎の時計は午前十時を少し回ったところだ。

僕は煙草に火を点けてその光景を眺めていた。

「これはあなたの物ですか。公共の場ですからこんなことをされると困るんですよ」

男の太い声がした。振り返ると国鉄の徽章《きしょう》の付いた黒い帽子を被った男が立っていた。バス停の時刻表が掲げられている柱と近くの電柱との間に麻の紐が二本結ばれて洗濯物が干されている。爪先が擦り切れている靴下と色の落ちた黄色いTシャツ。生成りのバミューダパンツにチェック柄のトランクスが二枚。それに長袖のシャツだ。

「仲間の物で、僕の物ではありません」

「こんなところに洗濯物なんか干されると困るんですよ」

露骨に迷惑な顔を浮かべている。

確かに洗濯物は駅前の風景にはそぐわない。

「僕の物じゃないんですが……、どうしましょうか」

「君の仲間の物だろ。だったら仕舞ってもらわないと」

「仲間といっても、昨晩ここで知り合ったばかりなんで……」

「次の列車が間もなく到着するんで、とにかく片付けてくれなくちゃ困るんだよ」

声まで不機嫌になっている。仕方なく駅舎のゴミ箱で拾った新聞紙に洗濯物を包んだ。駅員は駅舎に戻ったが、僕はこの洗濯物をどうしていいのか分からなかった。


昨日の昼過ぎ、僕は札幌発の急行列車に乗ってこの町に着いた。「宗谷岬に立つと樺太《からふと》の島影が遠くに見える」と書かれたガイドブックを見て、僕は旅立つ前から樺太を見ることを楽しみにしていた。第二次世界大戦のどさくさに紛れてソ連に侵攻され略奪されたままとなっている島がどんな形で見えるのか、自分の目で確かめてみたかった。

この町に着いた日に、早速宗谷岬行きのバスに乗った。広々とした牧場の丘陵地帯を抜けると眼前にオホーツクの海が広がった。今から百五十年以上前、樺太に上陸して測量をした間宮林蔵《まみやりんぞう》の銅像と並んで、三角形に形作られた石碑が建ち、岸壁に立って断崖を見下ろすと打ち寄せる波が白く砕けて飛沫《しぶき》を上げていた。

周辺は海風がそうさせたのか、小さな黄色いエゾツツジやピンク色をしたハマナスの花が柔らかな色合いで地面に這うように咲いていた。樺太まで距離にして約五十キロほど離れているが島影が水平線の向こうに黒くかすんで見えた。今から二十五年前までは日本人が住み、荒野を開拓して漁業や林業で生計を立てていたという島が、今は異国となり自由に渡ることさえ叶わない。理不尽過ぎる現実を目の前にしながら最北端の地に来たことを実感した。

オホーツクの海を見ながら、先日読んだ「海」という詩が思い出された。

海はかつて神のものだった
だが海はやがて
勇敢な探検家のものとなり
それらの人々のおかげで海は
この星のもの地球のものとなった
波打際で広い世界を夢見る
すべての少年のものとなった
「海」谷川俊太郎《たにかわしゅんたろう》

風来坊の旅は何もかもが自給自足だ。

駅舎の横の空き地を見つけて野宿をすることに決めると、肩にズシリと喰い込んでいるリュックを下ろした。枯れ木を拾い集め駅前の水道で米を研いだ。石を並べて即席の竈《かまど》を作ると薪に火を点けて飯盒をかける。

赤い炎が飯盒を包むように勢いよく薪が燃える。夕暮れのコバルトブルーの空の下で、赤く燃え盛る炎の色を眺めていると自分の育った山梨の田舎を思い出し気分が落ち着いた。焼酎の瓶を出してコップに注ぐと一口呷った。

アルコールの刺激が強く喉がひりひりと焼ける。

「煙が見えたから来たけど、君も旅しているようだね」

麦藁《むぎわら》帽子を被った黒縁のメガネの男と、伸び放題の髭と黒ずんだように深く日焼けした男がリュックを背負って近寄って来た。

「焼酎を飲《や》っているようだな。どうせ飲るなら一緒にどうかなぁ」

僕が返事をする前に二人は足元にリュックを下ろした。

「天気もいいし雨の心配はないな。旅は道づれ世は情けだ。今夜は一杯やりながら此処で同宿といきますか」

まるで古くからの知り合いのような口調で握手を求めてきた。

髭面がボブと名乗った。丸顔で黒縁のメガネの男は関西弁で、

「京都の同志社大学三回生の村越《むらこし》です」

と礼儀正しく自己紹介をした。

「俺たちも、晩飯の支度にこの火を使わせてもらってもいいかな」

ボブはリュックから鍋、ジャガイモ、ピーマン、茄子《なす》と玉ねぎを出した。野菜を鍋に入れ駅舎の水道で洗ってきた。ジャガイモの皮も剝かずナイフを使って切り刻む。茄子とピーマンも輪切りにしてから切り刻み水の入った鍋に入れると火が燃え盛る竈にかけた。煮え立つと味噌と醬油を入れる。野菜たっぷりのごった煮のできあがりだ。

鍋から旨そうな匂いが立ち上る。

「これはヒッチハイクの途中、畑で見つけたものを失敬してきたのさ。採《と》り立てだから新鮮だよ。一日最低限必要なカロリーを摂るための食料の泥棒なら農家だって怒りゃあしないよ。なんてったって自然の恵みを分け合っているだけのことなんだからな。栄養価を考えた食事を摂っておかないと、夏はいいけど冬になると体が持たないからな」

ボブの話を聞くと年間を通して旅を続けているようだ。そう聞くと、逞しく色のしみついたような日焼けの仕方も納得する。村越がリュックから焼酎の四合瓶を出した。互いがカップに注ぎ合うと乾杯だ。野菜のごった煮を箸でつまみながら飲む。

「この冬は、鹿児島から船で沖縄の手前にある与論島《よろんとう》に渡って過ごしたんだ。あそこは暖かくていいところだ。サツマイモを貰って海水で茹《ゆ》でるとこれが旨いんだな。春に島を出て東京を目指したんだ。二か月かけて東京に着くと六月までいたんだけど、梅雨に入ると湿った暑さが嫌になって北海道に来たのさ。北海道の夏は湿気がないから過ごしやすいよな」

ボブは北海道に入って四十日になると言い村越は三週間目と言う。二人は旭川駅《あさひかわ》で出会い意気投合して大雪山《だいせつざん》に登ったそうだ。

下山した後、稚内で会う約束をして別れた。村越は昼前に着き、ボブは二時間ほど前に着いて再合流したばかりと言う。

「ヒッチハイクの旅は芋虫のようなもんさ。車に乗せてもらい降りたところからまた気儘に歩く。疲れたらまた車を止める。辿り着いた駅で知り合った仲間と酒を酌《く》み交わす。お互いが、歩いてきた町の情報を交換し合い、夜が明けるとそれぞれが別の目的地に向かう。交換した情報で急遽《きゅうきょ》向かう場所を変更することだってある。なんてったって風来坊の旅なんだから気楽さ」

「この情報交換が旅の醍醐味やね。飯の旨いユースホステルの名前を聞いたり割の良いバイトの働き口なんかも聞けるんやから」

村越が嬉しそうに付け足した。

駆け落ち途中のカップルの車に拾われ相談相手となっているうちにホテルに同宿することになった。男に捨てられたとやけになっている女が停めてくれた車に乗り、その女の部屋に招かれて一週間の同居生活を送った。話を聞くと、どれもがヒッチハイクの途中に遭遇したものでまんざら与太話にも聞こえない。

「人間は誰もが未知の世界に対する好奇心を持っている。ヒッチハイカーは、ハンドルを握る運転手さんにとっては未知の世界に住む住人なんだ。だから興味を持って車を停めてくれる。ヒッチハイカーは、乗せてもらったお礼に旅で経験した話をする。そんなわけで、乗せてもらう側と乗せる側の双方の目的が達成できるわけで実に有効的な移動手段さ」

見知らぬ者同士の出会い。その繰り返しで続ける旅。聞いていると、全国を股にかけて移動する感覚がワイルドで面白そうだ。

「旭川行きの最終列車が出ます。お乗りのお客様はお早くお願いしま～す」

ホームのアナウンスが暗闇に響き渡った。

いつの間にかそんな時間になっていた。焚火を囲んで三人で寝袋を広げ満天の星空を眺めながら寝袋のファスナーを閉めた。

僕は、道路端に立って車を止めている自分の姿を想像した。

明日からの移動はヒッチハイクにしよう。

翌朝、目が覚めるとお天道さんが東の空から顔を見せていた。

僕たちは前日の残りのスープと残飯で腹ごしらえした。

僕が地図を広げて移動計画を立てていると、二人は洗濯をしてきたようだ。濡れたシャツと靴下などをビニール袋に入れて戻ってきた。旅立ちの支度を終え駅舎の前に来ると、二人はリュックから麻の紐を出し洗濯物を干している。

「この天気なら昼ごろまで干しておけば乾くわな」

これも旅人の知恵と言うところか。

「高垣君の予定はどうなっているのか知らないけど、良かったら四日後の夕方あたりに札幌の大通公園で会おうか。行けなくなったら仕方ないけど、一応は噴水の前としておこう」

村越がそう言うと、待合室の片隅にリュックを二つ並べ二人は青空に両手を伸ばしながら歩き始めた。宗谷岬に行くと言う。

僕はロータリーの椅子に腰を下ろして煙草に火を点けた。


二人の洗濯物が目の前で風に揺れている。駅員に尋ねられたのはこの時だ。彼らが何時に戻るかは聞いていない。リュック一つで旅をしている者にとってはどれもが生活の必需品であるはずだ。放っておくわけにもいかない。今日の目的地もまだ決めていない。急ぐ旅でもない。彼らが戻るまで待つことにした。

時刻表を広げると、オホーツク海に突き出た知床《しれとこ》半島と網走の地名が目に入った。網走の漢字で浮かんだのが高倉健の主演映画『網走番外地』だ。タイトルのバックに映る刑務所の頑丈そうな入口の扉。一度は見ておきたい場所でもあった。ここから三百キロほどの道のりだ。どれくらい時間を要するのかは分からないが取りあえずは向かってみることにする。

「あれ、洗濯物がないぞ」

素っ頓狂なボブの声がした。

「駅員に文句をつけられたから、取り入れておいたよ」

二人の前に新聞紙に包んだ洗濯物を出した。

「そんなことがあったの。じゃ、俺たちのために待っていてくれたんだ。いやぁ、持つべきは友だねぇ」

　ボブは悪びれた風もなく大きな声で笑った。


　ヒッチハイクで網走に向かうことにした僕は、町の外れまで歩き海沿いを知床半島方面に続く国道二五八号線に出た。本当に車が停まってくれるものなのか。車道に足を踏み出して右腕を大きく振ってみたが大型の貨物車は停まる気配も見せずに走り去った。乗用車もブレーキを踏んでくれる様子がない。

　何台かの車を見過ごしていると、荷台に国防色の幌《ほろ》を掛けた紺色の貨物車がスピードを緩めて僕の前で停まった。

「兄ちゃん、どこまで行くんだい？」

　窓を開けて助手席に座る男が声を掛けてきた。

「網走まで行きたいんです」

「そこまでは行かないけど、途中の紋別《もんべつ》まででよかったらいいよ」

「お願いします」

　ドアが開くと、太い腕が伸びてリュックを持つ僕の手を引っ張り上げてくれた。運転席は思ったより広く僕が座ってもゆとりがある。ハンドルを握る男は眉が濃く四角い顔をしていた。荷物ごと僕を上げてくれた男は細面で目尻が下がり温厚そうな顔をしている。

「こんなに大きなリュックを持って、登山でもする気かい」

荷物の大きさに驚いたように細面に訊かれた。

「お前知らないの。こういうスタイルで旅をしている若者のことをカニ族って言うんだ。生活道具一式を持ち歩いて何処にでも野宿する。最近はそんな貧乏旅行が流行《はや》っているみたいで、北海道にもかなりの学生さんたちが来ているんだよ。あんたもそうだろ」

「ええ、無銭旅行のようなものです」

「網走ってぇと、刑務所でも見に行くのかい」

「ええ、一度見ておきたいと思いまして」

「学生さんはいいよな。時間に縛られないでどこにでも行けるんだもんな」

四角い顔が言った。

「この国道は海の眺めがいいんだよ。両側に広がる草原は原生花園と言って季節ごとに色々な花が咲き乱れる自然の宝庫なんだよ」

大型車の助手席に乗ると、前を走る乗用車が小さく見えて見下ろす格好で走る。紋別から海産物を東京の築地《つきじ》市場に運び、横浜で食品を積み込んで札幌で積み荷を下ろし残りを稚内と紋別に運ぶ途中と言う。

運転席の後ろが空間になって布団が敷かれている。長時間走り続けるため、車を停めず交代で睡眠を取りながら走行するのだという。

長時間の運転が指を変形させたのか、煙草を挟む男の指がハンドルを握る形に曲がっている。

「旅は道連れ世は情けだ。兄ちゃん、この先にあるドライブインの鱈《たら》の刺身定食旨いんだ。奢るから一緒に喰わないか」

　カーラジオから皆川おさむの『黒ネコのタンゴ』が流れてきた。

　二人が曲に合わせて首を振っている。

　枝幸町《えさしちょう》と書かれた道路標識の前にあるドライブインに車を停めた。昼の時間が過ぎていることもあって客は僕たちだけだった。壁に貼られた献立は海産物ばかりだ。運転手が頼んだ鱈の刺身定食は刺身が皿に山盛りに出てきた。僕が想像していた刺身の盛り合わせではない。二人は醬油にワサビを溶かすと皿に盛り上がっている刺身の上からぶっかけた。箸で掻き混ぜて醬油を絡めるとご飯を掻き込むように刺身を口に入れ、その後でご飯を口に入れる。

　一切れずつ刺身を箸に挟みワサビを付けて口に入れている僕を見ると、

「そんな上品な喰い方じゃ旨くないだろう。これがこの辺りの漁師の喰い方なんだ」

　僕も真似てご飯と同じ量の刺身を掻き込んだ。鱈の切り身が口の中で溶ける。豪快な昼飯となった。食事が終わると運転手が交代して再び走り始めた。

「学生さんもコレしているくちかい」

　横に座った四角い顔がゲバ棒を振る仕草をした。

　僕は曖昧にしか答えなかった。

「正直に言いなよ。やってるんだったらやってるんでいいんだよ。俺たちは羨ましいんだから。学生さんたちのように一度でいい、ポリ公をあんなふうに思いっきりぶん殴って見てえよ。やれ信号無視だスピード違反だのと、あいつらは俺たち運転手には威張りたい放題なんだ。俺らは好き好んでスピード出してるんじゃないっての。俺らの仕事はこの国のためにもなっているんだからな。俺らをいじめて悦に入っているお巡りが憎たらしくてしょうがねぇんだ」

舌を鳴らし忌々しげに言う。

「この前もスピード違反で捕まったんだ。正義の味方ぶって書類を作るお巡りの面《つら》を眺めていたとき、威勢よくゲバ棒振っている学生さんが羨ましくなったよ」

「ヒッチハイクをしてるんなら、他の運転手にも聞いているかな」

ハンドルを握る細面が言った。

「先住民のアイヌの人たちがどんな方法で距離を測ったのか知らないけど、道内の国道を走っていると大抵の町が五十キロ間隔であるのさ。車で走っていると丁度一時間くらいだな」

宗谷岬から最初の町の浜頓別《はまとんべつ》までが百キロほどで次の枝幸町までが三十キロ。幌内《ほろない》までも五十キロほどで紋別町までが五十キロ。

なるほどこれまで走ってきた距離と、通過した町の位置関係の説明を聞くと頷ける。

国道の両側はジャガイモとトウモロコシ畑だ。

「トウモロコシは、一本の幹から一本しか穫れない。いや穫らないんだ。何本か実が付くけど一番威勢のいい実を残してあとは小さいうちに取って捨てちゃうわけさ。ところが、これまで捨てていたものを集めて出荷するとベビーコーン、と言って高く売れるようになったんだと。おかげで、農家は思わぬ余禄が入って懐が潤い御機嫌みたいだな。世の中、何が商売になるのか分からないよな」

左手に広がる海岸は、冬の厳冬期になると沖合いから押し寄せる流氷が海岸に流れ着き海を埋め尽くす。その光景が見事だと自慢する。ヒッチハイクを始めて四時間で紋別の町に着いた。

車から降りた僕を四角い顔が、

「旅先で病気なんかしたら大変だからな。無理しないで体だけは気を付けなよ」

食事を御馳走してくれそのうえ体の心配までしてくれる。

人との出会いは、時間の長短に関係なく互いが胸の内を開きあうことで相手を思いやる気持ちが生まれる。その日は紋別駅の待合室で寝袋を広げた。翌日、国道に出ると軽トラックが停まってくれた。サロマ湖の漁師に漁具を届けに行くところと言う。サロマ湖の湖畔で車を降ろされた。前方に島影が浮かぶ入り江に波が打ち寄せている。

湖に飛び込んで汗を流した。

ポンポンポンと、エンジンの音を響かせながら杭の打ちこまれた桟橋に小さな漁船が着いた。近くに行って船から下ろしている箱を覗くと中には貝が入っている。ホタテ貝だ。貝がもがくように動いている。

その様子を眺めていると潮焼《しおや》けした顔の漁師が話しかけてきた。

「本土の人かねぇ」

「ええ、旅をしているんです」

「そうか、よかったら持っていきなよ。火で焙《あぶ》って喰うと旨いぞ。焙ると殻が開いてくるから、そこで醤油を少しだけ入れるんだ。貝柱が大きいからゆっくり焼かないと駄目だ。そうそう、そこに打ち上げられている昆布に包んでおけば二、三日は生きたままでいるよ」

そう言って大きなホタテ貝を四つくれた。浜辺に打ち上げられている昆布で包み新聞紙に丸めてリュックに仕舞った。

国道で手を振ると、網走に支局があるという新聞記者が車を停めてくれた。サロマ湖の漁師の取材を終えて帰るところだと言った。助手席に乗り込むと北海道の印象を訊かれた。先ほど貰ったホタテ貝と先日御馳走になった鱈の刺身定食の話をした。

「そういうのは確かに新鮮かもね。こっちに住んでいりゃ普通のことだけど」

東京の夏の暑さを説明した。湿気のある暑さは尋常ではなく、布団に横になっているだけで汗が噴き出る。寝汗をかくのが嫌で北海道に旅に出た。詩集売りやらの東京での生活を話すと、道内から出たことがないという記者は興味津々で僕の新宿でのフーテン生活を聞いてきた。

「地下道に座って自作の詩集を売ってその収入で生活している。本当にそんなことが成り立つの?」

不思議なものを見るように僕は顔を覗き込まれた。

網走に着いたのは夕方だった。

三台の車を拾い、三百キロ近くを走ったことになる。

網走の刑務所前には定期観光バスが停まり、女子大生と思える一団が互いにポーズをとって記念写真に収まっていた。

網走駅構内の待合室は知床半島に向かう客と旭川《あさひかわ》方面に戻る客とで混み合っていた。

稚内駅と比べると駅の規模が大きく周辺には飯盒炊飯できる場所が見つかりそうもない。駅前から正面に延びる通りの向こうに網走川に架かる橋が見える。その橋桁の下に下りると、橋の上を走る車の音が時折聞こえてくるだけで心地いい静けさがあった。

河原の石を積んで竈を作る。流木を集めて火を点ける。ブリキ板を見つけた。錆ついているが火で焙れば問題ないだろう。ホタテ貝を載せて流木をくべる。川の水で米を研いで飯盒に入れブリキ板の横に並べて載せた。

暫くすると、漁師が言っていたように貝殻が開いて貝柱がせり出すように姿を現した。隙間から醤油を流し込むとほかほかと潮の香りが匂って来た。

網走川の川岸に座ってホタテ貝と焼酎の晩酌だ。身の厚い貝柱はサクサクの食感があって旨い。肝は苦みがあったが焼酎の味に合っている。捨てるところはない。

翌日は北見《きたみ》を目指して車を拾う。町中ではなかなか車は停まってくれない。拾った車に乗っても目的地に着く前に乗り換えなければならない場合は次の車を拾う便利さを考えて町中に入る前の郊外の見通しの利く場所で降りることにする。

たった三日間のヒッチハイクでそんな要領も覚えた。

郊外を歩くとジャガイモ、トマト、キュウリ、ピーマン、トウモロコシと見事に実を付けている畑がある。畑の野菜を少しずつ失敬してリュックに詰めた。ボブの言葉に従ったものだ。

網走から旭川までは二百六十キロの道のりだった。気に入った風景があると車を降りて歩いた。八時間かけて旭川に辿り着いた。

北海道の中央部に位置するこの町は、札幌に次ぐ規模を持つ。駅前通りは車道が遮断されて歩行者に開放されていた。夕方の商店街は浴衣《ゆかた》姿の女性も多く稚内や紋別、網走と僕が荷物を下ろしたどの町より人通りが多く活気に満ちている。

東京の銀座や新宿で日曜日に限って車道を開放する「歩行者天国」が実施されたのは、僕が北海道に発つ何日か前の七月初旬だった。ここ旭川では、一年前の夏休みから試験的な試みとして歩行者天国が実施されているというから日本で一番早い歩行者天国誕生の町だったようだ。

通行人の多さに目を付けた僕は、詩集『さりげなく』を道端に広げることにした。消火栓のボックスに宣伝用のポスターを貼り腰を下ろした。

夏の夕涼みを楽しむ歩行者には街頭詩人の姿が珍しいようだ。

夕暮れまでに、居酒屋に繰り出すには十分な百円玉がポケットに貯まった。夜になると、駅構内にはカニ族のグループがあちらこちらに溢れていた。列車が到着するたびに夥《おびただ》しい乗降客でごったがえすが、それでもカニ族は我関せずで輪を作り胡坐《あぐら》をかいて座っている。

僕も末席に腰を下ろして彼らの話を聞いた。

「積丹《しやこたん》半島で海栗《うに》採りのバイトをしてきたよ。半島の突端にある海岸沿いの漁村だったよ。長靴を履いて蟬《せみ》取りのような網で岩の間に付く海栗を集めて箱に入れるんだ。岸に上がって長いスプーンで栗のいがを剝くように開けると、黄色い身が入っているからそれをスプーンで掬《すく》って海水の入ったバケツに落とすのさ。口に入れるととろけるような甘みが堪らなく旨いんだ」

そう言って海栗を食べる仕草をする。

「苫小牧《とまこまい》の製紙会社で丸太運びのバイトをしたんだ。この仕事に向いているからもっと働いてほしいと会社の人間に言われたけど一週間で辞めたよ」

丸太のような腕がTシャツの袖からはみ出している男の話だ。

利尻島《りしりとう》の民宿で働いてきたという男もいれば、釧路《くしろ》港の朝市で片付けの手伝いをして売れ残りのタラバガニを喰わせてもらったと胸を張る男もいた。

誰もが自分たちの経験を誇張気味に話す。割の良いバイトの情報がこうして旅人たちの間で口宣伝されていく。海栗がどんな形状をしているのかは知らないが、僕は海栗が食べられる話に興味を持った。


札幌の空は雲ひとつなく晴れ渡っていた。大通公園の花壇には色とりどりの薔薇やピンクのマイカイ、黄色のキンシバイなどの花が競い合うように咲いていた。

「お前、こんなところで何してるんだ?」

聞き慣れた声がして振り返ると、髪を後ろに束ねた似顔絵描きの熊ちゃんが髭《ひげ》もじゃな顔をして立っていた。歌舞伎町の雑踏の中に立っているはずの熊ちゃんが此処にいるなんて。

肩に似顔絵描きに使うイーゼルをかけ、宣伝用のポスターを入れた紙袋を持っている。

僕はヒッチハイクで道内を気の向くままに移動して旅を続けている日常を話した。

「そうか、いいことだ。自分の目で物を見て時を刻むのも悪くないだろ。詩人にはそれが必要だよな。俺も、スモッグに覆われている新宿が嫌になって逃げ出してきたんだ。いつも、この辺りで商売しているから暇があったらおいでよ。今夜は札幌での再会を祝ってジンギスカン鍋でも囲むとするか」

豪放磊落《ごうほうらいらく》な熊ちゃんらしい。公園のいたるところで炭火焼きのトウモロコシやジャガイモバターを売る屋台が食欲をそそる匂いを撒き散らしている。僕はトウモロコシを買うと噴水の前に腰を下ろした。

テレビ塔の時計が四時半を指している。観光客と地元民とが入り混じって公園はかなりの人出だ。ボブと村越が来るにしろ来ないにしろまだ時間がある。僕はリュックから詩集を出し花壇の脇の壁にポスターを貼って座った。紺碧《こんぺき》の空と深紅の薔薇が北国の短い夏を強烈な存在感で彩っている。

「だいぶ待ったぁ?」

関西弁だった。顔を上げると麦藁帽子の村越がいた。

「何してんの?」

「この通り詩集を売っているんだよ」

ポスターを指さした。

「こんなん、売れるん?」

「まあ、ぼちぼちさ」

説明しても始まらない。黙っていると並んで腰を下ろした。

稚内で別れた後のことを聞いてみた。

「ボブはあれから礼文《れぶん》、利尻に行くと言うてたし島で面白いことでも見つけたら今日はきいへんかもしれんな」

村越は幌内町から名寄《なよろ》、旭川を通って帯広に出た。襟裳岬《えりもみさき》から苫小牧を経由して此処まで辿り着いたという。六時を回っていた。

日が落ちると北国の空気は急に冷えてくる。

「一部いただけますか」

お下げ髪の女の子が立っていた。地元の女子大生と言う。

次の二人連れは女子高校生だった。

短時間で百円玉が五つ貯まった。村越が不思議な顔で僕を見る。

新宿でフーテンしている僕の収入源は、詩集売りと時たま出かける日雇い仕事だと言った。

「おい、街頭詩人そろそろ行くか」

熊ちゃんがイーゼルを肩にかけ煙草をふかしながら歩いてきた。僕は村越を紹介した。

「そうなんだ。俺ね熊、よろしく」

熊ちゃんが目尻の下がった人懐っこい顔で挨拶した。

「俺たちは新宿のフーテンさ。北国での再会を祝って今夜はパッと行こうと思って。よかったら一緒によ」

十日前に着いたという熊ちゃんが向かった店は、ススキノで『松尾ジンギスカン』と書いた看板を出していた。本場、北海道のジンギスカン料理だ。鍋を囲む形の席に通されると羊肉と玉ねぎの輪切りが山盛り運ばれてきた。

「俺の画才が分かる人間が北海道には多いとみえて商売繁盛だったよ。今日は俺の奢りだ。腹いっぱい喰おうぜ」

熊ちゃんのお相伴にあずかることにした。泡が溢れた生ビールの大ジョッキが三つ運ばれてきた。釣鐘状に膨らんでいるジンギスカン鍋に、肉の脂身を塗りつけて肉と野菜を載せる。じゅーじゅーと音をたてながら肉が焼ける。

焼き上がった羊肉にこってりとした茶褐色の肉ダレを付けて口に入れると、冷えたビールと肉の味が口の中で広がる。

「関西からの君は、どんなきっかけで旅に出る気になったんだ？」

「ええ、ちょっと……、学生運動をしていました」

「いいガタイしてるから、突撃隊に組み込まれてマッポとの衝突でかなりの活躍をしたんだろ」

「ええ、それなりに」

「革命を口にする活動家ってのは、殺《や》るか殺られるかの敵と対峙した時に頭の中に親戚や家族の顔が浮かぶか浮かばないかで本物か偽物かに分かれるんだ。革命に命をかけたゲバラのようになれとは言わないけど、自分の信念に命をかけられるんなら親族とも義絶するくらいの信念がないと通用しないからな」

肉の焼ける音も熊ちゃんの言葉には勝てない。

「そうなんですね」

「そうか、君も親の顔が浮かんできた口か」

小さく頷いた。

「それが普通さ。親に運動を反対され組織にも言い訳ができず、迷いに迷って逃げ出した。そんなところだろう」

「え、えぇ……」

「どっちを選ぶかは自分で判断するしかない。正しい判断を下すには時間をかけないとな。人生は長いんだから今の悩みを無駄にしないように上手に時間を使うことだな」

熊ちゃんはそう言うとビールを豪快に流し込んだ。

僕は肉を頬張ることに熱中していた。

「大切なのは、何事につけても本物を見抜く目を養うことだな。本物と偽物、いや偽物はすぐに分かるから本物のふりをした紛《まが》い物の違いが分かる人間になることだ。それには知識と教養がいる。学生運動も個人のその延長線上にあるはずだ。そうじゃないか」

熊ちゃんの言葉は含蓄が深い。

「じゃ、俺は公園の近くにあるジャズの店《ダンモ》に行くよ。高垣、時間があったらまた顔を出しな」

楊枝《ようじ》を咥え、伝票を手にすると立ち上がった。

肩幅と胸の厚みのある熊ちゃんの後ろ姿が逞しく見える。

「あんなに人の心を読む人、見たことないわ」

村越が小さく唸った。

歌舞伎町をホームグラウンドとしている似顔絵描きで、僕が今回の旅に出たのも熊ちゃんのアドバイスがあったことなどを話し店を出た。

テレビ塔の屋根の架かった草むらに寝袋を広げた。

「大学の学生会館で、自治会の主導権争いをめぐってセクト間の内ゲバがあり、ゲバ棒を持って双方の殴り合いが始まったんや。劣勢になって逃げ遅れた相手側の一人が二階の窓から飛び降りて、頭から転落して即死や。自分たちが直接手を下したわけやないけど、殺人事件で捜査を始めた警察は会館内にいた学生を手当たり次第引っ張って事情聴取を始めてな。相手の言い分や仲間の証言によっては僕の立場がどう転ぶか分からへん。そんなことがあって、親には迷惑をかけとうない一心で逃げ出してきたわけや」

内ゲバはどんな理由があるにせよ双方の精神を消耗する。

そんなことを考えながら星空を眺めた。

上弦の月が西の空に浮かんでいた。

「あの人は僕のもやついていた心模様を一言で言い当てた。心の深い人なんやろなぁ」

村越は自分に言い聞かせるように呟いた。

「これから、どんなルートで北海道を出ることになるかは分からへんけど帰りに新宿に寄ってみたいな。熊さんや高垣君たちが言う新宿のフーテンという世界が知りとうなってきたわ」

「いいんじゃないかな。新宿は誰をも拒まない街さ。良かったら、帰りに寄ってみたらいいよ」

ビールの酔いで心地いい睡魔が襲ってきた。僕の、新宿の行きつけの喫茶店『風月堂』の電話番号と自分が座る新宿駅の地下道の場所をメモして渡した。

目が覚めると、この日も青く澄み渡った空が広がっていた。

村越は白老《しらおい》のアイヌ部落に向かうという。僕はこの町の人の流れと爽やかな気候が気に入った。リュックに入っている詩集を売りきるまでこの町に留まることにした。


一週間経つと旧盆が過ぎて空気がひんやりと冷たくなった。

途中、積丹半島で採りたての海栗を食べてみたい。小樽《おたる》から余市《よいち》に出て国道五号線を函館に向かうことにして下通公園を出た。

「丁度、市場に戻るところだから乗って行きなよ」

僕が手を上げると停まってくれたのは、額に皺を深く刻んだ五十代と思える男だった。小樽の魚市場で運搬の仕事をしていると言い、札幌に魚を運んだ帰りと言う小型の貨物車だった。

「長男が東京の大学に行ってるんだよ。あんたを見たら息子に似ていたもんだから」

そう言って煙草を勧めてくれた。道路の右側には日本海が広がり奇怪な岩肌を見せる海岸が続いている。

「この辺の男は海を相手にする仕事しかないのさ。鱈や毛ガニを求めて北洋に行く漁船に乗るんだけど、日ソ漁業協定に定められた境界線ぎりぎりの海洋まで出ないと獲物が少ないから、拿捕《だほ》される危険を覚悟の仕事さ」

息子にはそんな仕事をさせたくないと言う。

「この辺の漁師には、内地の人には嘘のように聞こえるような話もあるのさ。船乗りは拿捕されると二、三年は帰って来られない。旦那が拿捕されると残された嫁は旦那の帰りを待ち切れず余《よ》所《そ》の男と駆け落ちしてしまったり財力のある網元に囲われることだってあるのさ。そうなると可哀想に抑留先から戻った父ちゃんは独りもんだ。そうした不憫な男を、ここでは拿捕未亡人と言っているんだ」

笑える話ではない。

「港町だけに小樽にはヤクザが多くて、そのヤクザが年の暮れになると突然十人くらい町から消えることがあるんだ。消えたヤクザは二度と姿を現さない。そんなとき、町の者は神隠しにあったなんて言っているけどそれは違う。正月が近くなると市場で毛ガニの値が上がるから、漁師経験のあるヤクザがそれを狙って船を出して毛ガニの密漁に行くのさ。冬の海は波が荒いから一歩間違うと遭難だ。密漁だけに遭難しても信号を出すこともできない。そんなことがこれまでも何回もあったさ。もっとも運のいい奴はサハリンに漂着して生き延びているなんて噂も聞くけど、そこは正確には分からないんだ」

未知の世界で起きている破天荒な話は聞く者の興味をそそる。

小樽から別の車を拾って積丹半島の最先端の集落となる余別町《よべつちょう》に着いた。禿《は》げ山のような余別岳が左手に聳えている。海岸線に民家が点在して、細い道を歩くと漁具が置かれてある小屋があった。

半島の最先端まで続く細い岩道を登ると、鷗《かもめ》が目の前を飛び交い海風が顔を叩く。百メートルほど登った半島の突端は切り立った岩が絶壁を作り、海面の岩肌に日本海の荒波が打ちつけて砕け散る。風が凄まじい勢いで海面から吹き上げて来る。

闇の迫るのは早い。荒涼たる風景は寒々しい。麓の町に戻ると海岸近くの小屋の脇にテントを張るスペースを見つけた。僕が腰を下ろすと小屋から老人が顔を出した。髪は白く茶褐色の肌は艶もないが瞼の奥の目は強い光を放っている。

「ここに、今夜泊まるテントを張ってもいいですか」

「風が強いから、テントより小屋の中に泊まればいいよ」

嗄れた声だった。

「ここは海栗や昆布を採るための小屋でな、夜は誰も使わないから使ったらいいよ」

言われて小屋に入ると、入口の土間に栗の毬《いが》のように鋭い棘《とげ》で覆われた何かの残骸が積まれていた。

「これは海栗の中身を取り出した後の殻だよ」

横にバケツが置かれ、黄色いスポンジのようなものが大量に浮かんでいる。

「これは採りたての海栗で甘くて旨いんだよ」

旭川の駅で聞いた海栗のことだ。

「明日市場に出荷するものなんだよ。よかったら食べてみなさい」

採りたてだから旨いと言い、スプーンで掬ってくれた。

勧められるまま口に入れると柔らかい甘みが舌の上に広がった。

地場でしか口にできない贅沢な味だろう。

部屋の突き当たりに水道が引かれて簡単な炊事場になっていた。

「残りの飯が残っているから、よかったら食べなさい」

電気釜の中にご飯が残っていた。僕はリュックに入っている茄子を海水で揉んで、それをおかずに食事をした。

一晩中、小屋の壁を叩き続ける海風を聞きながら朝を迎えた。崖の上にある老人の家に行ってお礼を言った。

僕は、拾った車を乗り継いで函館へ出て、青函連絡船で青森に出た。日本海沿岸を新潟まで下り長野を経て東京に辿り着いたのは八月の最後の日になっていた。


東京の空は光化学スモッグで青い色がない。新宿駅前のグリーンハウスでは、猛暑に焙りだされたように汗の滲んだTシャツ姿のフーテンたちがアンパンを吸って千鳥足で通行人にカンパをせがんでいる。

北海道の町とでは風景も匂いも何もかもが違っている。

それでも僕は新宿の町が好きだ。人と人との出会いが相手を思いやる気持ちを生み出してくれる。旅先で出会った旅人たちの生きることへの逞しさがこの町の住人にもある。

札幌で別れた村越は、僕が渡したメモを頼りに『風月堂』に顔を見せたのは10日ほど経ってからだった。麦藁帽子もそのままなら、Tシャツもジーンズも変わっていない。僕の部屋に荷物を置くと新宿を気ままに探索しているようだった。『風月堂』やジャズ喫茶に連れて行くと、フーテン仲間の持つ空気が外の世界とまったく違った重力を持っていると言って喜んだ。

「何にも縛られることのない魂の解放が、人生の旅と言うものなんだ」

村越はボブが言っていたという言葉を持ち出し〝旅〟の醍醐味が新宿の町にあると言ってご機嫌だ。暫くこの町を離れたくないと言いフーテン生活を味わってから京都に戻ると言う。

村越と『風月堂』でコーヒーを飲んでいると、ミノルが苦り切った表情で煙草を咥えて入って来た。村越を紹介したが上《うわ》の空でちょこっと頭を下げると向かいの席に座った。

「俺どうかしているのかなぁ」

独り言が耳に届いた。こんなに沈んだミノルを見たことはない。

「俺の自慢は、どんなことがあっても女には手を上げたことがないってことだったけど、ついさっきアケミをぶん殴っちゃったんだ」

そう言って自分の掌を見ながら首を横に振った。

僕が北海道に発つと同時にミノルはゴールデン街にバー『明美』を開店した。存在が煩わしくなったアケミを整理するためにミノルが始めた店だ。

「そんなに頻繁に店に顔を出してんの?」

「うん、何かと心配になってな」

「店を持たせたのはアケミが煩わしくなったからだろ」

「まぁ、そうだけど」

「だったら放っておけばいいじゃないか」

「これまで付き合った女は、俺の知らないところで何をしようとまったく気にならなかったけど、俺の目の前で客がアケミに色目を使うと腹が立って歯止めが利かなくなっちゃうんだ。俺がこんなに了見の狭い男だったなんて知らなかったよ」

「そりゃ、客ならママに色目も使えば誘いの言葉もかけるだろうが」

「わかるよ」

「客とアケミがキスでもしたのか」

「そこまではしないよ。手を握ったり熱い目で見つめあったりしてるから、それが我慢できなくて」

「え、そんなことだけで手を上げたのか」

「それだけじゃない。いつまでも二人でいちゃいちゃしているものだから、腹に据えかねてその客を追い出したんだ」

ミノルの説明はこうだ。アケミの店は、以前は『艶子』という店だった。店のママが体を壊して売りに出したのをミノルが買ってアケミに店を持たせた。開店前、そのママが訪ねてきて、自分が辞めたのを知らずに来た客には優しくしてほしいとアケミに頼んだ。

そこまでは僕も知っていた。アケミはその約束を守っていた。知らずに来た客は、体を壊した六十歳近いママより若くて愛想のいいアケミが接客してくれることを喜び頻繁に顔を見せるようになった。

都庁に勤務するその男は、三年前に高校生の一人娘を交通事故で亡くし〝自分の娘を見ているようだ〟とアケミを気に入って日参するようになった。

アケミは父親の顔を知らず施設で育った。父親のように接してくれる客にアケミは父親の姿を投影しているのかもしれない。

ミノルは、そんな二人の仲睦まじさに嫉妬を覚えた。

「それってアケミの接客の範疇だろ。何人もの女の間を渡り歩いて遊び呆けている自分を棚に上げて怒ることはないだろう。それじゃぁいくらなんでもアケミが可哀想すぎるよ」

「そうだよな。と言って、俺が店に顔を出さずにあいつ一人に任せるのも心配で……」

「あの辺は、アケミのように女一人でやっている店がほとんどだろ」

「そう言われればそうだけど」

村越がコーヒーカップを置いた。

「京都の居酒屋でバイトの経験があるんやけど、その店を僕が手伝うことはできへんかな」

「言葉を聞いている範囲では、あんた関西人のようだね。俺は大阪なんだ。同じ関西の人間が働いてくれるというなら俺も安心できるわ」

「そうですか、お願いします」

「だったら俺のほうからお願いしたいくらいだよ」

村越は同志社大学の三回生で、北海道旅行中に僕と知り合い新宿に寄ったところだとミノルに紹介した。

「京都の学生が関西弁使ってゴールデン街で働く。珍しがられて案外客が付くかもしれないなぁ」

ちゃっかりと算盤《そろばん》を弾いている。いかにもミノルらしい。

どれくらい続けるにしろ、村越が『明美』のカウンターに入ればミノルも助かるだろうし、僕も安酒が飲める店が一軒増えるわけで大歓迎だ。三者の思惑が一致した。

今日からでも働きたいという村越をミノルは店に行ってみようと誘う。僕たちは立ち上がった。

開店時間までは時間があるが電気が点いていた。

中を覗くとホースを持ったアケミが床を洗っていた。

「掃除なんかいいよ、俺がするから」

ミノルは、ばつが悪そうにアケミの手からホースを取った。

アケミの右目の下が赤く腫れている。

「アケミ、さっきは悪かった。これまでのように俺がお前と一緒に店にいたんじゃ良くないよな。彼、高垣の友達で村越って言うんだ。お前一人じゃ心配だから彼に店で働いてもらうことにしたんだ」

急なことでアケミは事情が呑《の》み込めないでいる。

此処に来た経緯を僕が説明するとようやく理解した。

「一生懸命頑張りますから、色々と教えてください」

村越が頭を下げた。

「こちらこそ、よろしくお願いします」

右手を出すとアケミがその手を握った。アケミは村越の持つ柔らかい雰囲気が気に入ったようだ。

「簡単なつまみも作るんですよね」

村越が台所に置かれた鍋やフライパンを見ながら言った。

「細かいことはアケミがするから、はじめは酒を出してくれればいいよ」

ミノルに言われたが気にする素振りはない。僕はそのまま村越を置いて帰った。

その夜から、村越は客と飲み歩いているのか僕が教えた始発の山手線をホテル代わりにフーテン生活を楽しんでいるのか僕の部屋に帰らなくなった。

何日か経った。

詩集売りを終えた僕が『明美』のドアを押すとピンクのボタンダウンのシャツを着た村越が、カウンターの向こうで二人の客を相手にしていた。着る物が替われば人も変わるで、すっかり店に馴染んで見える。

「そのシャツ似合ってるよ。どうしたんだ？」

「ミノルさんのお下がりをもろうたんですわ」

「バーテンは格好から入らなくちゃ駄目だって、ミノルが持って来てくれたの」

アケミが嬉しそうに説明した。アケミの白いブラウスと村越のシャツがマッチしてこの界隈には珍しい垢抜けた店になっている。

「今日もあそこに座りはったん？」

「ああ、座ったよ」

「高垣君の作品は躍動感のあるものが多いから人気があるんやろね」

「村越、俺をそんなに褒めても何も出ないよ」

僕がテレるとアケミが続けた。

「高垣さんは、こう見えても新宿じゃ売れっ子街頭詩人だものね」

水割りを前に話し込んでいた客が振り向いた。

かなり年を刻んだ顔をしている。艶子ママが残した客だろう。

「アケミ、村越はこの店に馴染めそうか」

野暮と思いつつ訊いてみた。

「問題ないわよ。関西弁が柔らかくてお客さんの心をなごませてくれるからお店の雰囲気が明るくなっていいの」

アケミが手鍋で野菜を茹《ゆ》でている。


東口の地下道に座っているとミノルが顔を出した。

「それにしても、まいったよ……」

「どうしたんだ?」

「昨日、アケミの部屋に顔を出したんだ。そしたら男がいたんだ」

「女に店でも持たせると女は男を直ぐ作る。と言うことは、海老根さんの言っていたことがそのまま当たったんだ。良かったじゃないか」

「いいんだけどさ、その男誰だと思う?」

藪から棒に言われてもてんで見当がつかない。頭を捻っても皆目見当がつかない。痺れを切らしたようにミノルが言った。

「村越なんだよ。いつの間にかアケミをその気にさせていたんだよな。あの男もなかなかな野郎だ」

僕は黙って聞いていた。

「だけど、アケミがあの男に夢中になるのも分かるよ。同志社って言えば関西じゃ名門中の名門だろ。俺みたいなはぐれ者とは生まれも育ちも違いすぎるものな」

両親に捨てられ愛情に飢えているアケミは、生きる拠《よ》り所として自分に愛情を注いでくれる相手を望んでいるのだろう。他に女がいると分かっているミノルでも、優しくされたことが嬉しくて他の女には目を瞑《つぶ》り彼女の座に収まろうとしていた。

そのアケミが、一緒に働くうちに村越の持つ偏見のない良識と優しさに惹かれた。京都に帰ると警察の捜査が待ち受けているかもしれない。捜査の内容いかんではお縄になる恐れもある。村越はそんな不安を抱えている。

ミノルとアケミの本当の間柄を知らない村越は、心優しく寂しがり屋のアケミに惹かれて部屋に出入りするようになった。そう考えると何もかもが合点がいく。

「村越が余計なことをしちゃったのかなぁ?」

僕はミノルに訊いた。

「正直なところ心は穏やかじゃないよ。だけどそれ言ったら、あのとき一緒に麻雀を打っていた連中に俺笑われちゃうよな。自分がこんなに女々しい男だとは思わなかったよ。情けねぇったらありゃしないな」

そう言いながら目の前を通り過ぎる通行人に目を泳がせた。

「二人の仲を認めるんなら、二人の仲がどう転ぶか分からないけどアケミの写っている写真は持ち歩かない方がいいんじゃないかな。これから先、二人のためにもやめてほしいな」

「そうだな。アケミも、新宿に根を下ろす気になった村越も俺たちにとってみれば大切な仲間だもんな」

ミノルがフーテンの絆を口にする。

「俺だって男さ。そんなことは分かっているよ」

はにかむように言った。

「これから写真の販売《バイ》に行くのか」

「アケミに店をくれてやるとなれば、出店に使った原資だけは稼ぎを出さなくちゃならないからな」

「それくらいの金、アケミでとっくに稼いでいるだろうが」

ミノルはそれには答えず歌舞伎町に向かう通りの雑踏に消えた。

僕は西口の「思い出横丁」に出て天丼を食べた。

『明美』に顔を出すには時間が早い。歌舞伎町に出た。大和銀行の壁に寄り添うようにして熊ちゃんが立っていた。札幌以来だ。

「俺、昨日帰ったんだ。それにしてもお前は旅をしたことで顔の相が随分と変わったな。人間としての腰の据わりが顔相に出てきているよ。旅に出て良かっただろう？」

あの時、僕が北海道に向かう決心ができたのは熊ちゃんの後押しがあったからだ。今度の旅は、僕に人との出会いの大切さと自然体で生きる逞しさを植え付けてくれた。

「実は、札幌でジンギスカン鍋を一緒に御馳走になった村越が新宿に来ているんですよ」

「ああ、あのときの学生か」

ゴールデン街で働き始めたことを伝えた。

「え、ミノルの女が出した店で働いている。そりゃあ面白そうだ。今夜にでも行ってみたいなぁ」

僕たちは十時に店の前で待ち合わせをした。


ゴールデン街は、この夜も客の往来が賑やかで華やいでいた。

『明美』の少し開いた店のドアからボブ・ディランの『風に吹かれて』が聞こえてきた。旅愁を誘う曲だ。この選曲は村越がしたものに違いない。そんなことを考えながら僕がその曲を口ずさんでいると、熊ちゃんがイーゼルを肩にやって来た。

僕がドアを押すと熊ちゃんが先に入った。

「バーテン、ビールだ、ビールをくれ」

野太い熊ちゃんの声に村越の目が点になっている。

後から顔を出した僕を見て合点がいったようだ。

「学生さん、君は京都に帰る途中にこの街に寄ったんだって」

「え、ええ……。札幌では色々とお世話になりまして」

村越が熊ちゃんに深々と頭を下げる。

「いいっていいって。今夜は、その時の埋め合わせをしてもらうつもりで来たんだ。さ～てと、旨い酒を飲ませてもらおうかな」

「勿論ですわ、今夜は僕に任せてください」

冷蔵庫からビールを出してグラスとともにカウンターに置いた。

「いいねぇ。君の顔には旅を楽しんでいるって感じの充実感が溢れているよ。どうだ、この街は？」

「ええ、気に入っちゃいました」

「だったらゆっくりしていくといい」

「はい、そのつもりでいます」

村越は小さく頷いた。

アケミは、二人のやり取りに目を白黒させている。

僕が北海道での出会いを説明した。

「そうですか。でしたら今夜はゆっくりしていってください」

村越の白いボタンダウンのシャツとアケミのピンクの前掛けが、新婚夫婦のように新鮮で映えている。僕が四つのグラスにビールを注いだ。

「お互いの未来に向かって乾杯！」

音頭は熊ちゃんが取った。

「アケミ、熊さんに何か腹持ちの良いつまみでも拵えてやってや」

「は〜い」

アケミがフライパンを手にすると、村越が新しいビールの栓を抜いた。ゴールデン街に新しい一組のカップルが誕生した。

第三話

家出捜索人と流しのカメラマン

初夏の日差しが降り注ぐ新宿駅東口のグリーンハウスを、フーテンたちは自宅の茶の間ででもあるかのように自由気儘《きまま》に使いこなしている。寝そべって本を読むもの、女の膝枕で昼寝を楽しむもの。そこにたむろする人種は、さながら人間博物館のようだ。

女装のオカマ、浮浪者、ナポレオンヘアのフーテン、睡眠薬常習者のアンパン野郎、編み笠姿の占師ときている。

ところがその中にあって、額に深い皺を刻み虚《うつ》ろな目で通行人を追う中年風の男だけが浮き上がって見える。七三に分けた頭とグレーの背広は定年間近の官吏にも見えるが、《この写真は私の娘です。今年の三月に家出したまま行方不明になっています。お心あたりの方は声をかけてください》こう書かれた、サンドイッチマンのように尻まで隠す白い布を頭からすっぽり被《かぶ》っている。

電話番号は自宅のものだろう。掌《てのひら》大のモノクロ写真に写っているのは二重瞼《ふたえまぶた》で瞳の大きなセーラー服姿の女の子だ。

日焼けした顔に刻み込まれた深い皺。黒縁メガネがオウムの嘴《くちばし》のような大きな鼻にかろうじて支えられている。レンズは曇ったままだ。

花壇に腰を下ろし通行人に投げやりな視線を送っていた男が家出捜索人だろう。その告知布を見て男が横から近づいた。ベルボトムのジーンズに紺のジャケットだ。服装は整っているが背中に垢のような汚れがこびり付いているのはモグラ(地下道で横になって寝る)をしているに違いない。

「この写真に似ている子、俺がよく行く歌舞伎町のコンパ『王城《おおじょう》』っていう店で見かけるよ。よかったら行ってみます」

声をかけられた告知男が男の顔を見た。

「本当ですか、知ってるんですか」

縋《すが》るように男の顔を見た。

「その店っていうのは、遠いんですか」

「歩いて十分くらいかな。だけど、この時間だとまだ店は開いてないよ」

二幸デパートの壁に掛かる時計は、午後四時を少し回ったばかりだ。

「俺、腹減ってるんだ。その店に案内するのはいいけど飯奢ってくれないかな。飯でも喰っていれば店の人間が出社する時間になるから」

「いいです、いいですよ」

「娘さんが見つかるかもしれないんだからその布は外した方がいいよ。俺そんなの持った人と一緒に歩くのは嫌だもん」

告知男は、息子のような若造に言われるまま布を外してバッグに仕舞った。僕はその会話を聞いて男の言っていることは嘘だと確信できた。男が言った店は安い店ではない。服装からしてこいつが易々《やすやす》行けるはずがないからだ。

それから二週間ほどが経《た》っていた。

「あの～、この写真に似た女の子、見がけだこどありませんか」

新宿駅東口の地下道に座っていると、あの時の告知男が僕に話しかけてきた。ということはまだ娘さんは見つかっていないんだ。

梅雨の雨に幾度となく打たれ埃《ほこり》がこびり付いた背広は鉛色に変色して、革靴は爪先が捲《めく》れて白かった告知布も煤《すす》けた色に変わっていた。顔には、街の垢を塗り込めたような重い疲労感が滲《にじ》み出て、男の心模様を映している。

「娘さんが家出しちゃったんですか」

「ええ、そうなんです。仕事を放り出して探しに出てきたんですが見づからねくて」

煙草を勧めると恐縮するように僕の横に腰を下ろした。

背中の布に貼ってある写真がひしゃげるような顔で曲がっている。バッグから『週刊プレイボーイ』を出した。広げたページを覗くと《若さを発散する、新宿の若者たち》と見出しがあり、新宿三丁目のゴーゴー喫茶の店内で客が気持ちよさそうに踊る姿が写っている。見開きのグラビアページだ。

《新宿の若者が集まる踊れるスナックは、殆どが夜十一時まで営業している。若者たちは店が閉まると歌舞伎町界隈の深夜喫茶に流れて朝を迎える。夜が明けると、グリーンハウスに移動してシンナーや睡眠薬遊びを始めあてもなく街を彷徨《さまよ》う。夏休みを前に新宿のフーテン族は増えるばかりで、所轄の淀橋《よどばし》警察署は対策の施しようがないと頭を痛めている》

こんなキャプションが添えられている。

「偶然だけど、この写真の隅に写っているのがうちの娘に似ているもんですから、写真を見でいたらいてても立ってもいられなくて出てきました」

なるほど、そこに写る女の子と布に貼られた写真の顔は似ていると言えば確かに似て見える。

家出した理由を訊くと、娘さんは、この春の先輩の卒業式に生徒会仲間の先輩と、ヘルメットとゲバ棒で武装して〝卒業式粉砕〟を叫んで式場に押しかけた。

卒業式は中断となり、怒った学校側は乱入した生徒全員を停学処分とした。盛岡の市役所で出納係として勤務する父親は学校に呼ばれた。

「私は校長先生に叱られましてね。家に戻って娘を怒るとそのまま家を出てしまったんですよ」

自分を神保《じんぼ》と名乗り娘を薫子《かおるこ》と呼んだ。

「自分の意見を持って行動するのって頼もしいじゃないですか。何故《なぜ》、式の妨害行動をしたのか、娘さんに理由をちゃんと訊いたんですか？」

僕の言葉に意外なものを見るような目になった。

「卒業式は、学校にとってハレの日になるはずの大事な行事でしょ。その式を妨害するなんてことは悪いことじゃないんですか」

僕は黙っていた。

「東京じゃ、学生さんが機動隊に棒を持って殴りかがっていますがね。あなたもこっちの方をしているんですか」

そう言ってゲバ棒を振り回す仕草をした。

「してますよ。いや、してました」

僕の顔を凝視する。

この時期、ベトナム戦争反対や七〇年安保継続反対を叫ぶ大学生の政治運動に触発された全国の多くの高校で、政治問題を取り上げようとする生徒会と学校側が対立していた。

生徒の意見を受け入れようとしない学校側に対し、生徒は学校をロックアウトしたり卒業式を中止させせようとする実力行使に出る高校が全国的に多くあった。


五年前の一九六五年七月、中核派の高校生組織「反戦高協《はんせんこうきょう》」が結成された。社青同《しゃせいどう》解放派系の「反帝高評《はんていこうひょう》」も後に続いた。六七年十一月十二日「佐藤訪米阻止」第二次羽田闘争には、反戦高協系の高校生も参加し、六人が公務執行妨害で逮捕されている。

去年のことだが、十二月二十六日の夕方、群馬県富岡高校二年生の男子生徒が、自宅近くの河原でガソリンをかぶって焼身自殺した。この生徒は二か月前の十月二十一日、都内で開かれた国際反戦デーの集会に参加しデモに加わっていた。このことを学校に咎《とが》められた末の抗議の自殺であった。残されていた遺書にこんなことが書かれていた。

《高校生の政治活動禁止！

ふざけるんじゃない。現在社会人のつくっている政治じゃないか。

社会の全ての人々が政治によってつくられているではないか。

政治運動は、僕達が社会に目を開く一番の近道ではないか》

長文の遺書には、安保条約に関しての意見やアジアにおける日本の立ち位置、ベトナム戦争における日本政府の取るべき姿勢などの思想形態が深く書き込まれていた。

彼だけが例外ではなく、高校生が政治問題に意見を持ち活動の場を学外に移すようになっていた。これも時代の流れだろう。そんなことを僕は話した。

娘さんが家出した後、一緒に停学処分になった同級生に当たってみても行き先は杳《よう》として知れず、警察に捜索願を出したが動いてくれる気配もない。途方に暮れているところに、娘さんに似ている女の子が写っていると言って役所の同僚が週刊誌を持ってきてくれた。

「三年前、女房が子宮癌《しきゅうがん》で逝っちまってね。それ以来娘と二人で生きて来たんです。二人になってみると、娘を無事結婚させて孫の顔を見たい。それを楽しみに生きて来たんだけど、自分一人になってみると何の生き甲斐《がい》も無くなってった。娘が私の命だったもんですから」

死に物狂いになって方々に手を尽くし探していたところに、週刊誌の写真を見せられた。それからというもの、仕事も手に付かず、意を決して上京した。新宿に出て一か月になるという。一週間ほど、当てもなく歩き回ったが見つからず、諦めきれずにこの告知布を作って街を彷徨い始めた。最初は旅館に泊まっていたが、懐が寂しくなった今は地下道に段ボールを敷きフーテンと一緒にモグラをしているという。

二週間前のフーテンに声を掛けられていた件を訊いてみた。

「嘘でした。あいづは私の懐を狙った詐欺師でした。食堂に入ると飲まれで喰われで、連れで行かれた店では従業員が娘の写真を見でうちにはこういう子は働いでないよ、の一言でした」

呟《つぶや》いた声は怒りを通り越していた。

地下道のモザイク模様の壁を力のない目で見つめる。

「もう、あの類の性質《たち》の悪い詐欺師には五回も騙《だま》されました」

首がコトンと前に落ちた。

「娘が新宿にいるどしたら、グリーンハウスに顔を出す可能性が高いと思って……ついここさ足が向ぐんですよ。知り合いがいるでもなぐ、私には行く場所がなぐなってしまったんです」

一か月の放浪生活が年を刻ませたのか、僕は五十代後半と見ていたが実年齢は四十八歳という。

聞けば聞くほどむごたらしく思えた。

「よかったら、飯でも喰いませんか」

力の無い目が僕を下から覗く。血管が青く浮いた手で背広のポケットから財布を出した。

何枚かの青い札が並んで見える。

「いえ、そんなことじゃないですよ。今日は、この詩集がかなり売れたものですから僕の奢り。どうですか、飲めて食べられる店がいいでしょ」

「え、まさか……。そんなこと――」

「いいじゃないですか。この街に生きている人間は、みんな仲間のようなものですよ」

僕の顔を疑り深そうに見る。僕は簡単に自分の経歴を話した。

「失礼ですけど、東京さ出で来て、こんな優しい言葉をかけられだのは初めてですっけ」

「とにかく行きましょうよ」

僕は、神保さんを伴って中央口から南口に通ずる甲州街道に出る。階段の手前にある酒場『日本晴《にほんばれ》』に向かった。このあたりは、新宿駅の中央口から五百メートルと離れていないのに戦後の闇市がそのまま残って朽ちかけた居酒屋と屋台が並んでいる。

いつも行く丸井《まるい》デパート脇の『公明酒蔵《こうめいしゅぞう》』は、学生や心情左翼の若者が多く客同士の議論で盛り上がるが『日本晴』は、年老いた浮浪者や日雇い労働者が多く、客の誰もが時間をアルコールで埋めている。そんな店だ。店は二十人ほどが座れるコの字形のカウンターでこの日も浮浪者を思わせる風体の客で半分ほどが埋まっていた。

合成酒三十円。もつ煮込み四十円。サバ塩三十円。おにぎり一個十五円の店だ。

「何にします？　僕は熱燗《あつかん》にしますけど」

「私も、それでいいです」

二人でコップに酒を注ぎ合って乾杯をした。

「お、詩人、景気が良さそうだな。俺にも一杯頼むよ」

戦争に行って伍長《ごちょう》まで出世したというのが自慢で、自分を〝伍長〟と呼び仲間にもそう呼ばせている男が僕たちの正面にいた。暇さえあれば、紐《ひも》の先端に磁石を付けて路上を引きずって歩いて落ちている硬貨を集めて稼ぎにしている。五時間も練り歩けば五百円は集まると言い、この時間になるとこの店によく顔を出している。

塒《ねぐら》を何処にしているかは知らないが、終電が終わるころになると歌舞伎町界隈の飲食店の脇に積まれたビールやウイスキーの瓶に残るアルコールをごっちゃまぜに自分の瓶に移して、朝から駅前周辺でラッパ飲みしている。そんな伍長は、僕の座る東口地下道に時折立ち寄ることもあり言葉を交わす仲でもある。

一度だけ勧められるまま伍長の集めた混合酒を飲んだことがある。

まだらな味でとても飲めた代物《しろもの》ではない。

伍長は酒の飲み過ぎで喉が潰れてダミ声しか出ないが、口を開けば過激な政治批判を繰り返す。神保さんと同じ色合いの上着を着ているが垢に塗《まみ》れて黒光りしている。感心するのは、夏でも冬でも着ている物が変わらないことだ。

その伍長に酒を無心された僕は合成酒を一杯奢った。

「悪いな。学生ごときに無心するようになっちゃ俺も終わりかな」

そんなことを言いながら旨そうに呷る。

「新宿に集まっている若者の話を聞いでると、家には連絡取ってねえどが、働くことの意味が分からねえど言って何もしてねえ子が多いんですね。私は、家出することはお天道さんに言い訳できないぐらい悪いことだど思っていだけど、そうでもねぇのがな」

コップを両手で包み込むようにして話す。

「僕も、一年以上は実家と連絡を取っていないから家出人と同じようなもんですよ。大切なのはそんなことじゃなくて、自分がどんな生き方をするか。それを、どうやって探すか。それを考えるのが僕たちの年代なんです。枠に嵌まった社会の決まり事の中で物事を考えていたら、人生それで終わっちゃうんじゃないですか」

「この一か月の放浪生活で、あなたの言っていることが少し分かる気がします」

「娘さんを探し続けるって言いますけど、今までみたいに歩き回るんですか」

「方法はそれしかないですよ」

娘の家出が、田舎の役所で出納係をしている男を浮浪者に仕立ててしまう。

神保さんは両掌に顎を置いて壁の品書きを見ている。

体には告知布が巻きついたままだ。

「これだけは、外した方がいいんじゃないですか」

「家出した娘さんを探しているの？　新宿で探すといっても広いからなぁ」

神保さんが外す告知布を見て伍長が言った。

外した布をバッグに仕舞いながら神保さんが伍長に言う。

「娘を育てることだけを生き甲斐にしてぎだものですから。私の生ぎる目的が無ぐなってしまったんですっけぇ」

「娘かぁ、俺にも娘がいてな……。戦争でいなくなっちゃったよ」

「私の娘は、生ぎていると思うんですが」

「どうしたんだい？　娘さんは男と駆け落ちでもしたのかい」

「いいえ、高校生のくせに政治問題に関心を持って、ベトナム戦争反対だのって学校の先生に楯突《たてつ》いて」

「ほう、それじゃ共産党《アカ》かい。なら、頼もしい。この辺で遊び呆《ほう》けている連中よりよっぽど気骨があってよろしい」

「そういうもんですか？」

「ああ、帰ってきたら褒めてやんな。こんな国だもの、楯突きたくもなるよ。見上げたもんだ。たいしたもんだって」

「国家に逆らうことがですか？」

「ああ、あんたも戦争に行ったんだろ」

「ええ、満州《まんしゅう》の方に」

「俺も行ったよ、ボルネオだ。嫁と娘がいたんだけど、戦争から帰ったら牛込柳町《うしごめやなぎちょう》の実家は丸焼けで二人は何処に行ったかわかんねえ。アメリカに国をボロボロにされたというのに、その国がアメリカのベトナム戦争に裏で手を貸している。信じられねえよ。この国に目を覚まさせるためにも、零戦《ゼロせん》に乗って海のもくずと消えた特攻隊員じゃないけど、パイロットになって首相官邸に突っ込むくらい気概のある若者はいないもんかなぁ」

神保さんは握りしめたコップを睨む。

「俺は、戦争に駆り出されて家族を失い人生切れちゃったよ。こんな国のために働く気がしねぇんだ。でも、まだ生きていたい。だから道に落ちてる銭を拾ってるんだ。言ってみりゃ、俺の生活は毎日が墓場に向かっての行進てとこかな」

今度は伍長がコップを見つめる。

神保さんが、僕を気にしながら遠慮がちに酒を注文した。

運ばれた酒を、立ち上がって伍長のコップに注いだ。

二人は一気に呷った。

頭を掻《か》きながら、神保さんが僕のコップにも酒を注いでくれた。

赤く咲くのは　けしの花
白く咲くのは　百合の花
どう咲きゃいいのさ　この私
夢は夜ひらく

藤圭子《ふじけいこ》の『圭子《けいこ》の夢《ゆめ》は夜《よる》ひらく』が、棚に置かれたトランジスターラジオから流れてきた。投げやりと絶望感を同居させているような歌詞だ。藤圭子もこんな新宿の空気を吸って生きてきたのかな。

神保さんがフラついた足取りで外に出た。

なかなか戻らない。

バッグは置いたままだ。一人になりたいんだろう。

「兄ちゃんはこの先、何をするつもりなんだい？」

伍長に訊かれた。

「何年か考えてから決めますよ」

「うん、そうだな。急いで決めることはねえ。慌てる乞食《こじき》は貰いが少ないって言うからな」

それにしても神保さんの戻りが遅い。外に出てみると、向かいの建物の壁に両手をつき頭を押し付けている。吐いた汚物が足元の雑草の上に散らばっている。疲れきった体に一気飲みが利いたようだ。

背中をさすってやった。

「大丈夫ですよ。申し訳ないです」

背中の骨が僕の掌にやたらとごつごつ当たった。

「今夜は、僕のところに来て、体を休めたらどうですか」

背中をさする手を休めずに言った。

空気が冷えてきた。西の空に半月が浮かんでいる。

「えっ！　私を泊めてくれるんですか」

「いいですよ、狭苦しいアパートですけど」

僕たちは店を出た。

「心配いらないよ。娘さんは元気で生きてるよ。そのうちひょっこり出てくるさ」

伍長の声が背中でした。立ち止まって振り返ると、神保さんは深々と頭を下げた。

三日ぶりにアパートに帰った。新中野の僕のアパートは十二部屋ある木造の平屋建てだ。電気が点いている部屋もあれば消えている部屋もある。神保さんが何もない僕の部屋を珍しそうに眺める。

台所といっても調味料もなければ買い置きの食料もない。

「本当に学生さんなんですか」

本箱代わりに使っているみかん箱には漫画雑誌『ガロ』と三島由紀夫《みしまゆきお》、大江健三郎《おおえけんざぶろう》、石川啄木《いしかわたくぼく》、宮沢賢治の本が何冊かあるが教科書もなければ参考書もない。学生として最低限揃っているはずの物が何もないわけで、疑われてもしょうがない。僕は炬燵《こたつ》を部屋の真ん中に置いた。

「いや、そんなつもりじゃないですよ。ちゃんと自分の部屋があるのに帰らないでフーテンしてるというもんですから」

説明するのも面倒で炬燵に布団をかぶせてスイッチを入れた。僕の枕はある。神保さんに枕がわりに使うよう座布団を渡して炬燵に向かい合わせに体を入れた。久々に畳の上で眠れると神保さんは喜んだ。

裸電球を消すと、部屋が暗闇に包まれた。窓の外を走る車のヘッドライトが部屋を一瞬明るく照らす。一か月新宿を歩き回ったという神保さんは、この先どうするつもりなんだろう。仕事を探して、自分の空き時間に娘さんを探したらどうだろうか。僕がフーテンを始めた当初に働いたプラカード持ちの仕事はどうだろう。

この仕事の手配師をしている三宅《みやけ》さんの本職は世田谷《せたがや》にある寺の住職だ。

寺の檀家《だんか》総代が新宿の顔役で、

「住職社会を知らなければ本当の仏心が湧くはずもない。繁華街の社会の底辺で生きる人間の悩みに触れることも大切ではないですか」

そう言われ、夕方になると新宿に出て手配師をするようになった御人だ。仏心を持っているだけに事情を話せば告知布の件も理解してくれるだろう。繁華街に立っていれば通行人の目に触れることになる。しかも現金収入も確保できる。

こんなことを考えていると炬燵の向こうから声がした。

「皆さんの話を聞いていると、娘を一方的に怒った私が悪がったんですかねぇ」

娘さんに語りかけているように聞こえた。

「自分の人生は、その人が一番考えていますからね」

「そうなんですね」

暫くすると鼾《いびき》が聞こえてきた。


窓から差し込む光で目が覚めた。

神保さんは、アルコールと炬燵の暖かさで熟睡できたのか、今朝は皺の数が少し減ったように爽やかに見える。

雑貨店でインスタントラーメンを買ってきて台所に立った。

ラーメンをテーブルに運びながら、プラカード持ちの仕事について神保さんに話してみた。三宅さんの存在と仕事の内容も簡単に説明した。

「そうですか、収入になって娘の捜索も同時にできるんですね」

不安を含んだ目が幾分明るさを増した。

「神保さん、僕はここにあまり帰らないんで、もしよければ娘さんが見つかるまでこの部屋を使ったらどうですか」

「え、本当ですか。助かりますけど。そんなことを知り合ったばかりの私にしてくれるんですか」

「人間なんて、知り合った時からみんな仲間じゃないですか」

これは、僕に街頭詩人の手ほどきをしてくれたフーテンの牧野《まきの》とノブが使った言葉だ。

街頭詩人になるきっかけとなった二人の話をした。

「そうなんですか。みんな助け合って生きてるんですね」

神保さんの声が涙声になった。


神保さんと連れだって新宿に出ると、とりあえず『風月堂』に向かった。神保さんはクラシック音楽の流れる高い天井の店内を何回も見回している。コーヒーを注文して新聞を開いているとミノルが来た。雀牌《ジャンパイ》をツモる仕草をする。僕は断った。ミノルが懐から封筒を出すと全裸の男と女が組んず解《ほぐ》れつで絡んでいる写真を出してテーブルに並べた。

「この写真の女《スケ》スタイルいいだろう。モデルでも通用するよな」

そう言って相談口調で話しかけられた。二十歳前と思われるショートカットの女の子とミノルが写るカットだ。ミノルは歌舞伎町通りで通行人相手にこの類の写真を売り歩いている販売人だ。

「最近の家出娘は、上玉が揃ってるだろ」

そう言って鼻を蠢《うごめ》かせる。当たり前のように出した写真も、田舎の役所勤めの公務員には刺激が強すぎる。その上「家出少女をたぶらかして撮った」と余計なことを言ったものだから神保さんの顔が引き攣《つ》るのが分かった。

ミノルが神保さんを見た。着ている背広の汚れと饐《す》えた臭いはモグラ経験者独特のもので、ミノルがそれを見抜かないわけがない。鼻をつまむ仕草をして立ち上がると窓際の席に移ってしまった。

靖国通りと歌舞伎町通りの角にある大和《だいわ》銀行前がプラカード持ちの集合場所で、集合時間は午後五時少し前。そこにはプラカードを銀行の壁に立て掛けた三宅さんが待っているはずだ。僕は神保さんを連れて三宅さんが立つ大和銀行前に向かった。

帽子を被った五分刈りの頭もツイードのジャケットも、僕がお世話になった時の三宅さんと変っていなかった。

神保さんを紹介し、これまでの経緯をかいつまんで話した。

神保さんは直立不動で立っている。

「そうですか、お気の毒ですなぁ。それじゃ断るわけにはいかないわな。いいですよ、仕事はありますから」

「これを付けたままでもいいですか」

そう言って告知布を広げると頭から被って見せた。三宅さんは、告知布をじっと眺めている。

「いいじゃないですか。それが目的で働いてくれるわけでしょうから」

三宅さんが神保さんに渡したプラカードはコマ劇場正面のパチンコ店のものだった。

「勝つも負けるもあなたの腕次第ですよ。当たり台を如何《いか》に見つけるかに勝負はかかっています。台の見分けは天釘《てんくぎ》の四本で決まるんです。この釘四本の配置次第で出玉が見抜ける先輩なら大勝は間違いなし。釘の基礎知識のない方は、当店としてもお断り。釘を見る目のある方こそ腕の見せどころ。先輩もひとつどうですか」

通行人に向かって口にする口上を、三宅さんがゆっくり説くように話すと、神保さんは一回で諳《そらん》じた。三宅さんは満足そうに頷いた。プラカードがめいめいに配られると、六人のプラカード持ちは所定の場所に散って行った。

神保さんはコマ劇場前の歩道に立った。通り過ぎる人の波が、告知布を付けた神保さんを振り返る。これなら効果はてきめんだろう。僕は神保さんと別れて東口の地下道に向かった。地下道に座って通行人を眺めながら昨晩からの時間の流れを辿《たど》った。効率よく人探しをするには、どうしたらいいのか……。そんなことを考えていると、ナベさんの顔が浮かんだ。


ナベさんは、歌舞伎町界隈を縄張りとしている〝流しのカメラマン〟だ。僕がナベさんと初めて会ったのは半年ほど前だった。

僕が詩集を売っていると、僕の座る通路の反対側から僕に向かって中腰でカメラを構えた。

「どうして僕なんか撮るんですか」

それにには何も答えず、たて続けにシャッターが切られた。撮り終えると僕の前に来て言った。

「ここで商売する街頭詩人なら、俺の同業者みたいなもんだ。だから撮らせてもらったんだよ。悪く思わないでよ」

そう言って握手を求められた。

肩幅が広く口髭をはやした精悍《せいかん》な顔をしている。米軍の払い下げであろう迷彩色の半袖の軍服が似合い、体から漂い出る空気が自由に生きる人間の奔放さを感じさせる。目を細めて笑う顔は邪気がない。

「俺はあんたみたいに新宿に住み着いている住人が好きでな。どうだ、詩集売りってのは喰い扶《ぶ》持《ち》くらいにはなるのか?」

そう言って勝手に僕の横に腰を下ろした。

「どうにか合成酒と、つるかめ食堂の天丼くらいは」

「俺は夜通し新宿の街をほっつき歩いてどうにか喰える程度だぞ。座っているだけで喰えるんならいい商売じゃねえか」

豪快に笑うとカメラのレンズに手を掛けた。

「こうして街で撮った写真を買ってもらうのが俺の仕事さ。渡辺《わたなべ》って言うんだけどこの辺りじゃ〝ナベ〟で通ってるんだ、よろしく。明日のこの時間に、今撮った写真を持ってくるけどいるかな。そのときは買ってよ」

物売りの言葉になったが嫌味がない。

既に一杯飲んでいると言い、旨そうに煙草を吸う。

自分の仕事の説明をした。日暮れを待って新宿の街に出る。明け方近くまで歌舞伎町から新宿三丁目、二丁目と徘徊《はいかい》して客を見つけるとシャッターを切る。客といっても通行人ではない。飲食店で働く従業員やホステス、オカマバーのママ、ヌードスタジオの踊り子、地回りのお兄さんと新宿を根城にしている住人相手の商売という。

店に顔を出してホステスやボーイの撮影希望者を募ってからシャッターを切る。撮った写真は焼いて翌日に届ける。

撮影料は一枚百円で、客を求めて一晩中徘徊している。そんな仕事を始めて四年になるという。盛岡生まれで、高校時代から写真の魅力に取り憑かれ、地元の企業に就職したが写真の仕事に就きたくて上京した。結婚式場の写真部で働いているとき〝流しのカメラマン〟と知り合って機材を借り受け、職場に籍を置きながら上野で流しのカメラマンを始めた。職場を辞めカメラ一つで、新宿を根城に撮り始めたのが六七年。そんな経緯を気安く話してくれた。僕より九歳年上だった。フーテンを始めて三年目になる僕にとってみれば大先輩だ。

ナベさんが言うには、仕事始めに幸先よく客がつくとその日は商売がうまくいく。

そんなゲンを担ぎ、今日初めての客として僕にカメラを向けシャッターを切ったという。

そう言われると撮られた写真を断るわけにはいかない。

《詩集　さりげなく　一部一〇〇円》と書いたポスターの横で写っている僕の写真をナベさんが持ってきたのは、約束通り翌日の夕方だった。出された二枚に僕は二百円払った。

新宿での僕とナベさんの行動範囲は面白いほど似通っていた。

腹が減ると歌舞伎町の『つるかめ食堂』に行き、くたびれると喫茶店の『王城』や『軽井沢《かるいざわ》』を使う。『風月堂』にも顔を出しているというからこれまで顔を合わさなかったことが不思議なくらいだ。

それからは顔を合わせると互いが挨拶をするようになった。

梅雨明けを控えた七月の中旬。僕は歌舞伎町の『満元』で麻雀を打った。久々に役満の四暗刻《スーアンコウ》を和了《つもあがり》して大勝した。ご機嫌な僕は一緒に卓を囲んだミノルを誘って三丁目の居酒屋『どん底』に向かった。

終電間近と言うのに三丁目の要町《かなめちょう》はごった返していた。落語好きで賑わう寄席『新宿末廣亭』の前に来るとサーチライトのような光が一瞬辺りを照らし、続けてまた光った。

「こらッ、何見てさらすんじゃい。見せものじゃないわい」

人垣のできたその先で、黒いサングラスの男が怒鳴っている。

喧嘩《けんか》ではなさそうだ。僕は後ろから背伸びして覗いた。僕に背中を見せている男はカメラを構え、カメラの前に立つ男は濃い茶色のサングラスをかけている。

「いいですか、行きますすよ」

その声はナベさんのものだった。男が中腰になり、左手を膝に置いて右手を前に出した。

「お控えなすって、手前は――」そんな口上を口にした。

その動きに合わせてシャッターが切られる。

撮り終えたようだ。ナベさんがフィルムを巻いている。

「今日の出来はどうだ。写りが悪かったら金なんか払わねえぞ」

「大丈夫ですよ、今日の兄さんは決まってましたから」

低く籠った声で威嚇《いかく》されてもナベさんは怯《ひる》まない。

「ほうかぁ。じゃ、今撮ったの、明日の晩持ってこい」

そう言うと男は、肩を怒らせながらビルの階段を上がって行く。

ナベさんはカメラを忙《せわ》しく仕舞う。ミノルはそんな光景に興味を示さない。歌舞伎町に行くと言って別れた。

「商売、繁盛してるじゃないですか」

僕はナベさんに声をかけた。

「おお、街頭詩人だな。今日はどうだった？」

「麻雀を打って、安酒を飲む程度の売り上げはありましたよ」

「ほーか、時間あるなら付き合いなよ。これから行くところは面白いぞ」

この辺りを隅々まで知り尽くしているナベさんの言うことだ。勢いにのって僕は後に続いた。

通りを渡って花園通りを二丁目公園方面に歩く。一筋道を隔てたところにある二丁目は、三丁目のきらびやかなネオン街とまったく違う。闇を包む空気が隙間風のように寒々しい。路地裏に裸電球が灯りヌードスタジオの看板が幾つも並ぶ。

「兄さん、いい子いるわよ。寄ってってって」

コートを羽織っただけの女が店の前で煙草をふかし、男の姿を見ると一瞬だけレインコートの裾を開いて中身を見せびらかせている。

「な、みんな生きるのに一生懸命だろ」

ナベさんが呟いた。

「どうなの、今夜は繁盛かな」

ナベさんが呼び込みの女に近づくと女が嬉しそうに立ち上がった。

「あら、ナベちゃんじゃない。あんたには見せるもんなんかないわよ。それよっか、昨日撮ったの持ってきてくれた」

ナベさんはバッグから三枚の写真を出した。写っているのは、透明の風呂敷のようなビニールを体に巻いた全裸の彼女だ。

丸くて小さな唇は女子高生を思わせる可憐《かれん》さを残しているが、乳房が妙に大きく広がっている。そのアンバランスが何とも言えない。

「いくらなの」

「三枚だから三百円だよ」

財布から千円札を出した。

「いいのよぅ、チップなんだから取っといて」

「今日のママ、笑顔が良いんだからぁ」

「ナベちゃんたら上手ねぇ。褒められたら撮らせないわけにはいかないでしょ。いいわ、撮って。今日はこのままでいいから。どうこのカット」

立ち上がると、両手を腰に当ててツンとおすまし顔を作った。ヌードスタジオはこの界隈に二十軒ほどあり、店の子たちはほとんどナベさんの顧客という。

ナベさんは仕事の得意先をそれぞれ時間帯に分けているようだ。

キャバレーやコンパは、ホステスさんがメイクアップを完了した頃合いを見計らい、客が来る前に顔を出す。その時間は七時前後と言い、馴染《なじ》みのバーに移動するのは八時頃で開店時間に合わせると出勤してきたホステスと交渉する。バーは開店しても暫くは来客がない。ナベさんが場持ちの良さを発揮して話術でホステスたちの相手をする。会話が弾むほどに写真の注文が増えると言うから面白い。

午後九時を過ぎると歌舞伎町から二丁目までを流して歩く。この時間は地回りのヤクザや店の呼び込みのボーイたちとの付き合いになる。夜中の十二時を過ぎるとオカマバーの開店時間だ。ネオン街の店の開店時間に合わせて訪問時間を決めている。

そんなわけでヤクザにもキャバレーやバーにも顔が利く。

ナベさんに神保さんの捜索を相談してみようと思ったのは、ナベさんのそんな行動範囲を当て込んでのものだ。

プラカードを持って立つ神保さんに、ナベさんの人柄と仕事の内容を話した。

「ほんとうに力になっていただけるんですかね」

「新宿界隈のことは詳しいですし顔も利きますから頼んでみる価値はあると思いますよ。お嬢さんの写真があったら一枚貸してくれませんか」

足元脇に置いたバッグから、告知布に貼ってある写真と同じものを出した。

「その方によろしくお伝えください」

そう言って頭を下げられた。仕事中のナベさんの立ち寄る先は聞いていた。歌舞伎町の『つるかめ食堂』と喫茶店は『軽井沢』と『王城』だ。どの店もコマ劇場から遠くない。その足で『軽井沢』に寄ってみた。二階まで覗いたが姿は見えない。ウェートレスに訊いたが今日は来ていないと言う。『王城』に顔を出したがここにも姿はなかった。だったら追い掛けることはない。いずれ来ると読んでコーヒーを注文した。煮詰まった苦いコーヒーが出てきた。

時間潰しにノートを広げた。

「よう街頭詩人、調子はどうだい」

待ち人来たるで、ボールペンをようやく走らせはじめたところにカメラを肩にしたナベさんが姿を見せた。早速神保さんの件を話した。

「そりゃ大変だ。俺にできることがあったら力になるよ」

僕は写真をテーブルに置いた。

「孤独を抱えた子だね」

写真一枚でこんな判断をした。母親が癌で亡くなり父娘二人の生活だったことも付け加えた。

「かなりの美人だし。それならお父ちゃんが職を投げ出しても探したくなるのも分かるわナ。分かったよ。馴染みにしている店に行ってこの写真を見せてみるよ」

そう言ってコーヒーをすすった。

「新宿の水商売《おみず》で働く子たちは両極なんだよね。家庭に何らかの事情があって働かざるを得ない子か、苦労知らずに育てられた我儘《わがまま》娘。この子の場合は家庭問題だな。俺なりに努力してみるわ」

出身地と名前を書いたメモを渡した。

「盛岡。俺と同じだ。偶然とはいえ他人《ひと》ごとには思えないなぁ。できることはさせてもらうよ。

めぼしい情報が入ったときは、フーゲツのレジに伝言しておけばいいのかな」

渡した写真を複写して何枚かを持ち歩くと言う。頼もしい限りだ。

その夜、久々にアパートに戻ると神保さんが帰っていた。窓の外に洗濯物が干され玄関の框《かまち》に洗面道具が置かれていた。ガス台の横に半分に切られた白菜があり、食器が流しに置かれている。ラーメンを作って食べたようだ。

ナベさんと会ったことを話した。

「そうですか。何か手掛かりがあるといいですが」

僕たちはそれ以上の言葉を交わさず炬燵に横になった。


五日が経った。地下道に座っているとナベさんが顔を出した。

「出身地と名前は違ったけど、似ている子がいたから写真を撮って来たよ」

手にしている写真は、歌舞伎町のキャバレー『ブルーハワイ』で働くホステスたちの集合写真だった。

「家出してる子っていうのは、探されていることを知ると逃げ出す恐れがあるから、店長に頼んでホステスたちの記念写真ということで撮ってきたよ」

細かい心遣いだ。ナベさんが指した女の子は前列の左側三番目に写っている花柄のワンピースの子だった。神保さんから渡された写真の女の子の髪の長さも同じくらいだ。特徴のある二重瞼と涼しげな目元も似ている。

神保さんにこの写真を見てもらうのがいい。僕は急いで詩集を仕舞った。神保さんは直立不動の姿でプラカードを持って立っていた。僕はナベさんを紹介した。

「高垣君から話は聞きました。俺も盛岡です。娘さんのこと心配ですね」

神保さんは深々と頭を下げた。ナベさんが出した写真を片手で持つと、鼻が当たるほどに顔を近づけて写真に見入った。

「田舎者の娘も、東京に出て四か月ほど経ちますから多少は変わっているとは思いますが。この子ですか……、ええ、似てます。確かに似ています」

一度離した顔を再び写真に近づけた。

「この方には会えますか」

ナベさんは時計を見た。午後六時半を回っていた。

「そろそろ開店時間だけど、店長に頼めばなんとかなるかもしれない。行きましょうか」

「僕がプラカードを持っていますから、すぐに行った方がいいですよ。三宅さんが来たら僕から説明しておきます」

キャバレー『ブルーハワイ』は、歌舞伎町公園を一筋新宿区役所方面に入った雑居ビルにある。他人の空似でなければいいが。そんなことを念じながら僕はプラカードを持った。その子が娘さんなら、神保さんはどんな喜び方をするのだろう。娘さんであってほしいと念じながら『コマ劇場』の看板を見た。美空ひばりの公演中だった。

「違いました」

背中で声がした。

「会えたんですが違いました。訊いでみると、その子も家出している子でしたが……」

そう言ってプラカードを僕の手から取った。

「家出しているのは、私の娘だけではないんですね」

明るく振る舞おうとするが声が沈んで痛々しい。

「仕事が終わったら、飯でも行きませんか」

励ましの言葉はそれしか浮かばない。

『つるかめ食堂』で待ち合わせをした。神保さんが足を引きずるようにして入ってきた。上京当時から着ている背広はそのままだ。僕は一か月ほど、暑い東京を離れて北海道にヒッチハイクの旅に出る計画を立てていた。

「知らない人の車を止めで、北の果てまで行く。辿り着けるものですか」

神保さんは不安そうな顔で驚く。去年も同じルートで旅をしたと言うと口をむすんでしまった。夏になると、新宿のフーテンたちは、北国の涼しい札幌に移動して、大通《おおどおり》公園で寝起きをしていることも話した。

黙って聞いている。僕が不在の間、家賃を払うから部屋を使わせてほしいという。それなら僕にとっても都合がいい。

食事を終えると神保さんは部屋に戻り僕は並びの建て物にある『ヴィレッジ・ゲート』に向かった。いつも歌舞伎町通りに立っている似顔絵描きの熊ちゃんがいた。

夜明けを待って部屋に戻ると神保さんは新聞を読んでいた。

僕は押し入れに入れていたザックに、詩集道具一式と飯盒《はんごう》やコッヘルなどを詰め、旅支度をした。

「旅立ちのラーメンです」

そう言って神保さんはテーブルの上に二つの丼を置いてくれた。


東京を一か月留守にした。部屋に戻ると神保さんの荷物が見当たらない。

便箋に書かれた手紙がテーブルの上に置かれていた。

「お帰りなさい。無事帰ることができましたか。おかげさまで、あれから三宅さんとナベさんにはすっかりお世話になりました。高垣さんが旅立った後に色々ありまして。それは、今度お会いしたとき話します。とりあえず、私も新宿で生きていくことに決めて、今はおでん屋の屋台を引いています。東京に戻れば高垣さんは東口で詩集を売っていることと思いますから時々覗いてみます。その時に色々と報告できると思います。まずは失礼します。

八月二十五日　　神保健太郎《けんたろう》」

娘さんが見つかったとは書いてないが、文面からは暗い影が消えている。この部屋を出て屋台を引き始めた。どういうことなのか。

荷物を置くと新宿に出た。空は光化学スモッグに覆われて蒸し暑さはまだ残っている。そうは言っても新宿の空気は僕を伸びやかにしてくれる。まずは『風月堂』に腰を落ち着けた。コーヒーの味も懐かしい。何人かに一か月ぶりの挨拶をしていると、ナベさんがカメラを肩に入ってきた。口髭が幾分濃くなっている。

僕は立ちあがった。

「おお帰ったのか」

いつもの豪快な笑い顔だ。神保さんの置手紙を話した。

「そうか、じゃ知ってるな。あの人は、これまでの苦労が報われて、盆と正月が一緒に来たんだよ」

どういうことなのか。

「いやぁ、街頭詩人が旅に出てから何日もしないうちに、どんでん返しの展開があってさ」

そう言いながら、何から話していいのか分からないといった顔つきで目をぱちくりとさせて腰を下ろした。カメラを置くと一服点けた。整理しながら順序を追って話してくれた。ナベさんが歌舞伎町のコンパに神保さんの娘の写真を持って行くと、店で働く女の子の履歴書の顔写真の中に一致したものがあった。その女の子の出勤を待って経緯を話すと彼女は神保さんの娘であることを素直に認めた。父親が新宿に出て来ていることを知らせると目を見開いて驚いた。

ナベさんは彼女を喫茶店に誘い、事の経緯を説明した。

彼女は神妙な顔で聞いていたが、家出の理由をこう言った。

「父は母が亡くなると、親戚の集まりや職場の人たちに、俺の夢は娘に立派な婿を貰って孫を抱かせてもらうことだ。そんなことばかり言って私の人生を勝手に決めてしまおうとしていたんですよ」

うんざりした口調で話した。決定的な溝になったのは自分がのめり込んでいた政治活動での衝突だった。

神保さんは、第二次世界大戦時に徴兵され満州に送られ、終戦直前に千島《ちしま》列島の北東端の島、占守島《しゅむしゅとう》に配転させられた。占守島は、日本がポツダム宣言を受け入れて終戦となった八月十五日を待っていたかのように、ソ連が千島列島に攻撃を仕掛け上陸した最初の島だ。

占守島から択捉《えとろふ》、色丹《しこたん》、国後島《くなしりとう》までが理不尽な攻撃を受けて占領された。島に残された民間人も兵隊も多くの犠牲者をだした。

命からがら故郷に辿り着いたときには終戦から一か月が経っていた。終戦のどさくさにまぎれた、ソ連のこの不法な侵略を問題視する国はどこもなかった。娘さんは、社会科学研究会のサークルに入り父親が生死の狭間を彷徨うことになった第二次世界大戦を歴史として勉強した。日本の敗戦は仕方がないとして、実験を兼ねて広島や長崎に原爆を投下して一般市民を殺戮《さつりく》したアメリカが、今度はベトナムに理由なき戦争を仕掛けている。その戦争に加担する日本政府の姿勢が許せなかった。

復員後、公務員として職を得た父親は社会問題にまったく関心を示さなかった。父親の事なかれ主義は諦めていたが、卒業式の騒動で一方的になじられたことで心が切れてしまった。

家出の理由をこう説明された。

付き合っていた高校のサークルの先輩が、御茶ノ水にある大学に入学して学生運動に加わっていた。その彼氏に相談すると上京を勧められ、今は同居して働きながら学生運動に参加している。

「私は逃げも隠れもしません。お願いできるんでしたら父に私の気持ちだけを伝えて居場所は伏せておいてほしいんです」

毅然とした論拠に、ナベさんはその場で「親元に戻れ」と説得する言葉が出なかった。

二人の会話を聞いていた店長に釘を刺された。

「親元を逃げ出してきた子をこれまで何人も見ているけど、家出の理由は親の言い分が正しいとは限らない。子供の言っていることの方が正しいことだってある。親子問題には余計な口出しはしないほうがいい」

ナベさんは迷った。職を捨て娘を探す父親に徒労を続けさせたくはない。娘さんの暮らす現状を伝えて、神保さんがどう出るかは任せるとして娘さんが話した家出の理由だけは伝えることにした。

「そうですか、私が悪がったんですね」

話を聞いた神保さんはそう言って大粒の涙を流したという。

「若者は自分の生ぎ方を自分で模索する。薫子は、今それをしているわげですね。私が馬鹿だったんです、無知だったんです」

自分を責める神保さんをナベさんは居酒屋に誘った。

「これまでどうもありがとうございました。私の娘探しの旅は終わりました。田舎には帰りません。私も新宿の住人になります。先行きが考えられる仕事を探して働きます」

岩手県人は、土地柄厳しい自然に打ち勝つ力を備えている。どんなことにでも辛抱できるはずだ。そう考えたナベさんは屋台の仕事を勧めた。屋台は店さえ開けば一国一城の主だ。誰にも気兼ねすることはない。頑張ればそれだけの見返りが得られる。焼き芋屋の経験もあるナベさんは屋台の簡単な説明をした。

「私にもでぎるようでしたらお願いします」

ナベさんは知り合いの地回りのヤクザの親分に相談した。屋台には種類がある。焼き鳥屋、トウモロコシ売り、おでん、焼き芋屋などだ。

そんな話をすると、日本酒が好きと言う神保さんは、

「日本酒には、腹もちして胃に優しいおでんがいいですね」

そう言っておでん屋を選んだ。屋台の一日の賃貸料が千円。おでんのタネはその場所を縄張りとする組織の若い衆が注文に応じて運んでくれる。

「屋台を引く人間は酒好きが多くて自分で飲んじゃうから駄目なんだ。酒に飲まれちゃうと商売にならないよ」

ナベさんはこんな忠告をしたという。屋台を借りうけた神保さんは、僕が最初に連れて行った居酒屋『日本晴』の前の通りに店開きをしたという。

屋台を手に入れた神保さんは、

「ここに来るか来ないかは娘が選ぶことです。すみませんけど、今度娘に会う機会があるようでしたら、私はいつもここにいると伝えていただけますか」

ナベさんは、翌日その言葉を娘さんに伝えた。

何日かして、ナベさんが仕事の途中に屋台の様子見がてら一杯引っかけに寄ると、二十代の若い女の子が一緒に接客をしていた。一体誰なのか。客の流れが一区切りしたところでナベさんが訊くと、神保さんは顔を赤くして下を向いてしまった。

そんな神保さんを見かねた女の子が代わって答えてくれた。

「神保さんは私のお父さんですよ。何か?」

ここで、ようやく神保さんがはにかみながら口を開いた。

「この街で知り合った子で、私の仕事の相棒です」

要領を得ない。その先を問い詰めるとようやく説明してくれた。彼女が小学校時代、青森から東京に出稼ぎに出ていた父親が行方不明になってしまった。高校を卒業すると、母親の反対を押し切り手元にある父の古い写真だけを持って上京した。

歌舞伎町の歌声喫茶『灯』で働きながら、暇を見つけては上野公園や池袋の駅周辺に足を延ばし父親探しをしていた。神保さんと逆の立場だ。

二人が知り合ったのは、神保さんがプラカード持ちをしているころに彼女が通りかかり声をかけたことが始まりという。

「娘さんを探しているんですか」

「え、ええ、見つからないんですよ」

「私も、この写真の顔覚えていて似ている子がいたら声かけてみるね」

こう言って告知布に書かれた電話番号を書き写した。屈託のない彼女の笑顔が忘れられなかった。翌日も声をかけてくれた。何回か話すうちに、彼女が出勤途中に飴や煎餅を持って寄ってくれるようになった。表面の笑顔とは裏腹に彼女も人探しをしていることを告げれた。

父親の面影を追う彼女と、娘の面影を追っている神保さん。自分の娘と同じ年頃の娘に懐かれたことが心の安らぎを与えてくれた。互いの心を埋め合わせるように、ご飯を誘い合うようになった。

娘は見つからないが、彼女の出現で神保さんは人に対して優しくする余裕が生まれ、そんな関係が続くうちに二人の間に恋心が芽生えた。男女の間に年齢差は関係ない。休日になると誘い合って映画を観たり新宿御苑に出掛けるようになった。心に暗い闇を持つ者同士が結ばれるのは自然の成り行きだろう。神保さんは代々木にある彼女のアパートで同居するようになった。

神保さんが彼女に娘の家出の理由を話すとこんな説得を受けた。

「私、分かるな。彼女は自分で決めた人生を生きたいのよ。だから会いたいけど会いに来ない。新宿で働いていているのが分かっているんだからもう家出じゃないわよ。黙って見守ってあげるのも立派な教育じゃないのかな」

神保さんの娘さんが見つかり屋台を始めると、こんな提案をされた。

「私には私の人生があるの。小父《おじ》さんもそうでしょ。私、小父さんと一緒に働きたいな。小父さんが嫌なら仕方無いけど」

唐突な申し出に躊躇していると、

「一緒におでん屋しましょうよ。私のお父さんもお酒が好きだったから、店を開いていればいつか来るかもしれない。私のお父さん探し手伝って」

この一言が決め手となった。なるほど、そうと聞けば神保さんに盆と正月が一度に来た、と言うナベさんの言葉が頷ける。ナベさんはそこまで話すと、

「俺、商売あるからそろそろ行くよ」

そう言って立ち上がった。後ろ姿がいつになく逞《たくま》しく見えた。

新宿駅東口の地下道が僕の仕事場だ。

《詩集　さりげなく　一部一〇〇円》のポスターを壁に貼りつけると、その場に座り込んで膝を抱え単行本を広げる。

天井の蛍光灯が照らす壁に貼られたタイルと、無表情な通行人が足早に通り過ぎて行くこの場所は四季の匂いの動きがまったく感じられない。先ほど落ちてきた雨粒。外の空模様はどうなっているのか。そんなことを考えていると醬油メーカーの名前の入った前掛けが目の前で止まった。顔を上げると神保さんだった。変色して黒光りのするグレーの背広が、ココナツの描かれたアロハシャツに替わっている。

腐った魚のように濁っていた目が明るい光を放っている。

「元気そうですね。良がったです。書き置ぎを残しておぎましたが、あの通り屋台を引き始めだんです。それより、部屋をありがとうございました。すっかりお世話になりまして、家賃は九月分まで大家さんに払っておぎましたから」

まるで別人になっている。

「ナベさんに聞きましたよ。僕と最初に行った酒場の近くで商売をしてるんですってね」

「聞いでだんですか、そうなんです。私も新宿で生ぎでいくごどに決めだものですから、休んでいた市役所には退職届を送りました。同僚にも電話して、自分の今後を話しておきました」

人間は心に張りを持つとこんなに変われるものなのか。

「屋台に火を入れだんですぐ戻らなければなりません。仕事が終わったらきてください。旨いおでんと熱燗ならご馳走できますから」

その言う神保さんは、飲み屋の親爺《おやじ》の顔になっている。

「じゃ、ここを切り上げたら寄せてください」

「待ってますよ。店が始まるんで戻ります、後でまた」


中央口から南口に向かう道は薄暗く『日本晴』と『福盛屋《ふくもりや》』の看板が遠くからでも見える。

その店の向かいに、屋台の赤提灯が二つ明かりを灯している。

手前が「焼き鳥屋」で奥が「おでん屋」だ。

リヤカーの荷台に四本の柱が立ち、屋台を囲むようにカウンターの板が備え付けられている。赤提灯と裸電球で蠟燭《ろうそく》の柔らかな光も混じって辺りを照らしている。大根や昆布、竹輪、ジャガイモの入ったおでんの鍋がグツグツと煮え湯気を立てている。並んで熱燗用のお湯も湯気を立てている。短髪でボーイッシュな感じの小柄な女の子が、おでんの具を掻き混ぜている。神保さんは僕を見ると頭を下げた。

「良美《よしみ》、この方が私の恩人なんだよ」

正面を向いた女の子は、色白で肌理《きめ》の細かい肌に富士さんのような形をした唇が印象的だ。ピンクのTシャツが似合っている。前掛けは、神保さんと揃いのものを締めている。

「この方ですか、お父さんがお世話になったという人というのは」

大きな黒目で見つめられた。先客が三人いた。二人はニッカボッカを着た日雇い風で、僕の立つ向こうの正面でコップを傾けているのは伍長だ。神保さんと連れ立って『日本晴』で会ったときと同じ上着をここでも着ている。僕は伍長に頭を下げた。

「こいつはたいしたもんだ。いつの間にか、こんな若い姉ちゃんを連れ合いにして、一国一城の主に収まったたんだから」

嫉妬を含んだ言葉は伍長にしては珍しい。

「ま、そういうわけでして。ええ、おかげさまで店を持つことができまして」

神保さんがそう言って彼女を見つめる。

「今夜は酒にしますか。おでんは腹もちが良いですから酒に合いますよ」

僕は日本酒を注文すると伍長の隣へ移動して乾杯した。伍長の手には、相変わらず磁石付きの紐が握られている。

「最近の稼ぎはどうですか」

「ぼちぼちだよ。喰うには困らない程度かな」

「お二人さん、今日は、私に奢らせてくださいね。これまでお世話になりっぱなしなもんで」

「そりゃありがたいが、俺は何も世話してねえよ」

「いいえ、あのとき伍長さんにかけられた言葉が私を元気にしてくれたんです。今の私があるのも伍長さんのおかげです」

『日本晴』で飲んでの帰りしな、伍長が神保さんにかけた言葉を僕は覚えている。娘さんは元気で生きてるよ。そのうちひょっこり出てくるさ、と言っていた。

「良美、高垣さんにジャガイモと大根を出して」

僕の好きなものを知っている。そう言えば、神保さんと一度おでんを食べたことがあったっけ。昆布と大根とジャガイモの載った湯気の立ち上るお皿がカウンターに置かれた。

「良美、お客さんに何がいいか訊いて」

ニッカボッカの二人のビール瓶が空になっている。

「あと一本行きますか」

繁華街から外れた屋台に、若い女の子の声が響くだけで酒の味が一味違ってくる。

「そうだねぇ、貰おうか」

ホクホクに煮えたジャガイモが旨い。

「これ、神保さんが拵えるんですか」

「少しでも手作りの味を出したいものですから、出汁《だし》には煮干しと昆布を使っています。これは私の味ですが、具はみんな買い上げで出来合いの物を業者が届けてくれるんです」

七三に分けていた髪も今では伸びて耳たぶを隠している。分け目も曖昧になって新宿の住人の仲間入りをしている。親子ほど年が違う二人だが、その姿に違和感はない。男と女の間柄は魔物だ。時空に関係なく深く紡ぎ合えたり簡単に切れたりもする。

「娘の言っていることも高垣さんが最初に言われだ言葉も、反芻《はんすう》してみるとよく理解できます。自分の生き方は自分で探す。そうですよね」

御馳走になる酒も旨いが、神保さんの嬉しそうに働く顔を見ていると酒がいくらでも体に浸み込んで、僕はしたたかに酔った。


地下道に座る僕の前を行ったり来たりしている女の子がいる。

僕はこういう場合、相手にしないことにしている。これまでの経験からこの類の客は滅多に買ってくれないからだ。

「すみません、高垣さんですか」

名前を呼ばれた。僕は顔を上げた。二重瞼で涼しげな目元は、神保さんが持っている写真の女の子と同一人物であることが一目で分かった。何かを言い淀《よど》んでいる。

両手を前に合わせて頭を下げた。

「私、お世話になった神保の娘の薫子と言います。カメラマンのナベさんから高垣さんのことを聞きました。今日は、お世話になった父のお礼を言いに来ました」

麻の生成《きな》りのミニスカートに紺のトレーナーを着ている。高校に行っていれば三年生になると言っていたが都会で揉まれた分大人びて見える。力のある目と背骨を伸ばした姿勢は信念を持って生きる人間のそれに見える。

「私のことで、父が仕事を休んで東京に来ていたことを知ってすごく驚きました。でも、私、悪いことしたとは思っていないんです」

僕は黙って聞いていた。

「父は、屋台を始めたんですよね」

僕に確認するような口調だ。

「もう会ったの？」

「いえ、まだです」

「どうして会わないの。親がいなければ子供も生まれない。君を産み育ててくれた親だろ。心配して探し回っている親に、まずは元気な姿を見せてあげることが人間としての務めじゃないのかな。人の生きる道と自己主張とは別の物だと思うけどなぁ」

「黙って家を出てきたこともあって、父の怒りを考えると怖くて」

「怖い怖くないは二の次だろ。もっとも、僕は意見を言う立場でもない。あなたたち親子の問題だからな」

そう言うと彼女は凍りついたように動かない。

「知っているだろうけど、ここから五百メートルと離れていないところにお父さんの屋台があるんだ。すぐにでも会いに行ってあげればいいだろう」

僕は彼女の目を見て言った。

「そうですね。これから父のところに行きます」

ためらいのある表情が消えていた。

午後七時前に店仕舞いをした。神保さんのおでんを食べたいし、父娘の再会がどんな展開になったのか知りたい気持ちもあったが余計な口を挟むこともない。この夜は遠慮して歌舞伎町に向かった。

九月二十三日の秋分の日。休日ということもあり詩集の売り上げもまずまずで神保さんの屋台に顔を出してみることにした。赤提灯が風に揺れている。裸電球に照らされて五人の姿が見えた。背広姿の二人がコップを手に立ち、その前に神保さんと彼女が膝を曲げて中腰で立っている。四人に向かってカメラを構えているのは女の子だ。記念写真でも撮っているんだろう。

「いいですか、写しますよぉ」

シャッター音と同時にストロボが光った。

「いいじゃん、今日は、二人の結婚式の予行演習だ」

背広組の二人の言葉にかなりの訛《なま》りが混ざっている。

カメラのシャッターを切っていた女の子は神保さんの娘さんだ。

「お前が羨ましいよ。隠れるようにして東京に出てきたくせに、こんなどころに一丁前に店なんか持ってよ。おまけにこんな若い母ちゃんまで娶《めと》ってるんだから。どうなってるんだよ」

一人が羨ましげに言う。

「神保は前々からこの姉ちゃんとデキていた。あの時の薫子ちゃんの家出騒動も、世間体が悪いもんだから親子で仕組んだ芝居だった。そんなどこじゃないの」

そう言って神保さんの肩を突《つつ》いた。

「そ、そんなんじゃねえってば。そうじゃないよ」

「いいよいいよ。隠すこどなんてないんだ。お前が幸せならそれでいいんだよ」

背広組は神保さんと随分親しそうだ。

「薫子ちゃん、俺だちに酌してくれよ。あんたも若いくせに彼氏と一緒に住んでるんだって」

「え、ええ、そうなんです」

「だったら、どうして今日ここに彼氏を呼ばなかったんだ」

「だって小父さんたちが来るなんて知りませんでしたもの」

どうやら、神保さんが勤務していた役所の元同僚のようだ。

「親子揃って二組の新婚夫婦が誕生したってことか」

そう言って囃《はや》したてる。恥ずかしそうに見つめ合う親子を、おでんの鍋を掻き混ぜる良美さんがにこやかに見つめる。

神保さんが背広組に酒を注ぐと良美さんの肩に腕を回した。

「実は、こいづのお腹に新しい生命が宿ってるんだ。予定日が来年の五月だとお医者さんに言われたばかりで」

「くッ、たまんねえなぁ、お前はどごまで俺だちを驚かせたら気が済むんだよ。いい加減にしてほしいよ」

その報告に、娘さんも驚いた顔をする。

「ということは、生まれてくる子供は薫子ちゃんの弟か妹ということになるんだ」

僕も呆気にとられて聞いていた。

「あっ、高垣さん来てたんですか。気が付かずに御免なさい。良美、熱燗出して。それにおでんだよ」

娘さんの家出で職場を無断欠勤して退職した神保さん。心配していた元同僚に神保さんから連絡を入れた。二人は、休日を利用して上京した。来てみると、屋台を良美さんと二人で切り盛りしていた。そこで良美さんと結婚することを聞かされた。

驚くやら羨ましいやら。そんな構図のようだ。

「そうですか、結婚するんですか。おめでとうございます」

僕も二人に祝いの言葉を送った。

「簡単な披露宴をするつもりです。そのときは出でいただけますか」

僕は喜んでと返事をした。

背広組は、上野発の最終列車に乗るんだと慌てて帰り支度をはじめた。

「小父さんたち、東京ってところはぶっそうなんだから掏摸《すり》や引ったくりに合わないように注意して帰ってね」

娘さんが声をかける。

「大丈夫だ。財布は腰紐に括《くく》り付けてあるから」

そう言って少し中年太りをしている男が腹を叩いた。

「いやぁ、旨い酒だった。今夜は十五夜だな。ほら、新宿の空にも岩手と同じお月さんが浮かんでいるよ。月でウサギが餅搗《つ》いでるわ。祝い餅ってとこかな。神保、おめでとう」

二人は千鳥足で新宿駅に向かった。

満月のお月さんが柔らかな光で新宿の街を照らしている。

第四話

偽装結婚式

後に直木賞作家となる色川武大《いろかわたけひろ》こと阿佐田哲也《あさだてつや》が、一九六九年の春先、自伝的小説『麻雀放《マージャンほう》浪記《ろうき》』を『週刊大衆』に連載し始めた。

戦後復興期のドヤ街を舞台に坊《ぼう》や哲《てつ》をはじめドサ健《けん》、上州虎《じょうしゅうとら》など個性的な人物が登場し、麻雀というゲームの奥の深さを通して透けてくる人の強欲さや陳腐さを描いた連載は人気を呼んだ。

阿佐田哲也は、それからほどなくして麻雀仲間の小島武夫《こじまたけお》、古川凱章《ふるかわがいしょう》の三人で『麻雀新撰《マージャンしんせん》組《ぐみ》』を結成し、麻雀ブームの先駆者的役割を果たしていた。

僕をはじめ『風月堂』にたむろするフーテン仲間も、自分の人生を投影するように『麻雀放浪記』を読み麻雀にのめり込んでいた。

ツキが六割、実力が四割。四割の実力の中でツキを如何に呼び込み継続させるか。勝っても負けてもその勝負の勘どころは、打ち手の判断力が決め手になり、ここが麻雀の堪らない醍醐味《だいごみ》だ。

フーテン同士の麻雀は、勝って翌日の喰い扶持を懐にするか、負けて翌朝の寄せ場に行って日雇い人足に身を置くかが懸かっていることもあり、少額ではあるが相手の懐を狙った熾烈《しれつ》な毟《むし》り合いになる。強引な和了にこだわることなく、手作りを楽しんで打つ麻雀は優雅なものだが、そんな打ち方をしていると、勝負を終えて精算の段になると奈落の底に真っ逆さまということになってしまう。

大負けしても「今日は面白かった」と言って悠然と財布を開く雀士は余っ程の硬骨漢《こうこつかん》だ。

『風月堂』の並びのビルに、雀荘『新撰組《しんせんぐみ》』がオープンしたのもこの時期だ。この雀荘はロシアからドン・コサック合唱団やボリショイサーカスなどを招聘《しょうへい》して成功させ、冷戦時の鉄のカーテンをこじ開けたことから「赤い呼び屋」とも称された興行界の草分け的存在でもある神彰《じんあきら》がオープンさせた店だ。

神彰が、阿佐田哲也たちが興した『麻雀新撰組』を意識して店名を決めたのかどうかは定かではないが、『新撰組』には阿佐田哲也をはじめ吉行淳之介《よしゆきじゅんのすけ》、福地泡介《ふくちほうすけ》、園山俊二《そのやましゅんじ》、畑正憲《はたまさのり》などの著名人がよく顔を出していた。

『風月堂』の三軒隣りにある雀荘ということで、僕たちも面子が揃うとよく繰り出した。

梅雨空が鬱陶しい一九七〇年七月の初めのことだ。僕は『風月堂』でコーヒーを飲みながら新聞を広げていた。一面に、日本航空が三百六十人という気の遠くなるような人数の客を一度に運ぶことのできる、ジャンボジェット機「ボーイング７４７」を就航させた記事が載っていた。

その一番機が、羽田からハワイのホノルルに向けて飛び立ったと書かれている。

「おはよう。昨晩は参ったよ。なんたって、高垣のツキが半端じゃあなかったものなぁ」

声の主は、昨晩というより朝方まで一緒に卓を囲んでいたミノルだ。僕が広げている新聞を覗き見る。

「この飛行機はもうホノルルに到着しているころだろ。日本の田舎者がやれワイキキビーチだダイヤモンドヘッドだなんてはしゃぎながら観光してるんじゃないの。旅の恥はかき捨てとばかりにさ」

こいつはどんな思考回路をしているのか。歌舞伎町で自作自演のエロ写真を売り捌いている小悪党のくせに、口から飛び出すフレーズは人を小馬鹿にする言葉ばかりだ。

「苦いなぁ、昨日の残りものを沸かし直したものじゃないの」

運ばれて来たコーヒーに文句をつけるが、ボーイも慣れたもので何を言われても取り合わない。

そこに、麻雀仲間のF氏と大島が連れ立って顔を見せた。

ミノルが、待ってましたとばかりに右手で麻雀牌を持つ仕草をした。それを合図に立ち上がり四人で『新撰組』に向かった。

「今日は負けないぞ。Fさんの固いだけの麻雀に負け続けたら、俺の沽券《こけん》にかかわるからなぁ」

ここのところ惨敗が続いている大島が忌々しそうに言う。

「お前な、沽券もいいけど現金《ざいりょう》持ってるの？　貸し麻雀なんか嫌《いや》だよ。そんなことすると、友達《ダチ》なくすだけだからな」

F氏が懐具合を探ると大島が財布を開いた。布製の手垢で変色している財布を開くと何枚か並ぶ千円札の間に質札が顔を覗かせていた。質札について訊いてみると、軍資金調達のため時計を入れてきたという。梅雨空から細かい雨が落ちてきた。蒸し暑い。こうなると、冷房の利いている雀荘は格好の逃げ場でもある。麻雀『新撰組』はビルの五階だ。エレベーターを待っていると、雀荘のある階に取り付けられている看板を見ていた男が僕たちに声をかけてきた。

「あそこの雀荘に行くんですか」

男の手には『麻雀放浪記』が握られている。浅黒の顔に鱈子《たらこ》を思わせる厚い唇。太い眉毛に丸みを帯びた鼻。顔は野暮ったいが、ベージュのコットンパンツに仕立てのよさそうなクリーム色のジャケットが男を上品に見せている。僕たちの洗い古したTシャツと汚れたジーンズに比べると明らかに違う人種だ。

「俺、阿佐田哲也の大ファンなんです。阿佐田さんがいつも打っている雀荘ってここですよね」

額が少し禿げ上がっているF氏を年長と見たのか、F氏に尋ねた。

「阿佐田さんもだけど、園山さんや畑正憲さんもよく来るよ」

そう言いながらミノルが男を値踏みするような目で見た。

男が揉み手をする仕草で訊いてきた。

「誰でも入れるんですか」

「場所代さえ払えば誰でも打てるよ。どうして?」

エレベーターの階の表示ランプを確認しながらミノルが慇懃《いんぎん》に答える。

「邪魔でなかったら、俺も一緒に連れて行っていただけませんか」

男は物腰が柔らかい。

「二抜けで良かったら、俺たちと一緒に打ちます?」

「え、いいんですか。是非是非お願いします」

F氏の言葉に男の目が輝いた。

簡単なルールと千点五十円のレートを伝えると問題ないという。

エレベーターのドアが開くと一緒に乗り込んだ。

「俺、唐木《からき》昇《のぼる》といいます。仕事は……」

そこまで言いかけたところでF氏が止めた。

「名前だけ聞けば卓は囲めるから、その後はいいですよ」

「ありがとうございます。じゃよろしくお願いします」

十五卓ある店内は、平日の午後ということもあり三卓だけが埋まっていた。一番奥の卓で園山俊二と福地泡介が座っていた。僕が何度か卓を囲んだことのある園山さんに声をかけると右手を上げて応えてくれた。

さてと、誰が抜けるのか。唐木の顔が緩むのが分かった。

「俺が抜けるよ。一時間後にフーゲツで女と待ち合わせしているから途中でちょっと顔を出さなくちゃならないんだ。その用事を終えたら入るから。おたく先に入ってよ」

順番を決める賽《さい》をF氏が手にするとミノルが立ち上がった。

「俺が入ったばっかりに。すみません」

「俺が途中で抜けるとみんなに迷惑かけることになるから。おたくが入ってくれるんなら逆に俺の方が助かるよ」

ミノルが唐木の言葉を制した。ミノルが女と待ち合わせをしている。そんなことを言っていたっけ。場決めをして大島が親で勝負が始まった。ミノルは唐木と大島の間の斜め後ろに椅子を置いて腰を下ろすと、唐木が持っていた『麻雀放浪記』を借りて開いた。見開きの最後のページに無精髭の阿佐田の写真が載っている。

「阿佐田哲也の生き様は、無頼という言葉がぴったりだものな。格好いいよ」

阿佐田の写真を見ながらミノルが言った。

「博打で身を立てるなんて男のロマンですものね。俺の憧れですよ」

唐木が言葉を続けた。半荘《ハンチャン》が終わりに近づくと唐木が自分の経歴を口にした。出身は神戸で一橋大学卒という。証券会社に就職し株取引で顧客と組んでかなりの儲けを懐にした。株価が決まる企業業績の情報入手と情報の分析方法を会得して退職した。

独立後、卒業した大学のある国立《くにたち》市に株取引の事務所を開いた。

事務所には、一日一度顔を出すか電話連絡を入れるだけで仕事は部下に任せている。事務所を国立に決めたのは、近所に畑など自然が残っているからと言う。自分のことを話す唐木は元証券マンらしく礼儀正しい言葉遣いだ。

唐木の麻雀は、僕たちフーテンに比べるとはるかに勝負強さに欠けていた。雀士として当然知っているべき勝負のアヤをまったく無視した打ち方をした。勝負は唐木の一人負けで終わった。唐木の無謀とも思える打ち方がなくとも、ミノルが抜けたときから勝負は決まっていた。

唐木の配牌が見えるところに座るミノルから、大事な局面になると唐木の待ち牌が〝通し〟と呼ばれる暗号で僕たちに送られて来たからだ。通しとは、知らないメンバーと打つ場合、待ち牌の暗号を前もって決めておきリーチを掛けると仲間に暗号を送るイカサマだ。

例えば、筒子《ピンズ》牌待ちの場合はこうなる。

「丸山の野郎、借金したままドロンしちゃってよ、ちっとも顔見せねぇや」

こう言ったときは、丸はイコール「筒《つつ》」を意味して筒子牌待ち。索子碑《ソウズ》待ちの場合、索子牌の絵柄が竹に似ていることから、

「竹田から電話あったよ。明日は三時になるんだって」

そんな暗号が決まっている。

ミノルから唐木の待ち牌が逐一知らされてくるわけだから唐木の手の内が丸裸になっていた。こんなイカサマをされたら唐木が相当の打ち手でも勝てる道理がない。

六時間ほど卓を囲んだ。途中、ミノルは女と会うと言って少しの間席を外したが最後まで勝負に加わることはなかった。唐木の待ち牌を伝えて仲間の懐を肥やすことを考えたからだろう。それでも六時間も通しの間者《かんじゃ》（スパイ）を務めていて退屈してきたようだ。

「そろそろ飲みに行こうぜ」

ミノルはそう言いながら一人負けの唐木の様子を窺った。

「俺はいいですよ。切り上げて一杯行きますか」

自分のために抜けることになったミノルに、唐木が恐縮している。

かなりの儲けが確定している大島は既に腰を浮かせている。

F氏と僕も勝った。唐木は負け金を一銭たりとも値切ることなく卓の上に置いた。鰐皮の光沢のある財布は大島のものとは天と地ほどの違いがある。僕たちは歌舞伎町に向かう。いつものコースだ。

「俺もご一緒していいですか」

ここでも唐木は丁重に出た。区役所通りの新宿三番街は、ハーモニカ状に二本の通りを挟んで

木造二階建ての飲食店が並んでいる。

居酒屋『小茶《こちゃ》』は一本目の筋の左側にあり満員だった。溢れた客が通路で立ち飲みしている。僕たちもビールを注文して立ち飲みで席の空くのを待った。唐木はすっかり僕たちの輪に加わっている。麻雀とは面白いゲームだ。どんな見知らぬ相手でも、一メートル四方の卓を囲んで二荘《リャンチャン》（約二時間）も打っていると大抵はその人の人柄が出る。唐木は天真爛漫《てんしんらんまん》とまでは行かなくとも学歴や職歴をひけらかすことなく細かい心遣いもできる男だった。

『小茶』のウリは〝鮪《まぐろ》のブツ切り〟と、小母《おば》ちゃん自慢の大根やジャガイモを大振りに切って煮込んだ〝野菜のごった煮〟だ。鮪のブツはお皿に山盛りに盛られる。勝負に疲れた体にビールの冷たさが浸みる。ようやくカウンターの席が空いた。座に着くと山盛りの鮪が出てきた。

「これは豪快ですね。旨そー」

大きな欠片《かけら》を唐木が醤油をつけて口に入れようとしたときだ。

ミノルがワサビの入った小皿を前に出した。

「鮪を旨く喰うには、ワサビ抜きじゃ駄目でしょう」

年下のミノルが兄貴風を吹かせる。言われるままに唐木がたっぷりとワサビをつけて頬張る。

「旨い、これはほんとに旨いですね」

ワサビが利いたのか涙目で答える。飲んでいたビールが空いた。

「小母ちゃん、カティサークがあったらボトルでくれます？」

こんな注文をした唐木に常連客の目が集まった。

「うち舶来物はないの。国産ウイスキーと、あとはビールとお酒と焼酎よ」

小母ちゃんは唐木の顔を見ないで言った。唐木は場違いな注文に気付いたようだ。肩をすぼめると日本酒の二合徳利《どっくり》を注文した。

それも五本くれと言った。

「これは僕のお近づきの印ですよ。初めてだというのにこんなに親切にしていただいて、嬉しくて。皆さんでやってください」

ミノルが間を入れずに言った。

「できたら熱燗がいいなぁ。ブツ切りには熱燗だもんな」

白塗りの徳利が五本カウンターに並んだ。

「じゃあ唐木さん遠慮なくいただきますよ」

F氏の音頭で乾杯となった。唐木は雀荘にいるときと同じでよく喋った。証券会社には五年間勤めてこの四月退職した。今後は、金融業界の本場アメリカに行ってマーケットの勉強をしたい。渡米に備え英会話の訓練を兼ねて、福生《ふっさ》の横田《よこた》基地に隣接している米軍関係者専用の住宅《ハウス》に居を構ええているという。

立川《たちかわ》の高校に通っていた僕は、福生の米軍ハウスの存在を知っていたが米軍関係者以外は住めないものだと思い込んでいた。

「福生の基地周辺はアメリカそのものですよ。街には星条旗がはためいて繁華街にはアメリカ兵が溢れいつも英語が飛び交っていましてね。あそこの生活は毎日が実用英会話そのものです」

唐木の存在が僕には急に遠く見えてきた。

ミノルも大島も黙って聞いている。

「基地の前にある商店街には兵隊相手の店が並んでいて、シャツやジャケットを注文するとたった二日で仕上がるんですよ。ベトナムに向かう兵隊の基地での滞在時間が限られていますから、それに合わせて作るんですよ」

唐木の独演会だ。

「このジャケットも、そこで注文して作らせたものなんです。いいでしょう」

そう言って右手で襟を持って見せた。クリーム色のジャケットは背中のラインがすっきりと出てボタンも上質なものだ。

唐木はその日以来、『風月堂』に頻繁に顔を出すようになった。

僕は新宿駅の地下道に座って詩集を売っている。

詩集の最後のページには、読者の感想を求める欄を作り自分の住所を載せていた。詩集を読んだ客から感想文が届くと、それを見て返事を書くことにしている。そんなやり取りをしているうちに、僕の座る場所に訪ねてくれるようになった客が何人かいる。札幌出身で跡見《あとみ》学園女子大に通う弓子《ゆみこ》もその中の一人で既に何回か会っていた。

その日は、夏休みに入ったと言う弓子と『風月堂』で待ち合わせしていた。僕はコーヒーで弓子はアイスココアを注文した。

唐木が顔を見せた。鮮やかなグリーンのジャケットを着ている。唐木は僕を見ると当然のような顔で麻雀に誘ってきた。僕は断った。歌舞伎町の『ミラノ座』で上映中の『ウェスト・サイド物語』を弓子と見る約束をしていたからだ。唐木は僕たちの前に座った。

話す相手のいない唐木は落ち着かない。

「暇だからゴーゴーでも踊りに行かない？　彼女もどう？」

誘われた弓子は戸惑っている。僕の顔を見た。映画も捨てがたいが、夏休みは実家に帰省すると言う弓子に新宿の空気が凝縮しているゴーゴー喫茶も悪くないだろう。

「たまには踊りたいな。行ってみるか？」

僕が言うと、

「いいわよ」

弓子ものってきた。唐木の顔がほころんだ。新宿三丁目には『ＰＯＰ』や『螺旋階段《らせんかいだん》』など何軒かのゴーゴー喫茶が点在している。『ジ・アザー』は、横浜仕込みのステップを踊る外国人客が多く大人の雰囲気を持っている店だ。外国人客が多ければ英語が堪能な唐木も喜ぶだろう。僕はそう読んで『ジ・アザー』に行くことを提案した。

「いいね。さすが新宿のフーテンは新宿に詳しい」

唐木はそう言って喜んだ。中央通りから明治通りを左に曲がる。『蠍座』の通りを右に折れると暫く行った先の右側だ。

店内は混んでいた。ローリング・ストーンズの『ペイント・イット・ブラック』がかかっていた。ミック・ジャガーの纏《まと》わりつくようなヴォーカルが黒い壁の店内に鳴り響く。学生らしき女の子たちが同年代の男に混じってジルバを踊っている。ベトナムからの休暇を与えられた一時帰還兵なのかＧＩカットの黒人と白人が軽快なステップを踏んでいる。

この店でも唐木は金払いがよかった。舶来酒の「カティサーク」をボトルで注文した。ワンドリンクで踊れる店ではボトルを注文する客は少ない。国産のウイスキーより薄い琥珀《こはく》色が高級感を感じさせる。いつもは国産の安物ウイスキーをコークハイで飲むがこんな上等なウイスキーなら水割りにしてはもったいない。

僕と唐木はロックで弓子には濃い水割りを渡した。

高級酒はまろやかな甘さがある。高校時代からロックバンドのドラムを叩く機会があった僕は踊りには多少の自信があった。弓子にステップを教えていると、唐木は踊りが苦手なのか僕の横を離れない。暫く踊ると汗がじんわりと浮かんでウイスキーが心地よく体に沁《し》みる。ボーイを呼んで氷を運ばせた。

夕方になると店内が混んできた。ＧＩカットの数も増えていた。弓子と唐木が覚えたばかりのステップで踊る。

僕たちの斜め前でいかつい体のＧＩに挟まれて、二人の女の子が踊っている。体を横に向けるとＧＩもその動きについて女の子たちの正面に体を寄せる。一歩下がるとＧＩが一歩前に出る。しつこく纏わりつかれて困惑している様子に見えた。

唐木ならそれをやめさせるくらいの英語はお手の物だろう。僕は、悪戯心《いたずらごころ》も手伝って唐木の体を男たちの前に押し出した。

突然の闖入者《ちんにゅうしゃ》に二人のGIは驚くと同時に唐木を睨みつけた。唐木は固まったまま動かない。福生で実用英会話を習っていると言ってたわりには、口をパクパクしているだけでてんで助け船にはならない。

曲がビートルズの『ツイスト・アンド・シャウト』に変わった。

「よかったら一緒に飲まない。ウイスキーのボトルがあるんだ」

唐木に気を逸《そ》らせるGIを尻目に、僕は女の子たちに話しかけた。

救われた顔で女の子たちは僕たちのテーブルに来た。ボーイに水割り用のグラスを二つ運ばせた。唐木はボーイを呼ぶと耳元に口を近づけて何事か告げている。ボーイがGIを見た。GIは面倒なことはお断りと言うようにボーイに背中を向けて踊り出した。

危機を脱した唐木が僕たちの前に来ると両手を広げて肩をすくめた。弓子は唐木に同情の目を向ける。グラスを持った唐木は、女の子たちを前にするとまたいつものように饒舌《じょうぜつ》になった。

二人は代々木にある美術系の予備校に通う浪人生で、油絵やデッサンを勉強中という。沙織《さおり》と名乗る子は函館出身でもう一人は東京生まれでサチと言った。唐木は、笑うと笑窪《えくぼ》が浮かぶ団栗《どんぐり》眼《まなこ》の沙織が気に入ったようだ。

唐木は自分の経歴を口にするが、テーブルを挟んで距離があるためスピーカーから流れる音量に遮られて声が届かない。

「もう少し静かな店が良いなぁ」

唐木は別の店に場所を替えたいと言いだした。半分も減っていないウイスキーのボトルには目もくれず店を出ることにした。時計の針が午後八時を回っていた。実家暮らしというサチは帰ったが沙織は帰る素振りを見せない。

『小茶』へ向かった。カウンターは満員で二階の席が空いていた。空いていたと言っても長いテーブルに三人連れの先客がいた。テーブルの半分を空けてもらい飲み物とつまみを注文した。この店が二回目の唐木はすっかり常連客のように振る舞う。鮪のブツ切りと野菜の煮物を階段の上から叫んで注文した。

「あいよ〜。少し待っててね」

小母ちゃんの元気な声が返ってきた。弓子も沙織も鮪のブツ切りが気に入ったようだ。日本酒の熱燗で乾杯をした。

沙織は大学で油絵の勉強をした後、ヨーロッパに行くつもりがあるらしく、アメリカへの渡航を口にする唐木と話が弾んでいる。

時計の針が十一時を回っていた。大学の寮に住む弓子は門限が過ぎて帰れないと言う。一人暮らしという沙織は唐木を名残《なごり》惜しそうに見ている。僕たちは『小茶』を出ると歌舞伎町の名曲喫茶『スカラ座』に入った。

店に入るとベートーヴェンの『交響曲第六番田園』が流れていた。バイオリンのしなやかな音色が眠気を誘う。日本酒の熱燗を飲んだ沙織は、酔いが回ったのか唐木の肩に凭れかかり眠り始めた。唐木が肩に腕を回して受け止める。弓子も椅子の背凭れと僕の肩に体重をかけて目を閉じている。新宿の夜が更けていく。何組かのカップルが入ってきたが、唐木と沙織が立ち上がった。店を出ると言う。僕たちは黙って見送った。

夜明けを待って僕たちは一番電車の山手線《やまのて》に乗り込んだ。

適度に冷房が利く電車に揺られていると、レールの繋ぎ目を通過する車輪がガタンゴトンと音を立て背中に揺れを感じる。その音と揺れとが心地いい子守唄に聞こえてきた。


それから一週間が経った。僕が詩集売りまでの時間を『風月堂』で潰していると、沙織と唐木が『風月堂』に姿を見せた。唐木の腕が沙織の腰に回り沙織の腕が唐木の腰に回っている。

「こいつが、デッサンのし易い広い部屋がほしいと言うものだから、福生の俺の家に連れて行ったんだ」

僕に説明する唐木の顔を沙織が眩《まぶ》しそうに見る。

「彼の家、部屋が広くて窓が大きいから自然光がいっぱい差し込んで石膏《せっこう》モデルのデッサンをするのには最高の環境なの」

そう言って唐木の言葉を継いだ。

あの日以来、沙織は唐木の家に住みついているという。

「私、日本にあんな街があるなんて知らなかったわ。あそこは日本であって日本じゃない。そうアメリカなんだもの」

沙織はすっかり福生の街が気に入っているようだ。

「高垣、今度、良かったら俺の家に遊びに来ないか」

「これもあるの。頼めば、周りの人が直ぐ用立ててくれるの」

沙織が親指と人差し指で何かを挟む仕草をした。唐木が説明を付け足した。

「葉っぱ（マリファナ）だよ。あの街の連中は、毎日楽しんでいるんだ。葉っぱは体に害もないしロックを聴くとドラムやベースの音が独立した音調で聴こえてくるんだよ。それがまた堪らなくてね。今度一緒にやろうよ。面白いぜ」

福生の米軍ハウスの存在は知っていたが行ったことはない。まだ国境を越えたことのない僕は、日本の中のアメリカを見てみたかった。

待ち合わせたようにF氏とミノルが姿を見せた。いつものように雀荘に繰り出す。こうして何回か卓を囲むうちに、唐木の懐の豊かさと人の好さを認めて付き合うようになっていた。最初はイカサマの〝通し〟をしていたがそれもやめて対等の立場で打つようになった。

唐木の麻雀は脇が甘い。甘いというより勝負師の打ち方ではない。負け続けても怯むことはなく挑んでくる唐木を、勝負事への向上心と見れば愛すべき人柄なのだが――。

麻雀が始まると沙織は唐木の後ろから離れない。

僕たちは、定期便のように、麻雀を終えるとゴールデン街や『小茶』に繰り出す。この夜も『小茶』に腰を落ち着けた。酒が入ると唐木は福生の生活を繰り返し自慢する。スリク（くすり）もアンパンも器用に使いこなすミノルは、葉っぱにも興味を持っている。

「俺もやったことあるけど、新宿の買人から買ったのは醒めた後で頭が痛くなる。不純物が含まれているんじゃないのかな」

神妙な顔をして頭を叩く。

「福生で兵隊から譲ってもらうのは、ニューヨークのヒッピーが使っている物らしいんだ。本場の物《ぶつ》に興味があるようなら今度来たらいいよ」

「うん、行く、行くよ」

F氏と大島は興味を示さない。


僕とミノルは新宿から中央線に乗り、立川駅で青梅線《おうめ》に乗り換えると二十分ほどで福生駅に着いた。青梅線沿線は、雑木林と農地が広がって東京とは思えない長閑《のどか》さを残している。ペンキの剝げた駅舎の改札口に唐木と沙織が立っていた。唐木は、カウボーイハットに色抜けしたジーンズで沙織はピンクのワンピース姿だ。

二人に並んで金髪をGIカットにした若者が人待ち顔で立っている。

東口の駅前通りを横切り商店街に向かうと、商店街の通りの入口に星条旗が掲げられ緩やかに風になびいていた。商店街の通りの両側は紫や赤、ブルーと明かりが点くときらびやかに輝くであろう看板が並んでいる。

強烈な太陽の光に晒された建物は、古さばかりが目立って街が沈んでいる。そんな中を迷彩柄のTシャツにカーキ色のズボンを穿《は》いた黒人や、ポパイの入れ墨がTシャツから覗く白人が行き交う。

商店街の通りの最初の十字路に差しかかると唐木が説明してくれた。この場所を地元民は「赤線十字路」と呼んでいるそうだ。

一九四五年、日本が敗戦を迎えると立川基地と横田基地には三万人以上の米軍の駐留兵がやってきた。日本政府は、戦場帰りの米兵による婦女子への暴行、強姦事件を恐れて基地周辺に売春宿の建設を命じた。当時、この界隈には七百人以上の娼婦がいて、地元民は不特定多数を相手にする娼婦をパンパン、特定の米兵の相手となる女性をオンリーと呼んでいた。当時の福生町の世帯数は約三千戸、人口は一万数千人だ。人口比に占める娼婦の割合がかなりの数字になっているのが分かる。

それから五年後、朝鮮戦争が勃発するとアメリカ本国からの兵員が増員され、それまで駐屯していた軍関係者と合わせると倍以上に膨れ上がった。米兵を相手にする店が瞬く間に増えた。一階が飲み屋で、二階が宿となっているパンパン宿が集まった中心地がこの十字路で、今でもその名残から地元の人が赤線十字路と呼んでいる。

今はベトナム戦争に招集される兵士や、本国と連絡を取り作戦を練る将校、戦場から一時休暇《ホリデー》で帰還している軍人がこの周辺に住んでいる。赤線十字路を右に曲がり、十分ほど歩くと国道一六号線の向こう側が横田基地だ。肩に機関銃を下げた歩哨《ほしょう》がゲートの両側に立っている。左側の門柱に「U．S． A I R F O R C E 横田基地」と書かれた看板が嵌め込まれてる。

国道沿いに張り巡らされた金網の向こうには、滑走路が緑の芝生を切り裂いている。一六号線に沿った立川方面への道沿いには土産物屋や洋服屋が軒を並べている。

バリバリバリッ。突然耳をつんざく金属音が炸裂《さくれつ》した。鋭角な機首を青空に突き刺すように飛び立つジェット戦闘機はＦ４ファントムだ。

「あれは、沖縄経由でベトナムに向かうんだ」

得意顔で唐木が説明する。

タンクのように胴体を膨らませた大型輸送機も離発着を繰り返している。そんな光景を目の当たりにすると、ここは戦場そのものだ。

八高線《はちこう》の線路の手前を左に折れると、壁がブルーやベージュのペンキで塗られた平屋の建物が軒を連ねている。

「ここが米軍ハウスで、俺が住んでいるのはこの奥なんだ」

髪と肌の色の違う子供たちが庭先で遊んでいる。やっぱりここは外国だ。

唐木の住むハウスの前に来ると、白い柵が家の周りを囲み、窓枠がグリーンで壁はベージュに塗られていた。僅かなスペースではあるが庭に芝生が茂っている。

玄関を開けると、突き当たりが十畳ほどのリビングだった。フローリングの床と大きな窓。太陽の光がたっぷり差し込む設計になっている。唐木は板張りの廊下を靴を履いたまま入って行く。正面にある部屋の窓際に石膏の裸婦のブロンズ像が置かれている。沙織が言っていたデッサン用のものだろう。

リビングの壁際の本棚の隣に置かれている黒革のソファーのサイズがとてつもなく大きい。

この家に住んでいた外国人が使っていた物だろう。

玄関の右側はトイレとバスルームだ。左側に六畳の部屋が二部屋。リビングの奥にもうひと部屋ある。寝室には大きなダブルベッドがでんと置かれて、白いレース柄のネグリジェがベッドの上に無造作に放り投げられている。沙織のものだろう。家賃の二万五千円は、僕の大学入学時の親からの仕送りが一か月二万円だったことを考えると安くはない。窓際に女物の下着が干され、鏡の前に化粧品が並んでいる。自分の夢を叶えてくれる男の家に押しかけ、住み着いた女の逞しさが透けて見える。

「遅い昼飯だけど、取りあえず飯にしようよ」

白いテーブルを庭に持ち出すと、沙織が冷蔵庫からコーラとサンドイッチの材料を取り出した。バスケットにハム、チーズと野菜を並べる。それをパンに挟んでかぶりつく。脂っこいハムと野菜の新鮮さが口の中で混ざり合う。コーラとハムが口の中で混ざって旨い。

何軒か先の建物の窓から、ソニー・ロリンズのテナーサックスが大音量で流れてきた。黒人のカップルが黒い大型犬を連れて歩いている。僕たちの食事風景を見た男が右手の親指を突き出した。唐木が、親指を突き出して応えた。

「GOOD．It nice」

ゴーゴー喫茶に行った折、GIの前で縮こまっていた唐木とはまるで別人だ。

向かいの家から大柄な白人の夫婦が姿を見せると、玄関脇に停めてある赤い車に子供を乗せ大きな排気音を残して走り去った。上空を、迷彩色を施した大型輸送機が通過していく。

食事を一通り終えると唐木は新聞の株式欄を広げた。

「企業の商品情報と設備投資に関する情報をいち早く手に入れるようにしているんだ。株価の動きは、そういった情報と連動しているから結局は株式市場は情報戦なんだ」

ビジネスマンの顔になった唐木を、沙織が頼もしそうに眺める。

唐木がトランジスターラジオのスイッチを入れた。日本短波放送の株式情報だ。株の銘柄と株価を読み上げるアナウンサーの抑揚のない声が流れている。

「ベトナム戦争はもう少し続きそうだから、軍事産業筋の銘柄を押さえておけば間違いないと踏んでいるんだ」

そう言いながらアナウンサーの声に耳を傾ける。

部下が、常に情報を分析して唐木に報告してくるという。

株式の運用は好調だとも付け加えた。


腹を満たしたところで商店街に出かけた。八高線の踏切を渡り基地正面に出た。

基地と国道を隔てた道路沿いに『Ｈｅａｖｅｎ』『Ｔｏｒｎａｄｏ』『Ａｍｅｒｉｃａｎ　ｒｕｓｈ』と英文字で書かれたカラフルな店が軒を連ねている。ショーウインドーの鮮やかな色彩のイラストが存在感を発揮している。

一六号線沿いを立川方面に向かうと、ニューヨークのマンハッタン南端沖のリバティ島に聳える自由の女神像のレプリカがビルの屋上に鎮座している。『ＲＡＩＮＢＯＷ　ＴＲＩＢＥ』と書かれたアクセサリーを扱う店に入った。スプーンやネックレス、イヤリングの銀製品が並んでいる。銀製品は〝魔除け効果〟があるとのことで戦場に出向く兵士がベトナムに向かう前、この店でスプーンやネックレスなどを買って軍用機に乗り込むそうだ。「Ｔａｉｌｏｒ－ｍａｄｅ」と書かれた店の前に来ると、唐木が立ち止まって沙織と目配せした。

「今日はわざわざ福生まで来てくれたんだから、記念としてオーダーのシャツを俺にプレゼントさせてよ」

僕はオーダーのシャツなど袖を通したことがない。

「いいから俺に任せてよ。きっと気に入ると思うから」

僕たちの返事を聞く前に店に足を踏み入れた。揉み手をして迎える店主を見ると、唐木はかなり馴染みの客のようだ。

僕たちの体のサイズを測るように命じた。

肩幅、腕の長さ、首回り、胸囲とメジャーが当てがわれる。

「アメリカっぽい柄の開襟シャツなんかどうかなぁ」

採寸を終えると、店主は奥から何種類もの生地を出して来た。ピンクやブルーの原色の無地に混じって龍やポパイ柄のものもある。

ミノルは薄いピンクの地にヤシの実の柄の入っているものを選んだ。

僕はスカイブルーの地に野球のボールが描かれているものにした。

「高垣さん、似合いそう」

選んだ布を体に当てていると沙織が後ろから顔を出して褒めてくれた。白髪をオールバックに決めている店主も大きく頷いた。ミノルはオーダーシャツを着る自分の姿を想像しているのか鏡に向かってポーズをとって動かない。

「今日注文すると二日後に出来上がるんだ。今度、新宿で会うときに持って行くよ」

一通り商店街を歩くとハウスに戻った。

沙織が冷蔵庫から缶ビールを出した。唐木が電話のダイヤルを回す。

「これから行きますけど……」

「そうですか、お願いしますね」

受話器を置くと、僕たちに向かって指で丸を作った。

「頼んでおいた葉っぱが用意してあるってさ」

缶ビールをテーブルに置いた沙織が、本棚から英語辞典を抜き取るとバッグに入れた。

「さあ、ギンギンのロック聴いて飛んじゃおうよ」

沙織が嬉しそうに言った。

缶ビールを持ったままハウスを出ると赤線十字路に向かって歩く。ロック・バーに行くという。

「沙織、お前まだ自分の部屋あんの？」

歩きながら僕が訊くと沙織は顔を横に振った。

「引き払っちゃったわ。此処にいるとデッサンも描きたいときに描けるでしょ。それに昇といるほうが楽しいんだもん。私、此処を離れたくないの。だって日本にいてアメリカが味わえちゃうんだもの」

「受験するんだろ」

「準備はしているけど、それより今は昇と一緒にいる時間の方を大切にしたいから」

この街の異国情緒と唐木の持つ財力とが、沙織の生き方をどんでん返しにしてしまったようだ。

日暮れとともにネオンの光が街に厚化粧を施し始めている。

赤線十字路の手前まで来ると、脇道から歩いてきた黒人のグループが紫に白抜きで『S』と書かれた店のドアを開けた。僕たちも彼らの後に続いて入って行く。店内の壁は黒く塗られ、ジミー・ヘンドリックスの『紫《むらさき》のけむり』が爆風のように暴れていた。

店の入口正面がカウンターとなり、天井に下がっているミラーボールが緩やかに回転し、壁に掛けられた二対の鹿の角が照明に照らされて不気味に光っている。

唐木が、カウンターに立つ蝶ネクタイの男に右手を上げて近付いた。男が小さく頷いた。夥《おびただ》しい種類の洋酒が並ぶ棚の右側隅に置かれている葉巻の箱の中から、白い紙の包みを出してカウンターに置いた。止まり木に腰かけた唐木がその紙の包みを広げる。

中から深緑色の乾燥した植物の葉が出てきた。

マリファナは、煙を深く吸い込んでそのまま我慢して息を止める。それを何回か繰り返すと頭から重力が抜けたように軽くなり脱力感を覚える。それがマリファナのもたらす〝トリップ〟という現象なら僕もトリップを感じたことがある。

僕が経験したトリップは新宿のジャズ喫茶でだ。靖国通り新宿五丁目東交差点から新宿通りに向かった二本目の路地の左側角の地下にある『R』と言う店だ。Sと呼ばれている古株のフーテンの夫婦が経営している。Sが大のマリファナ好きで店に常備していた。

気のおけない仲間が集まるとSが持ちだし回し飲みをして楽しんだ。トリップが始まると、近くの絵画の色が鮮明になり、描かれている動物や鳥などの生き物が勝手に絵画から抜け出して動き出す。

音楽は、それぞれの楽器の音がバラバラに分解して頭に突き刺さるような刺激が起きる。

沙織がバッグから英語辞典を出すと、勢いよくページを切り裂いた。それをテーブルに置くと唐木がマリファナを帯状に並べる。

それを煙草のように巻き込むと、丸めた紙巻きの端を舌で舐めて貼り付ける。手際がいい。ミノルが手を出すと沙織が掌に置いた。ミノルが口に咥《くわ》えて火を点けると深く吸い込んだ。息を止める。それを何回か繰り返す。唐木が次の紙み巻きに火を点けた。僕も渡された。ミノルが立ち上がるとロックのリズムに合わせ体を動かす。指に挟んだマリファナをまた口に運ぶ。踊りのテンポが少しずつ狂っている。音と体の動きの差が大きくなる。ミノルが指で丸を作って唐木を見る。唐木が頷く。沙織も紙巻きに火を点けると大きく吸い込んでは口を押さえる。僕も何回か深く吸い込んだ。

ギターとドラムの音が分裂して聴こえてくる。フロアーの黒人も紙巻きに火を点けて深く吸い込んでいる。

「これすると、色彩が鮮やかに浮かんでくるの。私にもピカソのような絵が描けそうな気がしてくるから不思議よね」

沙織がしなやかな肢体を悩ましく動かしながらそう言う。唐木がそんな沙織を満足そうに眺めている。葉っぱとアルコール。黒人のリズム感あふれる踊り。僕たちは踊った。

ミノルが腕時計を僕の前に突き出した。午後十時を回っていた。今帰っても新宿に着くころには夜中の十二時近くになる。唐木に帰ることを告げると沙織がウイスキーのポケット瓶をバッグから出した。

「かなりラリッているから、電車の中やホームでマッポに捕まると面倒なことになるでしょ。ウイスキーを持っていれば、もしものときは酔っ払った振りしてたらいいのよ」

沙織はなかなか機転がきく。二人は駅まで送ってくれた。

ローカルの青梅線は車両が古く床板が磨《す》り減っている。

車窓から見る夜空に星が幾つも煌《きら》めいている。

ミノルが窓の外に目をやりながら呟いた。

「唐木の部屋だけどさぁ、仕事とプライベートを分けているとはいえ株や金融、経済関係の本は一冊もなかったよな」

ミノルが妙なことを言った。


福生に招かれ、オーダーメイドのシャツを誂《あつら》ってもらってから四か月が過ぎていた。野球のボールが描かれている開襟シャツは、スカイブルーが季節にマッチして僕は気に入っていた。

アメリカで金融業を学ぶと話していた唐木は、留学を口にしなくなった。浪人生の沙織には若奥さまのような柔らかな色気が漂い油絵やデッサンの話題がまったく出なくなった。僕は、相変わらず稼ぎのため新宿東口の地下道に座って詩集を売っている。

夕方になると秋風が冷たく感じられるようになった十一月二十五日、三島由紀夫が市ケ谷《いちがや》の自衛隊駐屯地で割腹自殺をした。自衛隊員に対し、天皇制擁護と憲法改正による自衛隊の国軍化を訴える演説の後の決行だった。『風月堂』に集まる客は、三島の死に対する賛否両論を論じて姦しい。新聞もテレビもこのニュースで持ち切りだ。

福生からやって来る唐木と沙織は、昼過ぎに『風月堂』に顔を出すとまずはコーヒーを注文する。一服点けて面子が集まるのを待って雀荘に繰り出す。

その後はお決まりのコースで酒場だ。

そのリズムを崩すことはないが、週に何回かは沙織が一人でやって来る。そんなとき、唐木はそれから四、五時間ほど遅れて顔をだす。

この日は沙織は一人だった。

「国立の駅まで一緒に来たけど、昇は事務所で打ち合わせがあると言って電車を降りたの」

そう言いながらコーヒーとケーキを注文した。Ｆ氏とミノルが顔を見せたが面子が一人足りない。二人は空になったコーヒーカップでサイコロを振りはじめた。チンチロリン賭博だ。

そんな二人を横目に僕はノートを広げたが詩が一行も浮かんでこない。

ジーンズに紺のジャンパーの唐木が姿を現したのは、辺りが夕闇に染まる直前だった。サイコロを振る手を止めたミノルが麻雀に誘った。

「今日は忙しかったんで、コーヒー一杯だけ飲ませてよ」

ハンカチで汗をぬぐいながら腰を下ろした。沙織がコーヒーを注文する。疲れたと言って、唐木は履いていたスニーカーを脱ぐと石作りのテーブルの端に足を置いた。その足は素足のままだった。

「今日は株価の動きが大きかったんだ？」

F氏が訊いた。

「そうなんですよ。大きな変動があってあれこれ部下に指示を出していたものだから疲れちゃって」

そう言って自分で肩を揉んでいる。株の相場となれば大金が行きかうわけで、神経の疲れも相当なものだろう。それでも暫くすると唐木は立ち上がり僕たちは雀荘に向かった。

この日は珍しく『新撰組』のオーナーの神彰の姿があった。

待ち合わせをしていたのか、福地泡介と園山俊二が一緒にエレベーターを降りてきた。麻雀ブームと言うこともあり大半の卓が埋まっていた。勝負は、唐木が少し浮いて終わり、酒場に繰り出した。支払いを済ませる唐木の財布がこの日も分厚く膨らんでいた。相場の変動が大きければ儲けも大きくなるが損益も大きくなるはずだ。

それをおくびにも出さない唐木の胆力には恐れ入る。


師走も押し迫ったある日の午後七時過ぎ。詩集を売り終えて『風月堂』に行くと唐木と沙織が窓際の席に座っていた。僕を見ると沙織が立ち上がって手招きしている。麻雀の誘いなら唐木が呼ぶはずだ。二人の前に座るとテーブルに教会のパンフレットが置かれていた。

「私たちねぇ、結婚することにしたの。今、渋谷《しぶや》の教会に行って結婚式の申し込みをして来たところなの」

渋谷公会堂《しぶやこうかいどう》に向かう坂の途中の左手の教会だという。教会の結婚式と言えば、黒装束の神父さんがタキシードとウェディングドレスの二人を前にして十字を切る。そんな光景が浮かんでくる。フーテン仲間が新宿で知り合い結婚まで漕《こ》ぎつけるとはめでたい話だ。

「それでね、頼みがあるの」

沙織が言った。

「俺たちの結婚式に出てくれないかな。ミノルにも頼もうと思っているんだけど」

僕はこれまで、親戚の結婚式にしか出たことがなかった。それも自宅での純日本式の披露宴だ。友人の挙式に声をかけられたのは嬉しかったが、教会の結婚式ともなれば正装が義務付けられるのではないだろうか。僕は、背広どころかネクタイの一本も持っていない。

「背広がなかったら言ってよ。身長さえ教えてくれれば俺が用意するよ。学生時代の仲間がいるからどうにか都合をつけられると思うんだ」

僕の心配を見越しているように言った。

「ところで、もう一つ頼みがあるんだ」

唐木が、今度は両手を合わせる。

「こんなことを言うのは初めてだけど、俺の親父は大阪で大学の教授をしているんだ。こいつとの結婚を報告すると、大学も出ていない相手じゃ認められるはずがないだろうって。その一点張りで反対されて困っているんだ」

大学を諦めた沙織の学歴が障害になっているのか。

沙織の顔が心配そうに歪む。

「大学に行くより昇と一緒にいたかったの。私どうすればいいのかしら」

「結婚するのは俺たちだ。親父が口出ししても俺は怯《ひる》まないよ。どんなことがあってもこいつと結婚するんだから」

沙織の方を向いてきっぱりと言い切る。

「こいつもその気だし、結婚して沙織の両親を安心させてあげたいんだよ。だけど式に俺の両親や親戚筋が誰もいないとなればさすがに言い訳が立たないだろう」

唐木の口にする心配事は当たり前だろう。

「そこで考えたんだ。式の当日、俺の親類縁者として参列してくれる仲間を集めようと思って」

唐木は煙草に火を点けた。

「あそこに座っている丸山爺《まるやまじい》が、年といい格好といい俺の親父にそっくりなんだ。そこで、丸山爺に父親の役を引き受けてもらえないものかと思ってこいつと相談していたところなんだ」

『風月堂』では最年長の部類に入る丸山爺は、銀座で画廊を経営していると聞いていたが、本人が言っていたわけではない。新宿のフーテンは、出自を自分から口にしない限り敢えて訊くことはタブーとされているから定かなところは分からない。

六十歳を幾つか超え、額が少し禿げ上がり白い物が混じっているが、仕立てのいいジャケットと黒縁のメガネは好好爺《こうこうや》そのものだ。

僕が街頭詩人として地下道に座っていると、何回か立ち止まって詩や小説について意見を交わしたことがある。それ以来、『風月堂』で顔を合わせると言葉を交わすようになった。

この日も丸山爺は奥の席で悠然とパイプをくゆらせている。

「ここではよく見かけるけど、俺、丸山爺と話したことないんだ。俺が唐突に父親代わりに結婚式に出てほしいなんて言ったって相手になんかされるはずないよな。そこで、高垣が中に入って頼んでほしいんだ。必要なら俺が丸山爺に式用のタキシードを用意するから」

話はまだ続いた。僕が弟でミノルは従兄《いとこ》になってほしいと言う。

要するに、新宿の仲間内で即席の家族と親戚を作って沙織の両親を安心させたいと言うわけだ。唐木には世話になりっ放しだ。これでお返しができるならお安い御用と思い、僕は二人の申し出を引き受けた。パイプの煙を楽しむ丸山爺の席に行った。唐木の男としての責任を全うしたいという部分を強調して唐木の思いを伝えた。

丸山爺は神妙な顔で僕の説明を聞いていた。意味を飲み込むのに少し時間を要した。

「それはめでたいことだ。喜んで協力させてもらうよ。それにしても、彼女はいい男に見初められたもんだなぁ」

パイプを咥え直すと並んで座る二人を見た。

僕は唐木と沙織を手招きした。フーテンには不似合いなカシミヤのジャケットを着る唐木が丸山爺の前に来ると頭を下げた。

「話は聞いたよ。私に君の父親の役をしてほしいんだって。喜んでさせてもらうよ。男が一度決めたことはちゃんと実行するってことはいいことだ。君は偉いッ」

沙織も頭を下げた。唐木がタキシードの件を切り出した。

「若い者がそんなことを心配する必要はないよ。私もこの年まで人生を送って来た男だ。大丈夫、それくらいは持っているから」

話が決まると唐木が雄弁になり、父親の職業と年齢を説明した。

「大学の教授。そりゃあ偉いお人だ。だったら、私一人より女房も一緒に出席した方がいいだろう」

「え、ええ。そうしていただけるようでしたらなお嬉しいですが」

「女房には訊いてみるけど、その方がいいだろ。親が出席するということになれば二人いないと不自然だしな」

「そこまで考えていただけるんですか。ありがとうございます」

「祝い事じゃないか。それがいいだろう」

沙織が涙目になっている。式後の披露宴は花園神社脇にある『東京大飯店《とうきょうだいはんてん》』を予定しているという。

話が決まった。翌日、沙織の両親が住む函館に二人で式の打ち合わせを兼ねて飛ぶという。行動力のある男だ。

それから何日か経っていた。僕が東口地下通路に座っていると学校帰りの弓子が寄ってくれた。新作の詩集を渡すと嬉しそうに広げた。唐木と沙織の結婚が決まったことを伝えた。

「え、結婚。それ本当?」

のけ反るようにして驚いた。

「でも、彼女浪人生でしょ」

僕はこれまでの経緯を簡単に話した。

「そうよね、女の幸せって学歴なんかより好きな人と結婚することだものね」

挙式が三月で僕もその式に出席する予定であることも伝えた。


年が明けると、『風月堂』にいた僕のところに唐木が厚手の生地でできた紺の背広を紙袋に入れて持ってきた。胸ポケットの裏側に「安西《あんざい》」姓の刺繡《ししゅう》が白糸で縫い込まれてある。僕がその名前を見ると、大学時代の同級生の物を譲り受けてきたという。さっそく洗面所で袖を通してみた。中肉中背の僕に測ったようにサイズが合っていた。そのまま席に戻ると、

「高垣さんすごく似合うわよ」

沙織が僕の背広姿を見て褒めた。

「気に入ったならそのまま返さないで着てもいいんじゃない。ねえ、昇」

「うん、いいよ。高垣が気に入ったら着てなよ。安西には俺が話をつけておくから」

ミノルに渡したグレーのアイビー・ルックの背広は冬物で、ズボンの裾が擦《す》り切れていた。それを見たミノルは畳み直して返した。

「俺はいいよ。自分で買った物があるから」

歌舞伎町でエロ写真を売り捌いているミノルは、僕と違って流行の先端を追い掛けているシャ

した男だ。

　フーテン明けでアパートに戻ると弓子から手紙が届いていた。

　奇麗なリボンのついた結婚祝いのカードだった。

「沙織さん、結婚おめでとうございます。幸せになってください」

　可愛い丸文字で書かれている。結婚式当日に沙織に手渡すつもりだ。

「山手線」の呼称を「山の手」線と統一したことを国鉄が発表したのが一九七一年三月七日で、この日が二人の結婚式だった。渋谷にある『山手《やまて》教会《きょうかい》』の控え室に、朝一番の飛行機で函館から来たという沙織の家族と親戚がいた。両親と兄、弟の四人に両親の兄弟の夫婦合わせて八人が上京していた。丸山爺は黒い留め袖の奥さんを伴って姿を見せた。

　大学教授夫妻と言われても疑う余地がない場慣れした雰囲気を持っている。丸山爺の緩くカールのかかる白髪混じりの髪と、ふくよかでおっとりした目が周囲を和ませる。沙織は母親が函館から持参したというウェディングドレスを着ている。挙式前の親戚紹介の席で、打ち合わせ通り僕は弟ミノルは従弟になっていた。麻雀仲間のF氏と大島も従兄として出席した。

「本日は遠路はるばる、息子たちの結婚式にお越しくださいましてありがとうございます。昇の親としてこんな嬉しいことはございません。女房ともども、息子がこんな立派な娘さんと結婚できることは喜びに堪えません」

　受けて沙織の父親が口を開いた。

「こんなふつつかな娘ですが、よろしいのでしょうか」

続いて母親が言葉を添える。

「田舎の漁師の娘が、こんな立派なご両親を持つ息子さんにご縁をいただいたことにお礼の言いようもありません」

唐木の胸が心なしか反り返った。

網元としてイカ釣り漁船を十二隻所有し沙織の兄弟二人は漁船に乗って働いている。後でそんな説明を受けた。どうりで兄弟の顔も逞しく潮焼《しおや》けしている。それだけの漁船を持っているということは地元では網元として資産家で通っているに違いない。娘の我儘《わがまま》を聞いて美大受験のため予備校に通わせていたことも頷ける。

沙織の父親が唐木の手を握る。唐木も握り返す。

丸山爺は沙織の花嫁姿を満足げに眺めている。

チャペルにパイプオルガンが響き渡る。

父親にエスコートされた沙織のウェディングドレスが、チャペルに映えて美しい。

唐木のタキシードも負けてはいない。

沙織のお母さんの頰が濡れている。

讃美歌三一二番を一同で歌った。

聖書「コリント前書十三章」を司祭が朗読した。

誓いの言葉の後、指輪の交換をする。つつがなく式が終わった。

式場の外で親族と並んで出席者の退席を待つ沙織に、弓子から送られて来たカードを渡した。

沙織は封筒を開けてメッセージを読んだ。

「私のこと覚えていてくれたのね」

そう言って涙ぐんだ。


「東京大飯店」には四台の円卓が用意されていた。唐木と沙織は教会からそのまま車で乗り付けていた。宴会場の正面に用意された雛壇《ひなだん》のテーブルに二人が座った。客の到着を待って料理が次々に運ばれてくる。フカヒレスープに北京《ペキン》ダック、アワビの蒸し焼き。海老のチリソース。チャイナ服のウェートレスが出席者のグラスに紹興酒を注いで回る。

「今日は、息子たちのこんな素晴らしい日を迎えることができ喜びに堪えません。これからの人生、波風もあると思いますが、そのときは是非ここに出席くださっている皆様のご指導を賜り、立派な人生を送って欲しい。これが私の率直な気持ちでございます。函館の皆さんもどうか二人を温かく見守ってやってください。よろしくお願いします」

一同を見渡す形で二人の横に立った丸山爺の挨拶で披露宴が始まった。沙織の両親が丸山爺の席に近づいた。

「今日はありがとうございました。学問のない娘ですが今後ともよろしくお願いします」

「いやぁ、うちの坊主も学校だけは出ていますが、気儘な奴でして。こちらこそよろしくお願いします」

優しく沙織の両親の肩を叩いた。

どの料理も僕が初めて口にするものばかりだった。ミノルもテーブルに運ばれてくる料理を平らげるのに夢中になっている。たらふく食べてたらふく飲んだ。カメラを持った沙織の弟がテーブル毎に挨拶に歩く二人の写真を撮っている。

「高垣君が私たちを引き合わせてくれたキューピッドだものね。お父さんに紹介したいんだけどいいかな」

僕は立ち上がった。

「俺は唐木の弟になっているんだから、それはやめた方がいいよ」

耳元で沙織に告げると、

「あっ、そうよね。私忘れてたわ」

「余計なことを言わない方がいいんだよ、お前は」

唐木が沙織の腕を引いた。

「ごめんなさい」

宴は続き、二時間ほどの和やかな時間が過ぎた。

沙織の親族が函館行きの最終便で帰るという。

それを聞いた丸山爺が立ち上がって終宴の挨拶をした。唐木たちは更衣室で着替えを済ませると、沙織の親族と相乗りのタクシーで羽田空港に向かった。

丸山爺夫妻と僕たちも会場を後にした。靖国通りに出ると歌舞伎町の空がネオンの光で輝いて見える。

「口直しに一杯どうよ」

ミノルが自分の腹をさすりながら言った。

紹興酒と高級中華料理を胃袋に収めていたが、食べ慣れないものばかりで、どこか腹の収まりが悪い。その上、着慣れない背広ときているから腰の落ち着きもよくない。

「通りの裏側は、ゴールデン街だ」

マンモス交番から三本目の筋がゴールデン街の花園一番街で、おみっちゃんこと佐々木美智子さんの店『むささび』がある。水割りを注文すると大島が乾杯の声をかけた。ミノルの目が窓の外に注がれている。

「めでたい席の後でこんなことを言っちゃ何だけど、俺、どうも唐木って男が信用できないんだ。初めてあいつと麻雀打った日、俺は抜けて後ろで見ていただろ。阿佐田哲也に憧れているって言うわりには、打ち方が素人過ぎたんだよ。仮にも阿佐田さんに憧れているんならあんな打ち方はしないよ」

どこかネジの緩んでいるところのあるミノルが、時折人に対する鋭い洞察力を見せる。

「勝負が始まっても、違う卓にいる園山さんや福地さんの方ばっかり気にして落ち着かないんだ。フーゲツに情報収集に来ているマッポかと疑ったほどだよ」

ミノルの言葉に被せるようにF氏が口を開いた。

「去年の十一月だったかな、三島由紀夫が割腹自殺した直後のあたりで唐木が沙織に遅れてフーゲツに来たことがあっただろ。疲れたからって雀荘に繰り出す前にコーヒー注文して飲んだよな。

あのとき、奴が靴を脱いでテーブルに足を置いたんだ。あまりに行儀が悪いから注意しようと思ったけどやめたよ。何故《なぜ》かって、あいつの足が素足で泥なのか垢なのか分からないような汚れ方してたんだ。部下と相場の打ち合わせをしてきたと言ったけど、そんな足じゃなかったよ。野山を駆けずり回る獣のような足だったたんで変だなと思って」

咥えた煙草をそのままにF氏が首を傾げた。

「俺たちにとっては、美味しいカモだからどうでもいいけど、俺が福生に行ったのは、マリファナも欲しかったけど奴の正体を確かめたかったんだ。あいつの言っていることと身辺がどうも嚙み合ってないんだ。株の話はするけど家に行っても株関係の本は一冊もない。商売道具であるはずの背広も見当たらなかった。そんなのおかしいと思わないか」

ミノルは醒めた見方をしている。

唐木の言動が嘘と言うなら、潤沢《じゅんたく》過ぎるほどに散財する原資が何処から来ているのか。そんなことを考えながら背広の内ポケットに刺繡されている安西という名前を見た。だとしたらこの背広の持ち主は一体誰なのか。

外に出ると冷たい北風が吹き荒れていた。

結婚式から四日が経っていた。『風月堂』で僕とF氏が新聞を読んでいた。大島が合流して卓を囲める面子を待つことにした。

唐木と沙織が穏やかな顔で入ってきた。店内を見回す。

「丸山爺は来ていないかな。あれだけパーフェクトに両親を演じてくれたからまずはお礼を言いたくて」

沙織の丸みを帯びた体のぽってり感が、新妻の色気を醸している。タキシードに合わせて短く刈り込まれた唐木の頭は、証券マンらしいヘアースタイルになっている。

「みんなが協力してくれたおかげで、俺の顔が立ったよ。どうもありがとう」

そう言って一通の葉書を出した。

《昇君、沙織のことはよろしくお願いします。立派なご両親にお会いできて親戚一同喜んでいます。お父さんとお母さんは勿論ですが御兄弟とお友達を函館にお連れください。函館では季節折々に美味しい海産物が獲《と》れますから、皆様に一度味わっていただきたいです。

これを縁にお近づきになれたらと思っています。

金森剛太郎《かなもりごうたろう》》

こう書かれていた。

「こんなに歓待してくれるんなら、直ぐにでも行ってみたいな。獲りたてのイカソーメンなんか最高だろうなぁ」

大島がその気になっている。唐木が葉書を仕舞うと、羽田空港での両親の喜びぶりを沙織が教えてくれた。

丸山爺とミノルが示し合わせたように『風月堂』に顔を見せた。

「先日はどうもありがとうございました。おかげで無事式を挙げることができました」

唐木が膝に手を当て丸山爺に丁寧に頭を下げる。

「いい式だったなぁ。北海道のご両親も腰の低い方で、私も嬉しかったよ。ま、まずはおめでとうさん。幸せにならないと駄目だよ」

沙織が大きく頷く。二人に両親からの葉書を見せる。

「いいねぇ、本物のイカソーメン喰ってみたいよ」

ミノルが大島と同じことを言って、イカソーメンを口に運ぶ真似をした。

唐木が、まずはお礼にハウスでパーティーを開くと言う。

「箪笥《たんす》に仕舞ったまま着る機会のなかったタキシードに、久しぶりに袖を通す機会を与えてくれてありがとう。おかげで虫干しにもなったよ。私も喜んでそのパーティーには参加させてもらうことにするよ」

今度は丸山爺が頭を下げる。

「じゃ、パーティーの日時は俺に任せてくれるかなぁ」

ミノルがマリファナを吸う仕草をする。

もちろん、と言いたげに唐木が頷く。話が一段落つくと僕たちは雀荘に繰り出した。

負けたのは唐木一人だった。

いつものコースで『小茶』に繰り出した。

「中華料理も旨かったけど、ここの煮物と鮪は格別だな。日本酒でいいだろ？」

ミノルが熱燗を注文した。

このところ麻雀の戦績が好調だ。詩集を売らなくとも懐が持ちこたえている。麻雀を打ち、終わるとゴールデン街や新宿三番街に顔を出す日常を繰り返していた。だが、勝負事のツキはそう長く続くものではない。何日か負けが続くとさっぱり調子が上がらない。勝負事は、坂道を転がり始めると雪だるまのように止まらない。そうなると瞬く間に懐が寂しくなる。

書き溜めてあった詩を集めてガリ版に向かう。中野区役所労働組合の印刷機を借りて新作の詩集を作った。『風月堂』への足も暫く遠ざかっていた。

詩集を売っていると丸山爺が通りかかった。僕を見るといつもの温厚な顔が崩れた。

「あの唐木って奴の正体、何者か知ってたか」

いつもの温厚な声が消えていた。

奴の正体と言われても、麻雀仲間としか答えようがない。

僕の知る範囲の唐木について話した。

丸山爺は首を強く横に振って新聞を出した。

小さな三面記事に赤いボールペンで線が引かれている。

「警視庁指定空き巣犯、逮捕」

とある。読んでみると犯人の名前は唐木と同姓同名だった。

「これが奴の正体なんだ」

丸山爺の声が低く重たい。

唐木が逮捕された後、福生の米軍ハウスが家宅捜査を受け結婚式の写真が出てきた。親族として写っていた丸山爺のところに警察が事情聴取に来た。青天の霹靂《へきれき》とはこのことだろう。丸山爺は結婚式に至るまでの経緯をそのまま説明した。いや、するしかなかった。丸山爺の身元が確認できると、刑事は唐木が荒し回った犯行の内容を説明したという。

世田谷、杉並《すぎなみ》を中心に東京の西部地区で三年前から空き巣が頻繁に起きていた。犯人の手口は、昼間の住宅街で窓ガラスにテープを張り金槌《かなづち》で割って侵入し金品を盗むものだった。犯人は盗みに入った家では靴跡を残さないように素足で動き回っていた。

同じ手口が続いたことから警視庁では「指定空き巣犯」として捜査をしていた。五日前、杉並区荻窪《おぎくぼ》の住宅街に忍び込んだところを巡回中のお巡りに見つかり現行犯逮捕された。

唐木の経歴は、大学卒業も証券会社勤務も全くの出鱈目《でたらめ》だった。

神戸に実家があることは間違いなかったが、刑事が実家を訪ねると、父親は教授ではなく小学校の事務員として働いていた。両親への調べによると、唐木は校則違反をして高校を中退するとそのまま家出して音信不通になっていたということだ。

F氏が抱いていた疑念とミノルの洞察力は確かだった。

雀荘のエレベーターホールでの出会いから始まった付き合いだったが、その唐木が窃盗犯で逮捕されていた。

大学の同級生がいないとなれば、結婚式で僕とミノルに用意した背広は二着とも忍び込んだ先の家から盗み出した服だったのか。

そう考えると辻褄《つじつま》が合う。学校でどんなワルさをして追われたのかは知る由もないが、関西から上京して喰い扶持を稼ぐために空き巣を繰り返していたことは紛れもない事実だろう。

唐木は居場所を失って上京したが、気を許せる相手を作ることもできず孤独に苛《さいな》まれていた。誰でもいい、心から笑って遊ぶ相手が欲しかった。そんな仲間を求めて僕たちに近づいてきた。

時間に関係なく麻雀を打ち、終われば酒場で飲み明かす僕たちフーテンの時間の使い方と、盗みを繰り返しそれを原資に時間を潰す唐木の生活のリズムがたまたま合っていた。唐木にとって僕たちとの付き合いは、ことの他居心地の良い心のオアシスだったのかもしれない。

勝負の負け金や飲み代の支払いも、自分に玩具を与えてくれる仲間への感謝だったと思えば合点が行く。

逮捕という結末を除けば、唐木は僕たちに対し都合のいい硬骨漢を演じ続けてくれた。僕は唐木に対し嫌な思いもなんの実害も被ってはいない。丸山爺も思い直したように口を開いた。

「そうだな、私もいい経験をさせてもらったよ。タキシードの虫干しと、忘れかけていた北京ダックやフカヒレスープの味を思い出させてくれたんだからな。唐木は私にとってはちっとも悪い男じゃあない。もっとも、ちょっと心配なのはあの可愛い若奥さまのことだ。ま、逞しそうだから自分の生きて行く道をまた探すだろうけど、警察に踏み込まれたときはショックだっただろうなぁ」

おもむろにパイプを出すとマッチを擦《こす》って火を点けた。

「この街ってのは、誰でも受け入れてくれる街なんだよな。この先もこうあってほしいものだね」

そう言い残すと、丸山爺は新宿駅中央口に続く階段に向かった。

第五話

通いフーテン、ポン太

新宿にたむろするフーテンたちには二通りの生活環境がある。

都内か都内近郊に自宅があり帰りたければいつでも帰ることのできる奴を〝通いフーテン〟と呼び、地方出身で決まった塒《ねぐら》を持たない奴は〝宿無しフーテン〟だ。

ビートたけしも、明治大学に入学すると（一九六〇年代後半）学生生活に飽き足らずドロップアウトして新宿でフーテン生活を送っていた。東京の足立《あだち》区生まれのたけしは通いフーテンで、僕の知っているポン太《た》も通いフーテンの典型だ。

長身でスリムなボティ。鼻筋の通った爽やかな顔立ちにアイビー・カットで、VANヂャケット（一九五一年石津謙介《いしづけんすけ》が『石津商店』を創業しアイビー・ルックの火付け役になった）を上手に着こなしているからそれだけでも垢抜けて見える。

宿無しフーテンは、生活用具一式を詰め込んだフーテンバッグを肩にかけて移動しているが、小田急線の成城学園前《せいじょうがくえんまえ》に住むポン太にはその必要がない。最小限の携帯品をポケットに収め、いつも颯爽《さっそう》とした足取りで新宿にやって来る。

朝十時に開店する『風月堂』の常連客は、百円のコーヒーを注文するとそこに根が生えたように長居する。常連に限るが、昼食時には伝票をレジに預けて外に出ると、近くの中華料理店や定食屋で百円前後の昼食を腹に収めると当たり前の顔でレジに来て伝票を受け取り再び腰を下ろす。いかした蝶ネクタイ姿で店を取り仕切る支配人の山口《やまぐち》さんは、そんな客も見て見ぬふりをしてくれる。余分なお金は使わず一日を生き延びる。それがフーテンの生きる知恵であり哲学だ。

入口正面のショーウインドーにケーキが並んでいる。

コーヒー代より二、三十円は高いケーキを注文する客は希《まれ》だ。

僕は街頭詩人として、新宿駅の地下道に座る前のひとときに時間潰しも兼ねてコーヒーを飲んでいた。僕の横に座る男が、テーブルに片足を置くとウェートレスを呼んでモンブランを二つ注文した。余計なことだが、僕はてっきり待ち合わせでもしている彼女のものだろうと二人のやり取りを聞いていた。

ベージュのコットンパンツにピンクのダンガリーシャツ。アイビー・ルック定番の茶色のスリッポンも光沢があり手入れが行き届いている。

ケーキが運ばれてきた。栗《くり》の載った旨そうなケーキだ。

「これ、彼が食べるから」

男はウェートレスに僕の前に一つ置けと指示した。呆気にとられていると、僕の肩を叩いた。

「何、辛気臭い顔してんだよ。俺の奢りだ、喰えよ」

男はフォークで器用にケーキを切って口に入れた。再びウェートレスを呼ぶと、モーツアルトの『ホルン五重奏曲変ホ長調』と書いた紙を渡した。曲のリクエストだ。

鼻歌交じりでケーキをパクつく。その軽快さに後押しされてお相伴にあずかることにした。

栗の柔らかな甘みとコーヒーの苦みがいい具合に溶け合う。

「旨いだろ。ここのはかなりいけるんだ」

そう言うと、男はポン太と名乗った。これが僕とポン太の出会いだ。

これまで何度かこの店で顔を合わせていたが、言葉を交わしたことはなかった。クラシック音楽とケーキとコーヒーの組み合わせを当たり前に楽しんでいる。その振る舞いは流行の着こなしと同様に余裕綽々《よゆうしゃくしゃく》だ。ドアが開いて男が入って来た。

ポン太の前に来ると立ち止まった。

「暫くジャン。どう、こっちの方は?」

右手で麻雀の牌《パイ》を持つ仕草をした。

「うん、ぼちぼちってとこだな。たまにはおいでよ」

言葉を交わしたことはないが、この男もこの店で何度か顔は見ていた。

「行きてーんだけど、現金《ざいりよう》が揃わなくてよ。十万《じゅう》や二十万《にじゅう》手持ちがないと勝てる勝負も勝てないからな」

鷲鼻の男は口髭を生やし、神経質そうな目を長髪で隠している。白い綿シャツに茶色のバックスキンのベスト。色抜けしたブルージーンズは、ヒッピー発祥の地ニューヨークのグリニッチ・ヴィレッジからそのまま抜け出たような隙のない着こなしをしている。こいつも薄汚れているフーテンたちとは明らかに毛色が違う。

厚い綿でできた大きいバックを肩に掛けている。美大生がよく持っているものと同じだ。

僕の前の席に腰を下ろすと右手を出した。僕は男の手を握った。

男はトイレと名乗った。渾名《あだな》だろうけどそれにしても妙な呼び方だ。

「昨日は珍しく国士無双を振り込んじゃってな。相手は猪山《いのやま》さんだよ」

「猪ちゃん涙流して喜んだんじゃないの」

「飛び上がってたよ。おかげで十五《じゅうご》万ばかりへこんじゃってさ」

「トータルすりゃ相当浮いてるだろ」

「まあ、そんなとこだけど」

二人の会話を聞いている範囲では随分高いレートのようだ。

「今日は、どうなの」

「当然行くよ。勝負前のひと休みだよ」

「じゃ、こんなところで喰ったって効果ないんじゃないの」

顎を店の入口に向けると立ち上がろうとした。

「ちょっと待ってよ。リクエストした曲がまだかからないんだ」

トイレが、仕方なさそうに煙草に火を点けた。

モーツアルトの曲が流れた。ゆったりとした曲だ。

ポン太が、楽団を指揮するような仕草で片手を動かす。

「良かったら、近くの店に場所移してケーキ喰い直さないか」

ケーキの喰い直しをしようと誘ってきた。

羽振りが良さそうだし面倒見も良さそうだ。詩集を売る時間まではまだ間がある。

二人の後について店を出た。

パチンコ店の音の割れたスピーカーから、皆川《みながわ》おさむが歌う『黒ネコのタンゴ』が流れている。古びたビルの壁には渥美《あつみ》清《きよし》の『男はつらいよ　寅次郎恋歌』と、高倉健の『新網走番外地　吹雪の大脱走』のポスターが並んで貼られている。向かったのは三越《みつこし》デパート裏の喫茶店『白十字《はくじゅうじ》』だった。

ポン太を先頭に店に入った。奥の席に、一目でその筋の者と分かる目つきの鋭い男たちがテーブルを囲んでいた。新宿界隈《かいわい》で名を売る愚連隊の親分、万年東一《まんねんとういち》がこの店を事務所代わりに使っていたことは後で知った。パンチパーマにサングラスの男がポン太を見て、右手を上げて立ち上がった。

茶色のダブルの背広が膨らんだ腹を上手に隠している。

「どーよ、景気は？」

そう言いながらポン太に歩み寄る。

「どーもこーもないですよ。役満、振り込んだんだから景気なんかいいはずないでしょ。猪さん、たまには手加減してくださいよ。昨晩は、オケラにされたからしょうがなく歩いて帰りましたよ」

「嘘つくなよぅ、どーせ女のとこにしけこんだんだろ。負けたのは昨晩だけで、それまでは俺がやられっ放しだよ。お前こそたまには手加減しろよ」

麻雀仲間のようだ。ポン太がポケットから煙草を出した。

男がダンヒルのライターを出す。

ポン太の煙草と自分のに火を点けた。

「お前さん、最近見かけなかったけどどうしてたの？」

話を振られたトイレは、胸のポケットを叩いて両手を広げた。

「不景気で麻雀どころじゃあないですよ」

「そうか、お前のシケてるのは相変わらずだもんな」

「兄さんみたいに、黙っていても入ってくる現金持ち合わせてないからしょうがないでしょ。人間てのは、どうしてこうも懐の差が出るんでしょうかね」

「馬鹿だね、お前さんは。現金ってのは自分の器量で作り出すもんだよ。いい子いたら連れておいで。うちは前借り《バンス》高いよ。家出娘ならそのへんにいくらでもいるだろうが」

「駄目、女衒《ぜげん》だけはできないですよ。男と女は愛を否定しちゃあ生きていけない生き物ですから」

そう言って右手を左右に振る。

「お前ね、そういうのは格好よすぎるっての。人間は格好だけじゃ生きていけないよ」

それだけ言うと、パンチパーマは煙をくゆらせながら自分の席に戻った。デパートの裏手にあるこの店は、買い物を終えた主婦たちにくつろぎの場として使われているようで、パンチパーマの愚連隊の一団と、買い物を終えてくつろぐ主婦たちの組み合わせが妙な空気感を作り出している。

　ポン太の説明だと、猪山はこの辺一帯を仕切るヤクザ組織の幹部で、何軒かのキャバレーやクラブを経営しているという。

「ポン太もたいしたもんだよ。あいつが挨拶に来るんだもの。ちょっとやそっとじゃあできない芸当だよ」

　ポン太の麻雀仲間は、地回りのヤクザや不動産会社の社長クラスの集まりでレートが高い。フーテン仲間の麻雀は千点三十円か五十円が相場だが、ポン太たちのレートは千点五百円で勝っても負けても一晩で十万円単位の金が動く。これはトイレの説明だ。

　トイレもその勝負には何回か加わったが、資金が続かず最近は御無沙汰しているということだ。ちなみに、七一年の大学卒の平均初任給は四万三千円と発表されていたから、賭け金がどれほど高額かが分かる。

「ここのケーキ喰ってから出陣すると、不思議と負ける気がしないんだ。そう考えるとここのケーキ代なんか安いもんさ」

　ポン太がケーキに拘《こだわ》るのは、勝負に挑む前の〝景気付け〟の意味を込めたゲン担ぎだった。

　僕も再びお相伴にあずかりショートケーキにフォークを入れた。トイレがバッグからポスターサイズの半紙を取りだした。冬景色にモデル風の女が写っている。スイスのアルプスをバックに撮ったもので、化粧品会社の冬の宣伝用ポスターにも見える。

「クライアントが、コンペティションで俺の作品を使うことを決定してくれたんだ」

会話を聞く範囲では、トイレは名前の通ったグラフィックデザイナーのようだ。

「この仕事はかなり美味しそうなんだ。その時は仲間に入れてよ」

「そういう話は、現物を手に入れてからするものだよ。まだ入っていないんだろ」

出鼻を挫《くじ》かれたトイレは気勢を削がれて顔を横に向けた。

話の拠り所を探すように僕を見た。

「君は地下道で詩集売っている学生さんだろ」

「どうして知っているんですか」

「新宿でフーテンしてりゃあ、何だって知らないことはないよ」

もっともだという顔でポン太も頷いた。

猪山が立ち上がると顎をしゃくってポン太をうながした。

ポン太が時計を見た。勝負の時間が近づいているようだ。

二人は肩を並べて店を出る。

「今日はごちそうさまでした」

僕は立ち上がって御礼を言った。

「俺、君の詩集を買ったことあるんだ。詩はともかく、やっている行動の着眼点がナイスだよ」

ポン太が僕をこの店に連れてきたのは藪《やぶ》から棒ではなく、街頭詩人をしていることを知ってのことのようだ。

その日以来、ポン太は『風月堂』で顔を合わせると気軽に声を掛けてくれるようになった。

僕たちが打つ仲間内の麻雀話をすると、

「勝負するのは良いけど、仲間内で僅かな金を毟りあっても面白くないじゃん」

耳が痛い言葉だ。悠然とコーヒーを飲みクラシック音楽をリクエストするポン太は僕と三歳しか違わない。大学名は口にしないが四年に籍があるという。勝負に出向く前のポン太は、僕を見るといつも『白十字』に誘ってくれるようになった。

ポン太のポケットには常に分厚い一万円札が束ねられていた。


その夜、地下道に座った後、居酒屋で合成酒を二杯飲んだ。新作の詩集に使う詩が不足していた。歌舞伎町の名曲喫茶『スカラ座』に入りほろ酔い気分で原稿用紙に向かった。

冬は薪《まき》の燃える優しい炎で心を和ませてくれる地階の暖炉も夏場は無用の長物で片隅に忘れられている。

十一時を回っていた。イーゼルを肩に歌舞伎町の大和銀行前で似顔絵描きをしているベレー帽の熊ちゃんが入ってきた。

憮然《ぶぜん》とした顔でコーヒーを注文すると天を仰いだ。いつも周囲を和ませてくれる柔和な目がこの夜は笑ってない。僕の隣に座った。

「今日は客付きが悪かったんですか」

トイレに立ちながら様子見に声を掛けた。

「こいつのせいだ、このろくでなしのおかげで商売あがったりさ」

手にしているくしゃくしゃな新聞を広げた。そこには八人の女性を強姦し殺害した凶悪犯、大《お》久保《くぼ》清《きよし》の取り調べの内容が書かれていた。芸術家気取りのベレー帽を武器に自称画家という触れ込みで若い女の子に近づき、やりたい放題次々に毒牙にかけていた大久保清が、群馬県警前橋署に逮捕されたのが三日前の（七一年）五月十四日だ。

新聞は、大久保の自供から出てくる殺害された被害者の名前と捜査状況を、大きく紙面を割いて報じていた。そう言われてみると、熊ちゃんのベレー帽と絵描きの職業は大久保との類似点が多い。

「付いた客は、犯人と俺とに共通点があると言って、事件について感想を訊いてくるんだ。訊かれるから俺は思っていることを正直に言うよ。女の子は誰もがこういう男に騙される要素を持っているってね」

煙草に火を点けた。

「俺がそう言うと、じゃ私もですかと念を押すから俺は答えるよ。もちろん、あなたもですよと。それを言われた客は怒り出して半分以上が描いている途中だというのに帰っちゃうんだ。今日はそんな客が三人いたよ」

憤まんやるかたないという口調だった。

「女の心理ってのは単純さ。男が言うほんの一言の褒め言葉でも、信じられないくらい警戒心を解くんだ。似顔絵描きは、女のこの心理を利用してまずは褒めるところからスタートだ。褒めると女の子は無防備になる。無防備になった人間の笑顔こそがその人の持つ一番のいい顔さ。その顔を描きたいからこそ褒めて女を無防備にする。大久保はその女心をうまく利用していたんだよ」

長年街頭に立つ似顔絵描きの言葉には説得力がある。

そこまで話すと熊ちゃんは店内に流れるクラシック音楽を聴き始めた。

僕は書きかけの詩を読み直していた。

チャイコフスキーの『交響曲第六番悲愴』から、ショパンの『ピアノソナタ』に変わっていた。

ドアが開いた。麻雀が終わったようだ。ポン太が入って来た。

音楽を聴いていた熊ちゃんがポン太を見ると、将棋盤をバッグから出した。将棋好きの熊ちゃんは常に将棋盤と駒を持ち歩いて、相手を見つけると見境なく盤を出して勝負を挑む。

僕を相手に選ばないのは、恥ずかしいことだが僕が賭け将棋を指す技量に達していないことを熊ちゃんは知っているからだ。時折相手をするときは、飛車角抜きのハンデを貰っての勝負だ。

ポン太は将棋の腕もなかなかで、熊ちゃんと指し始めると勝ったり負けたりの接戦でたいてい一局では終わらない。

この夜の勝負は、熊ちゃんが中飛車で守りを固めると、ポン太が角筋を空けて応戦する。

猪山が肩でドアを押すようにして大股で入って来た。

ポン太を見ると肩を叩いた。

「今夜は勝負事はやめとき。勝負事はツキがないときは何やっても駄目だよ」

鰐皮の財布を出した。分厚く膨らんでいる中から一万円札を抜いて将棋盤の上に置いた。

「今日はツキがなかっただけさ。これでトルコ風呂にでも行ってパーッとやって帰ったほうが体のためにもいいゾッ」

口ぶりからして、この夜はポン太が負けたようだ。

ポン太は盤の上に置かれた札を摑むと猪山に返した。

「先輩、気持ちはありがたいですがいただくわけにはいきません。勝負は勝負。それより、また明日お願いします」

そう言うと、ボーイを呼んでウイスキーをロックで二杯注文した。運ばれてきたウイスキーグラスの一つを猪山に渡すと乾杯を催促した。

グラスをぶつけ合うと一気に飲み干した。

立ち上がったポン太が今度は猪山の肩を叩いた。

「先輩の気持ちだけはいただいておきます。これは俺の奢りですから」

「分かったよ、御馳走になるよ。それにしても、お前って奴は良い男だ。堅気にしておくのはもったいないないなぁ」

猪山は空になったグラスを揺すりながら、獲物を狙うような目で店内を見渡す。

「先輩、今日は商売になるような子はいませんよ」

川崎あたりのトルコ風呂に連れて行くのか、温泉宿にでも売り飛ばす家出娘を探しているのか——。ポン太の言葉はそれを指しているようだ。図星をさされたのか猪山がバツの悪そうな顔になった。

「ほんと、お前って奴は嫌な奴だなぁ」

「しこたま勝った上に、まだ商売っ気出すんですか。今日は上玉の女の子を二、三人売り飛ばしたくらいの儲けになったでしょう」

猪山は頭を掻きながら出て行く。ドアの外は明るくなっていた。


僕は山手線の始発を待って乗り込んだ。僕たちは、こうして電車の中で眠ることを〝山手ホテル〟と言っている。

山手線を何周したのかは分からない。車内には立っている客がいない。通勤電車のラッシュも知らずに眠り続けた。新宿駅で降りると梅雨空から霧のような雨が落ちていた。開店間際ということもあり『風月堂』は四人の客しかいなかった。壁際に座り電車で拾った新聞を広げた。

新宿西口にオープンした『京王《けいおう》プラザホテル』の繁盛ぶりが特集されている。その記事に関して僕には痛い思い出が蘇った。二年半ほど前のことだ。徹マンでボロ負けした朝、負け金の支払いが足りず日雇いでこのホテルの建設現場で働いた。ネコ（一輪車の荷物運搬車）で練られたコンクリートを入れて運ぶ仕事だ。寝不足と空腹から体に力が入らず、僕が運んでいたネコが倒れコンクリートを階下に零《こぼ》してしまった。怒った現場監督は僕に鉄拳を喰らわせ賃金も貰わずに追い返えされた痛い経験だ。

それを思い出すと腹が立ってコーヒーが急に苦くなった。

そんな忌々しい記憶を思い出していると、入ってきた外国人に声を掛けられた。肩まで伸びた髪に髭面。足元には大きなリュックが置かれている。
ロサンゼルスから貨物船に乗って横浜港に着き新宿に来たという、世界を旅するヒッピーのアメリカ人だった。〝新宿四丁目　相模屋《さがみや》〟と日本語で書かれたメモを持っていた。ここは僕も知っている旅館だ。都立新宿高校の先の新宿御苑の正面にある簡易旅館だ。四畳半に二、三人が同居して泊まる宿で素泊まり三百円の安宿だ。

安くて交通の便もいいことから外国人ヒッピーの溜まり場になっている。何か月か前に新聞沙汰になった大麻取締法と麻薬取締法違反の現行犯で逮捕されたアメリカ人のエラルド・A・ティムも此処の泊まり客と書かれていた。男はこの宿への行き方を教えてほしいと言う。僕はブロークン英語で頑張ったが、残念ながら伝わっている様子がない。僕の説明を半分は聞いているが、途中からは諦めたように地図を覗き込んでいる。そこにポン太が鼻歌交じりで店に入って来た。

昨晩のポン太は白いコットンパンツだった。この日は色が落ちたブルージーンズに黄緑色のセーターで手に紙袋を提げている。前夜の大負けも懲りている様子がない。

拙《つたな》い英語で必死に答える僕を見るとニヤリと笑いを浮かべて隣に腰掛けた。

「Where do you want to go?」

コーヒーの注文をするとヒッピーに話しかけた。流暢《りゅうちょう》な英語だ。ヒッピーは僕の前に置いていたメモをポン太に見せた。ヒッピーが手にしている新宿の地図を広げた。相模屋への道順をゆっくり説明している。

「Thank you」

そう言ってポン太の手を握った。

ヤクザを怖がらず、外国人にも怯むことなく接するポン太の人間の底の深さに驚かされる。ポン太が手にしている紙袋から新しい赤いバスケットシューズを出した。新しい割には靴底に泥がこびり付いている。かなり大きなサイズだ。

「Give you these shoes」

この靴をお前にやると言っている。ヒッピーは不思議そうにポン太を見た。何回か言葉を交わした。

「OK. No problem」

ポン太は靴を袋に戻すと捨てるゼスチャーをした。その仕草に驚いたヒッピーが本当にくれるのか、と言う顔で両手を出した。ポン太が靴を男のサンダルの横に並べた。ヒッピーは急いでサンダルを脱ぐとバスケットシューズに履き替えた。立ち上がって足踏みするとサイズはピッタリだ。ヒッピーが嬉しそうに頭を下げた。コーヒーを飲んでいると女子大生風の二人連れが入ってきた。ポン太が、再びヒッピーに何か説明を始めた。しばらくすると、ヒッピーが嬉しそうに頷いた。

ポン太は、外国人旅行者まで手玉に取っている。

「それじゃ、そろそろ行こうか」

伝票を持って立ち上がるポン太に、僕はヒッピーと交わした会話の内容を訊いてみた。

「あいつ貧しそうだったから教えてやったんだ。貧乏人が集まる安宿なんかに行かなくても、この店には物好きな女が集まって来る。今来た女も多分その口で英語を使いたくて来ているんだ。そういうのを見つけて親切にしてやれよ。うまくいけば自分から宿の提供を申し出でくれるよ。そんなうまい手はないだろ。チャンスは逃《のが》すなよ。成功を祈るよ、と言ったんだ」

ヒッピーの懐具合まで読んでアドバイスをしていた。

『白十字』のショートケーキはいつ食べても上品な味がする。

食べ終えて一服ふかすと僕の顔を見た。

「前にも言ったけど俺、高垣の書いた詩を読んだことあるんだ。学生運動に対する疲れや倦怠感《けんたいかん》、挫折感がよく出ているよな。でも、俺が興味を持ったのは詩の内容なんかじゃない。街頭で自分の書いた物を売るというきっかけが何だったのか。興味はそこなんだ」

思いがけない質問だった。

自分が地下道に座るきっかけとなったのは、街頭詩人の先輩でありフーテン仲間の牧田《まきた》とノブだ。

日雇いで建設現場に出た日、仕事をしくじって現場監督に鉄拳を喰らい賃金も貰わず追い返された。その帰り道、新宿駅の地下道で詩集を売る二人に会い、勧められて自分の詩集を街頭で売る決心をした。そんな経緯を説明した。

「先輩がいたにせよ、それを実践している高垣は偉い。俺はその行動力を認めるな」

煙草を灰皿に押し付けた。

「俺は、学生運動なんかしている連中が馬鹿に見えて仕方がないよ。資本主義打倒、ブルジョワジー粉砕なんて言っているけど本当は自分たちの弱さと貧乏を隠しているだけさ。銭がない、稼ぎ方も知らない。ただそれだけで、社会が憎いと言って逃げ道を作っている。そんな連中の戯言《たわごと》なんかに加わる気にはなれないよ」

表情までもが醒めている。

「社会を変えてやる、企業に迎合したくないなんて言っているけどそんなの茶番だよ。嫌なら企業なんか相手にするな。使われるんじゃなく会社でも興して使う側に回りゃいいんだ。ゲバ棒持って機動隊に突っかかって、結果パクられて留置場にぶち込まれる。そんなの自分が損するだけじゃないか」

コーヒーカップを置いた。

「高垣んとこの親父さん、戦争に行ったんだろ」

僕の父親は第二次世界大戦でインドシナ戦線に送られ、砲兵隊の一員として灼熱《しゃくねつ》の赤道直下を連日重い装備を担いで移動したと聞いていた。

戦場での無理が祟《たた》り、脊椎《せきつい》カリエスを患って病弱な体になってしまった。母親が週に一度、俯《うつぶ》せになった父親の背骨の両側に五センチ間隔で灸《きゅう》の艾《もぐさ》を置いて線香で火を点けていた。艾に火が点くと、青くて細く長い煙が立ち上り背中で燃え続ける。父親は、両手を握りしめてその熱さに耐えていた。

五人兄弟の僕たちはその姿を黙って眺めていた。

「国が勝手に戦争を始め、俺たちを戦場に送り出しながら家族にはなんの補償もしない。お父ちゃんのように体を壊した復員兵も、外傷がないからといってなんの援助もない。こんなおかしなことがあって堪るものか」

それが父親の口癖だった。父親の耐える姿を見た僕は悔しかった。やたらと悔しかった。父親の体をこんなにしてしまったのは何なのか僕は知っていた。それは戦争だ。

僕は幼心に父親を戦場に駆り立てた国家にその憎悪を向けていた。送られて来た赤紙の「召集令状」一枚に貼る切手がわずか一銭五厘だったことは後で知った。

「だろ？　うちの親父は満州だよ。日本が戦争に負けるのを見越していたから、軍で働いていた現地人に物資を横流しして優しく接していたんだ。おかげで敗戦のとき、現地人に助けられて生き延びることができた。復員してから考えたのが、負けた日本人相手に商売するより、勝った官軍のアメリカ相手の商売をしないと儲からないってことだ。それでアメリカに渡ったんだ。大学時代習った英語を武器に、単身アメリカに乗り込んでジーパンの製造メーカーと日本での販売権契約を結んだのさ」

ポン太は父親を称える誇らしげな顔になった。

今も輸入したジーパンを上野・御徒町《おかちまち》のアメヤ横丁に卸している。

商売柄、上野の地回りのヤクザがポン太の家に出入りするようになった。そう聞くとヤクザとも対等にやり合うポン太の立ち居振る舞いが理解できる。大学二年のとき、父親の商売について学ぶためアメリカに行きカリフォルニアで一年間過ごしていたという。

「戦争を先導した奴が、敗戦の責任もとらずに総理大臣になった現実が日本だろ。それまで『鬼《き》畜米英《ちくべいえい》』なんて言葉で国民を焚《た》きつけていた連中が、戦争に負けた途端アメリカに擦り寄っている。こんな節操のない国を相手にしても何にも変わらない。自分の才覚で儲け口を作る。そのほうが利口だろ」

学生運動をいとも簡単に否定する。

「要は何をしたら儲かるか。肝心なのは目の付けどころだ。誰にも文句を言われることのない公道に自分の店を出す。並べる商品は原価の安い自分の手作りだ。それを好きな時間に好きな場所に座って売り捌く。誰にも損させないで儲かる。高垣の商売は俺に言わせると理に適《かな》っているってことさ」

自分の解釈で社会の成り立ちを明瞭簡潔に説く。

「ゲバ棒を持って機動隊とやり合うのもいいさ。でも、自分が損しちゃ駄目だ。いざとなったら誰も助けてはくれないよ」

ポン太は実に的確に損をすることのない社会通念をわきまえ、有無を言わせない説得力がある。そこまで話すとトイレに立った。ジーンズの後ろのポケットに分厚い札束がはみ出している。用を済ませて戻ったポン太に言った。

「後ろのポケットから銭が出て、落ちそうだよ」

ポン太がニタッと笑った。

「この金、どうしたと思う」

そう言ってポケットの札束をテーブルに置いた。

一万円札でかなりの厚さがある。

「昨日、大負けしたと言ってなかった？」

「そうだよ。だからここに来る前、空き巣を働いてきたんだよ」

平然と言い放つが旨そうにケーキを頬張る顔はとても泥棒をしてきたとは思えないほど落ち着いている。

「昨日はちょっと派手に負けすぎたから、勝負する現金がなくなっちゃってさ。今日の出陣のために必要なだけ用立ててきただけさ」

口の周りに付いたクリームを、ハンカチで拭う。

「妙な顔するなよ。泥棒ったって自分家《ち》の金をちょっと失敬してきただけなんだから。もっとも空き巣が入ったように仕組んではきたけどね」

ポン太の話は、どこまでが本当でどこまでが嘘なのか分からない。コーヒーに砂糖を混ぜながら歌うような口調で説明する。

「風月堂でヒッピーに渡したバスケットシューズは、架空の犯人をでっち上げるための小道具だったんだ。親父が仕事に出てお袋が友人と昼飯喰いに出たから、その隙に用意しておいたバスケットシューズを持ちだして、梅雨でぬかるんだ庭の泥が靴底に付くことを計算して靴を履いて庭に出たんだ」

まるで子供が悪戯《いたずら》をしたような口調だ。

「入口の門扉《もんぴ》からトイレの窓の下まで歩いて、窓を叩き壊し、壁によじ登って窓から入ったように汚れた靴を壁に押しつけて足跡を付けたんだ。それから靴を脱いで、裸足で石畳を伝って家に戻った。洗面所からトイレに入ってそこで汚れた靴を履いてそこから賊が侵入したように見せかけた。廊下を通って金のある部屋に行き、簞笥の奥から両親が置いていた現金を持ち出して、他の部屋の押し入れや簞笥を開いて適当に荒らしておいたんだ」

靴を履いたまま玄関から出ると、途中で自分の靴に履き替えて新宿に来た。ということは、ヒッピーに渡した靴は証拠を消すための工作だったことになる。

「今頃、警察が来て俺の家は大騒ぎしてるんじゃないかな。警察の捜査の基本は犯人の残した足跡とか遺留品だろ。昨日の朝方、スカラ座のテーブルの下に落ちてたハンカチを拾っていたからそれをトイレに置いてきたんだ。そのハンカチを証拠品として、ピンセットで真剣に拾い上げている捜査員の姿を想像してみろよ。面白いだろう」

自分で仕組んだ犯罪を楽しんでいる。

時計を見ると午後五時を回っていた。麻雀が始まる時間だと言ってポン太は立ち上がった。

僕はいつもの東口地下道に向かった。

ポン太の話が面白すぎた。思い出すと笑わずにはいられない。

僕が座る通路の横に宝くじ売り場を兼ねた箱形の売店がある。

店は夫婦で切り盛りしていた。狭い売り場のスペースに早朝から昼近くまでは主人が入り、昼から夕方までは奥さんが入る。夕方から閉店までが再び主人の仕事のようだ。夕方、交代時間で来たのか主人が僕の前に立っていた。

「どうしたの？　何か良いことでもあった？」

「いえ、何もありませんよ」

「詩人さんにこんなこと言うと失礼に聞こえるかもしれないけど、あんたはいい商売してるよな。何の権利関係もなく売れただけ自分の儲けだろ。俺たちは店の賃貸料と場所を使わせてもらう権利金が発生しているから、朝から晩まで働いたっていくらにもならないんだよ。学生さんが羨ましいよ」

ポン太と同じことを言っている。

店の横にある狭い出口から出てきた奥さんも聞いていた。

「見ているとよく売れているから、二時間も座ると生活できちゃうわけでしょ」

僕は痛くもない腹を探られているような気分で聞いていた。


この夜、僕はジャズを聴く気分になれなかった。

ゴールデン街のママのキヨさんが経営するスナック『唯尼庵《ゆにあん》』でウイスキーの水割りを飲んでから『スカラ座』に向かった。入口のすぐ右側の一段下がったところに煉瓦《れんが》作りの暖炉がある。暖炉の見える壁際の席が落ち着いて僕は好きだ。

その席には先客で似顔絵描きの熊ちゃんが座っていた。商売繁盛で疲れたのか頭を壁に凭せかけて眠っている。僕は熊ちゃんのひとつ隣の席を選んだ。僕の席まで鼾が聞こえてきた。チャイコフスキーの『バイオリン協奏曲』が、繊細な調べで流れている。

僕は原稿用紙を出した。十二時を回った店内は客がまばらだ。

原稿用紙に向かって升目を埋めはじめた。

「どう、商売うまくいってる?」

白い綿シャツにベストを着たトイレが、深紅の口紅に熊の子を思わせるほどアイシャドーを濃く塗った女を連れて立っていた。

呂律《ろれつ》が回っていない。かなり酔っているようだ。

「ええ、ぼちぼちですよ」

「そうか、そりゃあ良かったな。いいもん書けてるの?」

「自分なりに頑張っているつもりですけど、なかなか……」

トイレの肩にしな垂れかかっている女が虚ろな目を開けた。

僕を、街頭詩人だと言って女に説明するが聞いていない。

小柄な体に、ブラジャーが透けて見えるノースリーブのブラウスを着ている。肩からはみ出している真綿のような白い腕が色っぽい。

トイレに抱えられ、おぼつかない足取りで階上に上がって行く。この店は、三階が同伴席になっている。深夜に同伴席にしけこむ客は、連れ込み旅館に行くには財布に余裕のない客がほとんどだ。

待ち合わせをしたわけでもないがポン太が入ってきた。にこやかな顔をしている。昨晩の仇《あだ》を討つことができたのだろう。

「高垣、ウイスキーをロックで一杯どうよ」

明日、印刷するための新作を考えると何篇《ぺん》か詩が足りない。

「ウイスキーよりコーヒーにしようかな」

「高垣、夜中にコーヒーなんか頼む馬鹿がいるか。俺が飲むからウイスキーにしろよ。いいだろポン太」

眠っているはずの熊ちゃんが嗄《しわがれ》た声を出した。

「ウイスキー奢るのはいいけど、将棋の相手は嫌ですよ」

ポン太が珍しく面倒臭そうな顔をした。

「ポン太、そういうもんじゃあないだろう。勝負師ってのは相手がいるうちがハナだよ。相手がいなくなったらお終いだ」

そう言うとおかまいなしにバッグから将棋盤を出し、駒を並べるように強要する。仕方なくポン太が従う。何事にも深い知識を持ち、常に受け身で人を受け入れる大らかさがそれをさせているのか。熊ちゃんはフーテン仲間に嫌われることがない。駒の投げ振りで熊ちゃんが先攻で勝負が始まった。

僕はどちらを応援するともなしに眺めていた。

「やめてくださいトイレさん。そんなことすると他のお客さんの迷惑になりますから」

クラシック音楽の音色をかき消すようなボーイの困惑した声が聞こえてきた。

「何言ってるの、どこに客がいるの。どこにもいやしないじゃん。俺、誰にも迷惑なんかかけてないよ」

トイレとボーイが洗面所の入口で揉めている。『スカラ座』の洗面所は、入口を入って暖炉のあるフロアーに下りる階段と二階に上がる階段の踊り場の左手にある。

「あいつ、また女連れてきたのかぁ。それにしても好きだよな」

熊ちゃんが呆れるように呟《つぶや》いた。

「大丈夫だよ、何もしないんだから。俺を信じないの？」

「だって、トイレさんの場合は……」

押し問答が続く。熊ちゃんは黙って眺めている。女を小脇に抱えたトイレはひきさがらない。

一階には六人の客がいるがみんな眠っている。

ポン太が店内を見渡して立ち上がった。

「いいじゃあないか。客が使いたいと言っているんだから使わせてやっても。誰にも迷惑がかかるわけじゃあないし」

そう言ってボーイの肩を叩いた。

ポン太の登場にトイレが勢いを得た。

「お前ねぇ、俺は客だよ。客が洗面所を使いたいと言っているの。それなのに、店の人間が駄目だって口出しする要素どこにあんの。え、どこに」

新宿の街に腰を据えて遊ぶ二人が相手ときたら、若いボーイでは力不足だ。

ボーイはポン太に宥《なだ》めすかされてカウンターに戻った。

トイレは洗面所のドアを開けると、女の肩を抱えてなだれ込むように消えた。

「あいつ、ヤリたかったら旅館《ドヤ》に行けばいいんだよ。タダで済ませようってんだからいいタマだよ」

熊ちゃんが言う。ポン太が続けた。

「女も嫌ならさせないよ。したいから付いていくんでしょ。ヤルことでどっちも気持ちいいんならそれでいいじゃん。だけど困ったことに、あいつ店のトイレでヤルのが趣味だから変わり者だよな」

二人の会話を聞いていると仲間たちからトイレと呼ばれ、自分でもトイレと言っている意味がようやく理解できた。

二人の勝負は、ポン太が飛車を熊ちゃんの王将の筋に打ったことで決まりそうだった。

熊ちゃんが頭を抱えた。

「畜生、あのスケベ野郎のおかげで気が散って打ち方を間違えちゃったよ」

「降参でしょ」

「ちょっと待てよ」

「駄目駄目、今日は待てないですよ」

一局三百円の勝負がついて、熊ちゃんが百円玉を三つ盤の上に放り投げた。ドアが開いて新たなカップルが入ってきた。二人はそのまま階段を上って行く。旅館に行けないカップルは、同伴喫茶にしけこむと抑えきれない欲望を丸出しに唇を重ね体をまさぐり合う。学校の机と椅子のように並ぶテーブルとソファーの配置は、恥態を繰り広げる客同士を刺激し競い合わせることを計算に入れてのことかもしれない。

始発の電車が出るまでそんな遊戯が続く。深夜の同伴喫茶とはそんなものだ。

トイレと女が消えたドアの向こうが気になる。

僕の視線に気づいたのか、熊ちゃんが呟くように言った。

「高垣、したかったらあいつの後を借りたら。きっと相手してくれるよ。ああいう女はまとめてしたい性質《たち》だから」

熊ちゃんが僕をそそのかすように言う。

「高垣、モノはタイミングだ。トイレが出てきたところでバトンタッチだ。女はきっと喜ぶよ」

勝ち金をせしめたポン太が続ける。

「いいじゃん、どっちも損しないんだから」

熊ちゃんがまた駒を並べ始めた。ポン太はうんざり顔で横を向いた。

二人が洗面所から出てきた。女の顔から力が抜けている。目が宙を泳いで足元がおぼつかない。女の腕を摑んでトイレが階段を上がる。暫くすると一人で下りてきた。

「終わったようだな。味の方はどうだった?」

将棋盤を片付けながら熊ちゃんが言った。

「もう少し繊細な女と思っていたけど、月並みだったよ。ま、タダでさせてくれたから、それだけでも可愛いよ」

熊ちゃんの問いかけにあっけらかんと答える。

「それにしても、お前は好きもんだなぁ。女と見れば誰でもいい口なんだから」

熊ちゃんが呆れている。

「それは違いますよ」

「何が違うんだ」

「俺はニューヨークのヒッピーと同じことしてるだけさ。人間、愛がなければ生きられない。愛を感じたもの同士が出会えば愛を確かめ合う。俺のしていることは、アメリカンと言ってほしいんだけど」

留学中に覚えた本場ヒッピーの流儀をそのまま使っているだけ、と言いたげだ。

「あんな所じゃ、落ち着いてできないだろぅ」

トイレが右手を左右に振りながらポン太の言葉を遮った。

「分からないかなぁ。その辺りの微妙なエロスがいいんだよ。ドヤにつれていくのは簡単だよ。でも、それじゃつまらない。何が男のスケベ心を震わせるかってところが問題なんだな。この店もだけど公衆のトイレだと、いつ誰が入ってくるかもしれない。そのスリルが堪らなく気持ちをそそるわけさ」

ポン太は半分聞いていない。

「もう用無しなんだろうから、あの女を高垣に貸してやったら」

熊ちゃんが言った。

「ＯＫだよ。したいの？」

上半身を屈《かが》めてトイレが僕を覗き込んだ。

「いいよ、したかったらＯＫだよ。三階にいるから行ってきなよ。ただ、肝に銘じてほしいのは急いじゃ駄目ってこと。やるからには女を喜ばせてあげなくちゃ。ゆっくりとその気にさせてからだよ。あとは君の腕次第さ」

三人が好色な目をして僕を仕向ける。僕は断った。


爽やかな顔をしたポン太が『風月堂』に顔を見せた。

僕の前に立つと両手を合わせた。

「うちの親父がアメリカに行くんだ。行く前に麻雀したいって言っているから付き合ってくれないかなぁ。トイレと高垣が来てくれれば面子が立つから助かるんだ。なに三、四時間付き合ってくれりゃあいいんだ」

ポン太の心中を察したようにトイレの登場だ。話を振られたトイレが僕を見た。ポン太の家はどんな家庭なのか。先日の空き巣騒動がその後どうなっているのか。それにも興味があって僕は引き受けた。小田急線成城学園前駅で待ち合わせることにした。

新宿から二十分ほどで着いた成城学園前駅周辺は、街並みがどこかゆったりして新宿や僕の住む新中野界隈とは空気が違っている。

ポン太の家は、成城学園大学に向かう通りの三つ目の信号を左に曲がった先の路地にあった。

「湯川甚一郎《ゆかわじんいちろう》」と書かれた表札のある門から玄関まで石畳が続いている。赤や黄色の大振りの薔《ば》薇《ら》の花が垣根に咲き乱れていた。壁が薄いピンクに塗られ、窓枠がモスグリーンでケーキを思わせる洒落た洋館だ。玄関に入るとゴルフバッグが二つ並んでいた。

チーク材で張られた廊下の正面に応接間があった。

十畳ほどの部屋の真ん中に麻雀卓が用意されていた。

床と同じチーク材で作られた本棚が壁に備え付けられている。

志賀直哉《しがなおや》、島崎藤村《しまざきとうそん》、石川啄木と日本の著名な作家の全集が並んでいる。レコードラックが部屋の正面に据えられアンプとターンテーブルが置かれている。スピーカーは『ＪＢＬ』の大きなものが置かれている。

ゆったりとウエーブのかかった髪型が似合う。ポン太の母親が入って来た。花柄のワンピースにはヨーロッパのプレタポルテのブランド名が織り込まれている。女優の山本富士子《やまもとふじこ》似の輪郭で温厚な表情がポン太にどことなく似ている。

「主人の麻雀のお相手なんかにお呼び立てしてしまいご免なさい。三、四時間ほどお付き合いいただけたら主人も気がすむでしょうから。終わったところで食事をご用意します。召しあがっていってくださいね」

そう言って小さく頭を下げる。

「秀太《しゅうた》がいつも皆さんにお世話になっているみたいで。これからもよろしくお願いしますね」

湯川秀太、これがポン太の本名だった。チーク材でできた卓の上に置かれている牌は、僕たちが雀荘で打っているプラスチックの安物と違って握るとずっしりと重みを感じる象牙だった。

「親父の、中国の商売仲間からの贈り物なんだ」

ポン太が事もなげに言う。

卓を囲み、牌を掻き混ぜているとお父さんが入って来た。

「いやぁ、諸君、忙しいところ呼び立てしちゃって悪かったねえ。私は麻雀が好きでねぇ。今日は久々に若い諸君と打てるということで楽しみにしていたんだよ」

大柄な体形に太い葉巻を指に挟んでいる。ポマードで固めたオールバックの髪に格子柄のウエスタンシャツが似合い、ハンフリー・ボガートを彷彿させる。年は五十一歳という。僕の父親と一緒で、戦争で痛めた体を気遣いながら生きる父親とは違いすぎる。

お父さんは麻雀が始まると奥さんにウイスキーのロックを運ばせた。

繊細な刻みの入ったロックグラスだった。

お父さんは奇麗な麻雀を打った。振り込んでも静かに点数を数えて点棒を払う。冗談を挟みながら場を盛り上げることも心得ている。

ポン太が中学生になると、親戚を呼んで家庭麻雀をするようになった。勝負事の厳しさを教え込むため、勝っても負けてもお互いが現金で精算することを家訓として育てた。お父さんは麻雀を打ちながらそんなことも教えてくれた。ウイスキーのロックを好み、ヤクザとの賭け事にも動じない息子の下地を作ったのはこの父親だ。

一進一退の攻防で勝負が中盤に差しかかった。

「実は先日、空き巣に入られましてな、現金を少しばかり持っていかれたんだ。警察が来てくれたけど、彼らはけしからん。被害届を出しているというのに、私たち家族を被害者として扱わず、むしろ内部に犯人がいるんじゃないかという目で見るんだ。腹が立ったもんで弁護士を立ち会わせると急に態度が変わったよ。盗まれた前日にまとまった額を銀行から下ろしたばかりで、被害額の証拠が通帳に残っていたんで、保険会社に請求できたから実質的な損害はなかったけど、それにしても警察はけしからん」

息子が仕組んだ犯行とは、まったく疑っていない。

「ジョニーウォーカー」の黒ラベルが運ばれてきた。

ウイスキーを運ぶお母さんも主人の言葉に頷く。

「犯人の残した足跡からして、賊はかなり大柄だったようなんだ。そんな大男が家に押し入った時、家族の誰かが居合わせたら現金どころか大怪我を負わせられた危険もあったんだから、現金も保険で下りたことだし、ま、不幸中の幸いってとこだな」

ポン太は、父親の言葉をラジオ放送でも聴くように軽く頷いている。勝負は僕とポン太が少し浮いて終わった。麻雀が終わるとリビングに食事が用意されていた。黄色いクロスのかかったテーブルの上に、鶏《とり》のもも肉の丸焼きが載っていた。別の皿にはアスパラガスとベーコンの付け合わせが並んでいる。僕はロックを飲みながら、鶏のもも肉にかぶりついた。

お父さんは食事に手をつけずウイスキーを飲み続ける。

アルコールが回ると息子の将来を話し始めた。

「今はアメリカからの輸入物を扱っているが、後々は日本の商品を向こうに売り込む仕事を秀太にさせたいんだ。アメリカの車は大きすぎて燃費が悪すぎる。ガソリンだってこの地球に無尽蔵にあるわけはない。将来的に見ると、小型で性能の良い日本車が必ず注目を浴びると読んでいるんだ」

アメリカへの日本車の売り込みに備え、息子に再び長期の留学をさせる計画を持っていると言う。それを話す姿は、アメリカ映画の暗黒街に君臨して実質経済を取り仕切るマフィアの親分にかぶって見える。

話が一段落したところで、お父さんがポン太に尋ねた。

「明日は、行ってもらえるのかな」

「行ってもいいけど、人手が足りないの?」

「そうなんだ。このところ、搬入品が多いようで」

お父さんの顔が少し翳《かげ》った。

ポン太が僕たちを見た。

「高垣たちに手伝ってもらおうか」

「仕事が仕事だから、駄目なら仕方がないけど」

「実は、一日一万円の仕事があるんだ。やってくれるんなら俺と一緒に行ってほしいんだ。他言してもらっちゃ困るけど」

様子見という口調でポン太が言った。

「ベトナムから立川基地に運ばれてくる、アメリカ兵の遺体の掃除と片付けなんだ」

意外な響きを持った言葉だ。

「この仕事は外に洩《も》れたら都合が悪いんだ。誰にでも頼める仕事じゃないから君たちが引き受けてくれるんなら助かるな」

お父さんが言った。

ベトナムで戦死したアメリカ兵は、本国に運ばれる前に日本の米軍基地に運ばれる。本国で待つ遺族に引き渡される前に、傷ついた遺体をできるだけ元の形に整え奇麗に拭き清める。

日当は一万円。

僕は前に『風月堂』にたむろするフーテン仲間にこの仕事の件は聞いたことがある。噂を聞いたフーテンたちが、大金に目がくらみ立川基地に行ったがゲート前の歩哨は迷惑顔をするだけで取り合ってくれなかったと言うことだ。

「学生さんは戦争反対と言って騒いでいるけど、戦争がどういうものなのかを知らずに騒いでいる。それじゃ子供の戯言《たわごと》だな」

そう言いながらお父さんは葉巻に火を点けた。

「もうアメリカとベトナム両国で二十万人以上が死んでいるんだから、戦場には遺体がごろごろ転がっているはずさ。殺すのも殺されるのも惨《むご》いことだ。傷ついた遺体を扱うっていうのは人間の尊厳と〝生〟というものに対して正面から向き合うことになる。この仕事をしてみることは男の胆力を養うためにもいい経験になるはずさ」

お父さんは立ち上がると窓の外に視線を向けた。

ポン太が僕たちのグラスにウイスキーを注ぎ足してくれた。

「どうかね、やるんなら口を利いてもいいんだけど」

遺体掃除。となれば戦争の悲惨さをこの目で見ることになる。トイレが僕の肩をたたいた。

お父さんは立ち上がると受話器を持った。

「明日、新宿に寄ってくれないかね。息子と息子の仲間二人が行ってくれるということだ」

頷きながらお父さんは、受話器を置いた。

「秀太、明日の七時に新宿のいつものところに行きなさい。諸君は日常では体験できない経験が積めるんだ。ラッキーなことだよ」

アメリカ相手に商売をしていると言っているが米軍関係にも精通しているようだ。グラスを空にすると部屋を出て行った。

「新宿西口のスバルビル前に夕方の七時だ。作業着は長袖の物を用意するといいよ。俺は何回も行ってるけど、銃弾でやられたのや地雷で吹き飛ばされて体がバラバラになっているのも、不思議なのはどの顔も殺されたっていうのに苦しんだ風もなく穏やかな顔をしてるんだ。作業しててもそれだけは救われるよ」

集合時間からすると作業は深夜に行われるようだ。

僕たちは食事のお礼を言って退散した。

「やっぱり死体拭きのバイトはあったんだ。大っぴらにならないのは、信用できる関係者の筋から人集めしているから外部にバレないんだな」

電車に揺られながらそんな会話をトイレと交わした。

ポン太邸で起きた空き巣事件の一部始終を僕がトイレに話した。

トイレは腹を抱えて笑った。

「あいつ、育ちは悪くないとは思っていたけど、親父がナイスだよな。あの親父がいてあいつがいる。バランス取れているよ」


銃弾を浴びて死んだ戦場の兵士はどんな顔をしているのか。

僕が生まれて初めて見た死体は、棺の中に寝かされていた伯父さんの顔だった。瞼も鼻も口も機能を必要としなくなった肉の塊は、修行を終えた羅漢のように見えた。

志願兵にせよ徴兵で戦場に向かったにせよ、自分とはかけ離れた理由で殺されたわけでその死に顔はどんな表情をしているのか。心を静めてから出掛けることにしてアパートを早く出て、『風月堂』に向かった。

考えることは一緒のようだ。『風月堂』のドアを押すとポン太とトイレの姿があった。

「体にこびりついた血は、皮膚の皺の中にまで染みこんで固まっているから、これがなかなか落ちないいんだ」

ポン太が言った。新宿駅西口の新宿スバルビルまで歩いた。約束の時間になっていたがそれらしき車は停まっていない。ポン太が手提げのバッグから長袖のシャツを出して、シャツを僕の鼻に近づけた。

「臭うだろ。これ何の臭いだと思う?」

アルコールの混ざった複雑な臭いがする。

「死体を拭くのにホルマリンを使うんだ。ホルマリンの臭いと遺体の臭いが混ざるとこんな臭いになるんだ。強烈な臭いだから洗濯してもなかなか消えなくてな。これって死んだ人間の怨念が纏わりついているのかな」

そんな話をしていると中型のワゴン車が僕たちの前に停まった。痩せた男が運転席から降りてきた。ポン太を見ると頭を下げた。ポン太も軽く会釈した。後部車両の観音開きのドアを開けると荷台の両側に座席があり、五人の男が座っていた。僕たちが乗り込みドアが閉まると荷台の中は運転席の後ろに切られた窓から入る明かりだけで薄暗い。

暗闇なのにサングラスをかけている男。丸坊主で黙って下を向いている男。四角く大振りの顔の男はGIカットで、両腕を組んで座っている男が体を寄せて座席を空けてくれた。車が走り出した。グレーの車体はそのまま墓場に向かって走りだす急行列車のようにも思えた。

「親父さん元気ですか」

GIカットがポン太に話しかけた。

「ええ、近々アメリカに行くと言ってますけど」

「今度の稼ぎは何ですかね。湯川の親父さんは目の付けどころが良いからなぁ」

「いえ、そんなことはないですよ」

エンジン音だけで口を開くものがいない。

「こいつらを連れての立川通いも一年になるけど、この仕事をしていると人の死に対して特別の感情が湧かなくなったな」

GIガイドが呟くように言った。GIカットがこの集団の兄貴格のようだ。

煙草を出した。マッチの明かりで男たちの顔が一瞬だけおぼろげながら浮かんで見えた。ヤクザの世界といえば切った張ったの出入《けんか》りが日常で最後は胆力の差で勝負が決まる。そんなことを歌舞伎町一帯を取り仕切る麻雀仲間のヤクザに聞いたことがある。

「人の死骸に手をかけることで怪我や刃物に対する恐怖心が取り払われる。湯川さんがこの仕事を俺たちに振ってくれたときそう言っていたけど、確かに悲惨な死骸を見て触れているとそれが普通になってきた。胆力がそんなところで養われているのかなぁ」

ヤクザの人材育成を見越して、ポン太のお父さんが上野のヤクザの親分にこの仕事を振った。となればGIカットがポン太に下手《したで》に出るのも頷ける。

運転席の前に広がる光景は、五日市《いつかいち》街道を走っている。立川は、僕が高校時代を過ごした街で、見慣れたビルの看板や交差点の道路標識の地名は知っているものが多い。

一時間ほどで立川基地のゲート前に着いた。

歩哨が車を囲むように走り寄った。運転手が席から身を乗り出して歩哨と言葉を交わす。僕の通っていた高校から歩いて二十分程のところにあるこのゲート周辺は、米軍の払い下げの雑貨などを扱った店があり高校時代によく通ったものだ。

基地の中に入るとスピードが緩くなった。此処からは僕にとって未知の世界だ。ジェット機の噴射音が車の走る音をかき消す。通路の両側には大きな建物がゆったりした距離を保って並んでいる。

ワゴン車が停まった。男たちが長袖のシャツに着替え始める。

僕もバッグから長袖のシャツを出した。滑走路の明かりの位置からするとゲートの反対側の青梅線昭島《あきしま》駅近くのようだ。降りると目の前に鉄筋で組まれた倉庫があった。

「聞いていると思うけど、無駄な喋りをしない。仕事のことは外では一切喋らないこと。この二つだけは守っていただかないと」

ＧＩカットが僕とトイレに言った。

倉庫の内部は二十坪ほどの広さで、コンクリート仕上げの床は水捌《みずは》けを考えてかペンキが塗られ、低くなった中央部に溝が切られ壁際には間仕切り用の衝立《ついたて》が並んでいる。運転手が長いゴム手袋を配ると僕たちは別々に分けられた。二人一組で僕の相棒は左手の小指が第一関節から欠けていた。

液体の入ったバケツに布が浮かんでいる。ドライアイスと鋏《はさみ》もある。

相棒が手袋をはめてバケツの布を摑んで絞った。

「死体の傷の程度によって処理の仕方が違うから、分からないことは訊いてよ」

相棒はかなり手慣れているとみた。液体はホルマリンで、布は遺体を拭く雑巾だった。ドライアイスの使い方と鋏の扱い方も教えてくれた。ＧＩカットが壁際に並ぶ間仕切りを移動させた。

そこには、星条旗が描かれた毛布に包まれた遺体が担架に乗せられて並んでいた。十メートルほどの幅に四段組みの棚が組み立てられそれぞれの段に遺体が一列に並んでいる。

「おい、早いとこ始めろ。新入りには丁寧に教えてやってな」

ＧＩカットの声が重たく響いた。

それぞれの組が担架を部屋の中央部に運んで並べる。

僕たちが運んだ遺体の毛布を剝ぐと茶褐色をした顔が現れた。精巧にできた蠟人形のようにも見える。軍服を着ているが膝から下の右足がなかった。欠けた足の膝は、ギザギザな形状に折れて白い骨が突き出ている。骨の周囲にこびり付く肉が赤黒く変色して固まっている。

腐食を防ぐため、遺体の下にポリエチレンの袋に詰められたドライアイスが敷かれている。手首に縦五センチ横二センチほどの木札が括りつけられ三桁の番号が書き込まれている。遺体の軍服には『ＵＳＡＦ』と刻まれた襟章が付いていた。

「これは、空軍の将校クラスのものなんだ」

小さな声で相棒の男が教えてくれた。

仰向けに寝かされた遺体と担架の間に、固まった血が地図を描いて溜まっている。硬直した遺体に付いている軍服はボタンを外さずそのまま切り取る。服を剝ぎ取られた遺体は石膏のように固まっている。相棒は手際よく鋏を使いこなす。蒸《む》れた運動靴の足のような臭いが鼻をつく。俯せにすると背中に金属の破片がめり込んでいた。銀色に光る金属片を引き抜いた。肉は固まったままで血をホルマリンを浸した布で拭く。皺の中に染み込んだ血の塊はこすってもなかなか落ちない。長い時間続けると、ホルマリンの臭いで涙がぽろぽろ落ちてきた。

四組に分かれて作業が進む。遺体は目を開けているのも目を瞑《つぶ》っているものもある。親戚の葬式で見た伯父の遺体と違い、若い兵士は天国に召される自分を祝福しているのか、苦悶を浮かべている顔がない。

ポン太もトイレも作業に集中している。僕たちが作業を終えた骸は、GIカットが両手で遺体を横にして作業内容を点検する。

「うん、よくできている。次を頼むわ」

OKが出た。一体の作業に一時間は要する。

ポン太の手元にある遺体は両足の膝から下がない。片足だけが腕と胴体の間に置かれ、膝の骨が見えている。肉片と骨の形がスペアーリブのようにも見える。股間から伸びる太腿部分に、体から離れている膝下部分を添え木で合わせ包帯でぐるぐる巻きにする。

こうして作業に係《かか》わると、少しでも原形に近い形に修正して遺族に引き渡したい、そんな気持ちが湧いてくる。

話し声はしない。聞こえるのは担架を運ぶ音とジョキジョキと衣服の布を切り刻む鋏の音だ。

僕たちが作業する三体目の遺体は戦場での激戦ぶりがそのまま伝わってきた。軍服の腹部に銃弾の痕の穴があいて鋏で軍服を切り取ると腹部が破裂して横に大きく裂けていた。黄色い帯状の内臓がせり出して鱈子のように膨らんでいる。腹から飛び出した腸だ。腸の周囲に茶褐色の内臓が固まり、中に押し込もうとするが硬直しているから入らない。

俯せにすると背中まで銃弾が貫通していた。砕けた背骨が突き出ている。骨を中に押し込むわけにもいかず、血の塊を拭き取ると胴体を包帯でぐるぐる巻きにした。

ドライアイスを背中に添えると毛布を被せ担架で運び壁際に並べる。自然死と違い、戦場で破壊された肉体はプラモデルのパーツのようにしか見えない。午前四時になると作業終了が告げられた。途中休憩をはさんだが、出されたサンドイッチを口にする者はいなかった。遺体と対峙《たいじ》していたためか八時間働き続けたが空腹を感じない。

グレーのワゴン車が倉庫の前に横付けされていた。車に乗り込む僕たちに渡すためGIカットが新札の一万円札を持って立っていた。

「ご苦労さん。また明日だな」

「はい」

坊主頭が直立不動で頭を下げた。

「学生さん、この仕事はどうだったかな」

「ええ、臭いがちょっと」

「ハッハッハ、はじめてならそうだろうな。また頼むよ」

「よろしくお願いします」

そう言って僕はバイト代を受け取った。車に乗り込むと誰もが示し合わせたように煙草を出した。夜明け前の青梅街道は昼間の渋滞と違って車の数が極端に少ない。ワゴン車が新宿西口の小田急百貨店の前で停まったときは、東の空に太陽が顔を出していた。。

「親父さんには、これからもお世話になりますとお伝えください」

ＧＩカットと運転手が車から降りてポン太に頭を下げた。

「分かりました。お世話になりました」

ポン太も丁寧に頭を下げた。

歌舞伎町の深夜喫茶は開いているがトイレは無言だ。

背中に鉛を背負ったような疲れを感じていた。

僕は地下鉄丸ノ内線の電車のホームに向かった。


遺体と向き合った一夜は、フーテンの夜明かしと違って重たい疲れがあった。目覚めるとアパートの窓から西日が差し込んでいた。

インスタントラーメンを作って腹ごしらえをした。膝から折れた片足。銃弾が貫通した兵士の背中。異次元の世界の光景が浮かんできた。

長袖シャツが入ったナップザックを持って立ち上がった。

共同便所の並びにある洗面所に洗面器と石鹼《せっけん》を持って行った。

「この仕事で付いた臭いはなかなか落ちないんだ」

ポン太が言っていた。

洗面所に洗濯板が置きっぱなしになっていた。束子《たわし》もあった。昨晩使ったベージュの長袖シャツを、水を入れた洗面器に広げて漬けた。腹の部分と両腕の袖に黒く斑点が染み付いていた。洗濯板の上で石鹸を擦《こす》りつけた。死んだ人間の怨念でもないだろうが少し薄くはなったが奇麗には落ちきらない。染みた色と同じ色をした兵士の顔が目に浮かんできた。

新宿に出ると丸井デパートの並びの地階にある居酒屋『公明酒蔵』に入った。

待ち合わせたわけでもないのにトイレが階段を下りて来た。

「昨日使ったシャツを見たら、袖と胸の部分に血痕が付いてたんだ。ニューヨークで買ったお気に入りのやつだから気になって洗ったんだけど、これがどんなに擦ってもすっきりと奇麗に落ちねえんだよ」

僕のシャツも同じだったと言った。

「戦争って惨いよな。もしかしたら死んだ兵隊さんの霊が成仏しきれないで俺のシャツにこびりついたのかもしれないいんだよな」

ポン太と同じことを言っている。

嫌な思いを振り払いたくてビールを一気に飲み干した。

「あれだけ遺体を見続けると、死というものが特別じゃなくて身近に思えてくる。死に対する恐怖心が薄れ、男としての胆力に繋がる。俺、ポン太の親父さんが言っていたこと本当だと思うな」

僕も、そのことを考えていた。

「ポン太の物事に対する腹の据わり方や執着心のなさは、あの仕事から培ったってことですか」

「いや、そりゃ別だな。俺はかなり古くからあいつを知っているけど、ずーっと同じだもの」

ポン太とお母さんの顔が浮かんだ。

「ポン太とはさっきまで白十字で一緒だったよ。今頃は猪山さんたちと雀卓囲んでるよ」

死体を拭いてヤクザと麻雀を打つ。それはポン太の何でもない日常なんだろう。

「あの仕事これからも続けます」

「俺はしてもいいけどポン太次第だよな」

その通りだった。

僕たちは歌舞伎町に出た。ＧＩカットの米軍兵らしいが集団で『新宿コマ劇場』前にいた。一時休暇でベトナムから来ているのか、戦場に送り込まれる新たな戦闘員なのか。いずれにしても、再び日本の土を踏むときは担架に乗せられているようなことがないよう祈りたい。

七五年四月三十日、ベトナム戦争終結時点での米軍戦死者は約五万八千人に上っていた。それだけの死者が出たということは、日本の米軍基地内でホルマリンによる遺体掃除が毎晩、終わることなく繰り返されていたのだろう。

『ヴィレッジ・ゲート』でジャズを聴いていると、ポン太が鼻歌を歌いながら入ってきた。勝負に勝ったようだ。

先日のお礼を言いかけるとポン太は指を口に立てた。

首を横に振っている。

「仕事のことは一切喋らないこと」

ポン太のお父さんに釘を刺されたっけ。

ポン太は僕の隣に座るとウイスキーのロックを三杯注文した。

「空き巣の話、俺の言った通りだろ。俺が持ち出した分の額を親父は保険会社から満額支払いを受けた。保険会社がうちに払った金はどうせ客から集めたもの。要するに、誰も損していないってことだ。得したのは俺。これってナイスだろ」

ポン太の得意な「誰も損をしていない」のフレーズが出た。

トイレも納得顔で頷いた。

「世間では色々なことが起きているよな。それって起きているんじゃなくて起こしている。要するに突発的なことじゃなくて原因があるってことだ。ベトナム戦争は、アメリカの財閥が市場開拓を狙って一方的に仕掛けた覇権戦争だろ。政府要人や財界の連中なんかは戦場には間違っても行かないよ。割食うのは政府の口車に乗せられ志願兵に応じる貧乏人だけだ。そいつらは前線に駆り出されて地雷を踏んだり銃弾を浴びて終わりさ。そう思わないか」

ポン太の口から出る言葉には澱みがない。

「俺があの仕事に駆り出されて行くのも、人間、選択を誤るとこうした無謀な死が待っている、そのことを肝に銘じたくて行っているんだ」

ポン太は煙草を灰皿に押し付けると立ち上がった。

アメリカに渡って父親と次の商売の仕込みにでも入っているのか。

ポン太はあの日以来、新宿に姿を現さなくなった。

第六話

『部族』のコミューン

一九六九年。立春が過ぎたばかりの厳しい寒さが続く新宿の街。東口のグリーンハウスで、北風に負けじと大きな声を張り上げながら新聞らしきものを売っている小柄な女の子を見かけた。複雑な線で描かれたペイズリー柄の地紋から、かろうじて新聞の名前らしき『部族《ぶぞく》』という活字が読み取れる。

僕は『部族』という言葉に引っ掛かった。一部百円のようだ。

ジーンズのポケットからギザギザの新しい百円玉をまさぐって取り出し『部族』と交換すると、新聞を小脇に挟み夕日が沈みかけた通りを風に煽《あお》られながら歌舞伎町の『ヴィレッジ・ゲート』に向かった。

マイルス・デイヴィスのトランペットが店内を勢いよく駆け巡っている。壁、天井、椅子、テーブルと黒一色で統一された店の造りはひとたび腰を下ろすと昼と夜の区別を消し去ってしまう。そんなわけで、ジャズを聴くには絶好の舞台設定だ。僕は時間潰しにさっき買った新聞を開いた。新聞のサイズは、つい先日の二月二十五日に産経新聞が創刊した『夕刊フジ』と同じタブロイド版だった。

さて、しかし新聞名の『部族』とはなんだろうか。聞いたことのない新聞だ。ページを開いてみると、二面には山尾三省《やまおさんせい》と署名の入った「部族の歌—欲望のピラミッドを脱出—部族社会の内に自己を実現しよう」と題された記事が載っていた。

《社会、世界を形成する権力の構造はすべてがピラミッド形式になり、頂点にいる一部の権力支配者の元に、虐《しいた》げられ搾取され抑圧され続けている。そんな世界を否定し、権力者を排除した新しい秩序に基づく地域、社会を作り上げることこそがいま求められている》

とある。資本主義の悪しき構造を指摘し、格差社会を生み出している日本の現状を痛烈に批判している。

《貧富の差だけを作りだす頽廃《たいはい》した社会に決別し、自分たちの理想とする共同体、コミューンを作り上げようじゃないか》

読んでみると、アジ演説にも思えてくる論調だ。体制を批判し人と人との繋がりで成り立つコミューンの創造を提唱している。コミューンとは、中世ヨーロッパで王や領主から特許状により一定の自治権を認められた行政上の最小都市のことだ。アメリカのヒッピーたちがベトナム戦争反対を訴え、脱社会体制を謳《うた》い自分たちだけの解放区を作ろうとしていた。そんな動きがあることは知っているが、日本にもそんな動きがあるのだろうか。

僕が思いつくのは、無政府主義を主張するアナキスト集団くらいだ。飯田橋《いいだばし》の法政大学や御茶《おちゃ》ノ水《のみず》の明治大学では、黒いヘルメットを被ったアナキスト集団が、夕方になると街頭に出てアジ演説をしながらカンパ活動をしている。

そんなことを考えていると、さっき僕が百円玉を渡した女の子が入って来た。壁にかかっている再生中のマイルス・デイヴィスの『マイルストーンズ』のジャケットを眺めると軽く頷いて体をスイングさせ始める。ジャズにはかなり造詣が深いとみた。

僕の二つ隣の席に座った。コーヒーを注文すると同時にボーイからボールペンとメモ用紙を受け取って何かを書いてボーイに渡している。

どうやらリクエストをしているようだ。

「ジャズに詳しいんだね」

僕が話しかけると、女の子は「ああ、さっきの」といった風に頬を緩ませて席を僕の隣りに移した。

「ええ、お父さんが好きで小さい頃から聴いていたというより聴かされていましたから」

日本人離れした彫りの深い顔は、イギリス生まれのファッションモデル、ツイッギーに似ている。細身のジーンズに胴の部分が絞り込まれた紺のハーフコートは体の伸びやかさが引き立ち、肩まで垂れた髪が似合っている。

季節外れの日焼けした浅黒い顔に白い歯が健康的で、汗と垢にまみれているフーテンではないことが一目で分かった。

「私、マユミって言います。この店はよく来るんですか」

「この街でフーテンしているから、夜中に来ることが多いかな」

そう言って手を出すと僕の手を握り返した。

「どんなアーティストが好きなの?」

僕の質問にマイルス・デイヴィス、ウェイン・ショーター、ハンク・モブレー、ハービー・ハンコックと立て続けにジャズマンの名前を挙げた。これはマイルスと演奏してきた仲間たちだ。

「西部の、黒人ジャズが好きなんです」

ジャズに対する見識が半端でないことを感じさせる。

僕はジャズ喫茶に入り浸っているといっても、通り一遍に聴いているだけだ。詳しいジャズの会話は苦手で話を逸らせた。

「さっき買ったこれ、ちょっとだけ目を通したけど『部族』ってどんな組織なの？」

「あら、知りません？　これ新宿を根城にしているヒッピーの人たちが集まって作ったものなんですよ」

新宿のヒッピーか。どんなメンバーなんだろう。

「新宿のフーテンならサンセイとかポン知りません？」

サンセイは、六〇年安保を戦った元闘士であり『風月堂』にたむろする僕たちフーテンの先達だ。確か、早稲田大学の西洋哲学科に籍があるとかで、今も『風月堂』によく顔を出しているので何度か見かけたことがある。

「一九六〇年六月十五日、政府の安保条約強行採決に抗議して、全学連が国会に突入したとき、議事堂構内で抗議集会を開いたんだけど、そこで東大生の樺《かんば》美智子《みちこ》が警察官に襲撃されて殺害されたんだ。俺はあの時、彼女の三列後ろで隊列を組んでいたから、警察官の警棒が彼女の頭に当たる瞬間をこの目で見たんだ。俺は許せなかったよ。あの時の警官ときたら殺人集団そのものだったよ」

以前、サンセイがそんな風に憤慨していたことを憶えている。

もう一人のポンとは直接会ったことはないが、歌舞伎町通りに立つ似顔絵描きの熊ちゃんの仲間で、同じく似顔絵描きをしているようだった。元は京都で友禅染めの画工をしていたらしく、ポンの描く絵はやたらと細かく繊細だと熊ちゃんの会話の中によく出てきていた。

僕が二人のことを話すと、マユミの顔が緩み『部族』の成り立ちを話してくれた。

正式名称は『部族＝ザ・トライブ』で、発祥は六七年の五月。約三十人の会員で新宿で立ち上げ『バム（英語で怠けもの、飲んだくれ、浮浪者の意味）・アカデミー』という拠点を作ったということだ。

ナナオサカキ（雑誌『改造《かいぞう》』の元編集者）、長浜哲夫《ながはまてつお》（詩人）、山尾三省（ベトナム反戦直接行動委員会）、山田塊也《やまだかいや》（似顔絵描き）が先頭に立った。

立ち上げと同時に、活動に必要な場所として国分寺《こくぶんじ》の建物を買い取った。建物は富山の薬売りや甲州の絹織物の行商人を相手に長期滞在客専門にしていた旅籠《はたご》だったという。時代とともに行商人の数も減り、経営者が年をとっていたこともあって売りに出したところを、集団での居住が可能な建物を探していたサンセイが、知人からの紹介で購入を申し込んだ。使用目的を聞いた大家がその生き方に賛同し相場価格よりかなりの安価で譲ってくれた。

現在、それを『エメラルド色のそよ風族』と呼んで仲間の拠点として使っている。また、同時に長野県諏訪郡《すわぐん》富士見町富士見御射山神戸《ふじみまちふじみみさやまごうど》の山の斜面の土地も購入して住居用の小屋を建て『雷赤鴉族《かみなりあかがらす》』と名付け、思想に共鳴するメンバーの住まいにした。そこでは、山の斜面を削って共同農場を開いており、近所の農家の指導を受けながらサツマイモやトウモロコシを作付けし、自給自足の生活を目指している。

この『雷赤鴉族』の拠点作りが軌道に乗った今は、七月には鹿児島県の離島、諏訪之瀬島《すわのせ》にメンバーが渡り、第三の拠点『がじゅまるの夢族』と名付けた集合住宅も完成させているという。

巻頭の寄稿者の山尾三省がサンセイ。ポンの本名は山田塊也だそうだ。話を聞いている範囲では、ヒッピーの発祥の地といわれるアメリカ・ニューヨークのグリニッチ・ヴィレッジやサンフランシスコのノースビーチの若者が実践しているコミューンの在り方に似ている。

『風月堂』には世界のヒッピーが流れてくるが、アメリカからのヒッピーが大半を占めている。サンセイは英語が堪能のようで、日本にやって来るヒッピーの相談事に乗っている姿をよく見かけていたから、そこで彼らの思想に影響を受けてそれらの運営を進めていると見てもよさそうだ。

だが『バム』といえば酔いどれ集団になる。そこに、こんなにキュートで可愛い女の子がいることが僕には意外で興味が湧いた。

「お父さんがジャズ好きだって言うけど、どこから来たの」

「私？　沖縄」

ハーフの風貌をしている沖縄娘となれば、父親は軍関係者ということになるのか。

「お母さんは普天間《ふてんま》基地の近くで店をしているんです。お父さんはアメリカから来ている軍人です」

やっぱりそうなのか。基地の町。軍人が集まる夜の繁華街。

となれば、ジャズを子守唄のように聴いて育ったのも納得できる。

「東京に来たのはいつ？」

「半月ほど前」

そう言って柔らかく笑う。

「今は、何処《どこ》に住んでいるの？」

「国分寺の『エメラルド色のそよ風族』です」

コミューンを居としているようで、僕の知らない世界がそこにはあるようだ。

「私、遅くなれないんで帰ります」

もう少し話したかったが、マユミは自分がリクエストしたらしいアルバムの片面が終わったあたりで帰ってしまった。


大学にも行かず暇を持て余している僕が『風月堂』で時間を潰していると、たいてい知った顔が集まって麻雀を打つ仲間が四人になると雀荘に流れ、その後で飲みに行く。

僕の日常とはそんなものだ。しかし、今日は麻雀の相手がいない。そういえば、いつもの仲間の大島は最近姿を見せていない。まあいい、外はとっくに暮れていることだし僕はゴールデン街に向かった。靖国通りを突っ切り、花園神社の横からマンモス交番（花園交番）前を過ぎると、並びに東京電力角筈《つのはず》変電所がある。ここは雨が降ると、高電圧が流れる電線に雨粒が触れるとジリジリと放電する音が不気味に聞こえる。

今夜はその変電所の前に、紺地に白い字で「おでん」と書いた幟《のぼり》を車体に括《くく》りつけたブルーの軽トラックが停まっていた。色の剝げかかった荷台にシートが張られて、おでんの鍋から湯気が立っている。覗いて見ると間仕切りされた鍋の中にそれぞれの具が分けて入れられ煮えている。

大切りの大根や丸のままのジャガイモが旨そうだ。

その匂いが空腹の鼻を刺激する。飲む前に腹拵えするのも悪くない。屋台に近づくとトランジスターラジオから千昌夫《せんまさお》の『星影のワルツ』が流れている。亭主の顔を見ると、なんと最近見かけないと思っていた大島だった。

「なんだ、大島じゃないか」

僕は思わず声をかけた。

「高垣か。ゴールデン街にでも行くつもりかい」

のんびりした口調で何事もなかったかのように言う。

「麻雀の面子も立たないし、ちょっと寄って帰ろうと思ってさ。ここのところ姿が見えなかったけど、どうしていたんだ？」

「ああ、ちょっとあってな、新宿《ジュク》を離れていたんだ」

やっぱり新宿にはいなかったんだ。

僕は、その言葉を聞くと抱いていた不安が確信へと変わった。

大島は僕にとって麻雀仲間でもあるが、寄せ場（日雇いの斡旋場《あっせんば》）での日雇い仲間でもある。定職を持たない大島は懐が寂しくなると日雇いで、その日暮らしをしていた。

何度となく、地下鉄の工事現場やビルの解体作業で一緒に汗を流した。仕事の後、飲みに行ったりするうちに聞いた話と言えば、僕より三歳年上ということだ。

栃木県出身で、父親は地場産業として盛んな石垣塀などに使われる「大谷石《おおやいし》」の採掘工として働いていた。

「親父は、俺が中学時代に肺病で死んだよ。暗い地下坑に入って石を切り出す作業を二十年以上続けていたんだ。マスクもしない作業現場で、長年石粉を吸い続けたのが原因さ。れっきとした職業病なのに、元締めの会社はそんなことには知らんぷりだよ。親父が病院に入ると、見舞金と言って一万円を置いて行っただけ。それ以上、何の補償もないまま死んでいったよ」

そんな話を悔しそうにしていた。

母親は、大島たち三人兄弟を喰わせるために工事現場の片づけ仕事をして働いていた。母親が疲れて帰って来る姿を見ていると耐えられず、長男の大島は、新聞配達をしながら通っていた高校を中退して東京に出ると、三十人規模の金属加工会社の職を見つけた。

工場は薄暗く、毎日油まみれになって働いても、弟たちの学費の仕送りにはとても満足のいく額を稼ぐことができなかった。

仕事量と賃金に不満を持ち職場で夜間部の大学に通う先輩が立ち上げた労働組合に参加したところ、経営者は露骨な嫌がらせをし大島も含めた組合参加者を廃油の最終処理場に配置転換した。

怒った先輩は仕事を辞め、母校の学生紛争に身を置くようになった。その先輩から勧められた本が、日本のアナキズムの先駆者的存在の大杉栄《おおすぎさかえ》の著書だった。最後まで国家に楯《たて》を突き、妻子共々虐殺された大杉の徹底した叛逆《はんぎゃく》根性に触発され大島も会社を辞めた。

大杉の生き方が眩《まぶ》しく映った大島は、体制に組み込まれることを拒否し、自分からもアナキストを名乗るようになった。

去年の六月、東大の安田講堂が封鎖されていたときにゴールデン街で大島が手にしていたのはフレームが大きくU字形に曲がった金属を切断するために使う金鋸《かねのこぎり》だ。フレームにネジでとめられた三十センチほどの歯の部分が細かいギザギザな形状の金属板で黒く冷たく光っていた。

「東大なんてのは権力の象徴だろ。俺は東大を否定するんだ。安田講堂を封鎖している学生に紛れて、講堂正面に据えてある大学の象徴となっている濱尾新《はまおあらた》像の首を、この金鋸で切り落してやろうと思っているんだ」

居合わせた飲み仲間は啞然《あぜん》とした顔をしていたが、大島の目は真剣だった。権力に立ち向かうにも色々な方法があるもんだと僕は感心して聞いていた。

何日かして『風月堂』に顔を見せた大島に、訊いてみた。

「どうだった？　首尾よくがん首を切り落としたのか。がん首は銅だろうから、かなりの目方で屑屋《くずや》に高く売れたんじゃないのか」

冗談半分のつもりが、大島は真剣な顔だった。

「駄目だったよ。夜中になるのを待って三人の仲間と忍び込んだけど、銅像の首に鋸を当て切断し始めたところを警備員に見つかって追い出されちゃったんだ」

心底悔しそうな顔をして床を踏みつけた。

酒と麻雀と日雇いに明け暮れ、地下活動家として組織からの出撃の命令が下ると同志と共に行動を起こす。そんな生き方に共鳴しているんだとも大島が言った。

それから暫く経《た》った十月六日だ。

新宿区上落合《かみおちあい》のアパートで爆発事件が起こった。窓ガラスが吹っ飛び、畳は焼け焦げ消防車が出動して大騒ぎになった。

爆発直後、三人の学生風の若者が血だらけで逃げ出した。

そのうち、全身に火傷《やけど》を負い両眼失明寸前だった一人は、駆け付けた警察に爆発物取締罰則、火薬類取締法違反の現行犯で逮捕されたが、残りの二人は地下鉄東西《とうざい》線の駅の方に逃げたのを、アパート近くの住民が目撃していた。あれだけの怪我をしていたら遠くには逃げられないだろう、との証言から警察が捜査網を張って追いかけたが捕まらず、結局逮捕されたのは主犯格とみられた東京理科大の学生W一人だけだった。Wへの取り調べで、事件はアナキストの黒色学生連盟による爆発実験失敗事故だったと判明した。

この組織は『ALW叛戦《はんせん》』と名乗り塩素酸カリウム、濃硫酸、マグネシウム、ガソリンなどを混合して手製爆弾を製造していたことも取り調べで明らかになった。

『ALW叛戦』は大島が口にしていた組織名と同じものだった。

組織の勢力は三十人ほどで、二年前の十月十五日早朝に、ベトナム向けライフル銃を製造している愛知県の豊和工業を襲撃。四日後には機関銃などの兵器を生産している、東京都下田無《たなし》市にある日特金属工業を襲撃していたことも判明した。

爆発事故の四か月前には、新宿区代々木《よよぎ》の日本共産党本部の玄関に火炎瓶を投げ込んだことも、新宿駅東口交番を襲撃していたこともこの組織の仕業と分かった。

『風月堂』には、学生運動の指導者的立場の人間や世界を股にかけて旅しているヒッピーが出入りする。マリファナや麻薬の類を売り買いする人物や、セクトの闘争方針などを計画立案しているグループも顔を見せる。そのため、警視庁公安部の刑事がこれらの危険人物の動向を探って開店から閉店まで交代で内偵のために店に張り付いている。

そんなことを教えてくれたのは、遊び仲間でこの店でボーイとして働いているミムラだ。ミムラは、僕が大学に入学する直前に歌舞伎町の『ヴィレッジ・ゲート』で知り会い、ここ『風月堂』の存在を教えてくれた一年先輩の早稲田大学の学生だ。

学生と言っても学校にはほとんど行かず、革マル派の活動家として集会や街頭闘争があるたびにこの店から出撃する兵《つわもの》だった。

上落合のアパート爆発事故の起きた翌日、『風月堂』に行くと、

「刑事が二人に増えているよ。しばらくやばいことはしない方がいいぞ」

そう言ってミムラに釘を刺された。


僕が近頃、大島の姿を見かけなくなったというのはちょうどあれからだった。もっとも、フーテンが二、三か月姿を消しても金回りの良い女ができて女の元に転がり込んでいるか気儘《きまま》な旅に出ているだろうくらいで誰も気にとめる者もいないが、僕は大島が東大の銅像首切りという荒業を決行したことを知っていたから心配になっていた。

ところが、大島は人の心配をよそに交番の横で店開きしている。なんと言うことだ。

「何これ、いつからやってるの？」

「半月ほど前からだよ」

此処《ここ》は新宿の繁華街だ。出店ともなればヤクザの縄張りがある。誰もが勝手に屋台を出せるはずはない。

「見かけないと思っていたら、こっちに転向していたのか」

まさかと思ったが、僕は頬に指を滑らせた。これは、ヤクザ稼業であることを示す仕草だ。

「違うよ、そんなんじゃないよ。ヤーサン（ヤクザ）に場所代なんか払っていたら商売にならないだろ。ここに店を出しているのは、ヤーサンが商売の邪魔をしに来てもマッポ（警察）が用心棒代わりになってくれるからだよ」

屋台の横に交番の赤い電球が輝いている。

なるほど、そういうことなのか。

僕は余計な心配をするのはやめにした。

「この匂い嗅いだら腹減っちゃったな、何か喰わせてよ」

「喰いたいって言ったって、こっちは商売でやってるんだよ」

「固いこと言うなよ。ジャガイモとか大根なら原価が安いだろ」

「分かった、喰いたいものを言えよ。だけど、無料《ただ》ってわけにはいかないよ。半額は貰うから。それでも嫌なら帰ってくれ」

「おいおい、それぐらいなら払うよ」

おでんといえども立派な料理だ。素人の大島がどんな味付けをしているのか。多くは望めそうもないが半額なら我慢できる。ところが意外なことに、大島が箸を入れている鍋を覗くと、底に太い昆布が敷かれているのが見える。それだけじゃない、鰹節が削られずにそのまま片隅に立て掛けられている。

出汁《だし》の取り方は申し分無しだ。何処でこんな技を身に付けたのかと考えていると皿に載った大根が出てきた。歯応えのある柔らかさで程よく出汁が利いて旨い。ジャガイモは味が中まで染み通っている。

辛子を塗ると、味が引き立って旨さが倍増する。

「これ、みんな自家製なの？」

「当たり前だよ。もっとも俺の仲間の味付けだけどな。料理の心得のある奴がいて、そいつの手ほどきなんだ」

いつもなら、国鉄の線路補修員が着ている作業着のなっぱ服か沖仲仕《おきなかし》（港湾労働者）が愛用するニッカボッカが大島の服装の定番だが、客商売を意識してなのか紺のコットン・ジャンパーにブラック・ジーンズで身なりを整えている。

「どう、今日の売れ行き？」

柔らかい声がした。振り返ると声の主は『ヴィレッジ・ゲート』で会ったあのマユミだった。

「うん、まあまあだよ。悪くはないいな」

大島が答えた。僕が呆気《あっけ》にとられていると、

「俺、ごぼう巻きと昆布とジャガイモを貰おうかな。そうそう、大根も入れてよ」

客は大柄な目つきの鋭いお兄さんだった。

マユミは屋台の運転席のドアを開けると着ているコートを脱ぎバッグも置いた。素早く菜箸を持つと湯気が立つ鍋から注文の品を皿に載せる。

「出汁は多めにしますね。この辛子を付けると美味しいですよ」

手際がいい。

「そうだな、ありがとう」

男が旨そうにぱくつく。マユミと大島が顔を見合わせて頷いている。

「あたし、こんにゃくと大根をいただくわ」

今度は、二丁目界隈で見かける女装のオカマがシナを作りながらガマ口を開けている。

「一つずつでいいんですか」

「いいわよ。そんなに食べると太っちゃうでしょ。あんた奇麗ねぇ、どこから来たの？」

「沖縄です」

「そう、この男があんたのコレなの」

大島を見ながらオンナが小指を振る。

マユミが小さく頷いた。大島が嬉しそうに頭を下げる。

何ということだ。小柄でずんぐりで、日雇いが天職のような大島と、キュートでスマートな可

愛いマユミがカップルとは。

僕はおでんの味を忘れて二人を見た。マユミは僕に気付いたのか驚いた素振りをした。

「大根が喜ばれるみたいね。市場に行けばいくらでも貰えるんでしょ。お客さんにお腹《なか》を膨らませてもらえるように、もう少し大きくカットした方がいいかも知れないね」

「そうだな。ジャガイモはそう思って丸のまま出しているから、今日もお客さんには評判がいいよ」

小声で話す二人の睦まじい雰囲気が癪《しゃく》にさわった。僕は箸を置いてゴールデン街に向かった。


一週間が経っていた。『風月堂』で客が置いていった新聞を開いていると大島がマユミを伴って入って来た。マユミの肩に下げたバッグにはあの新聞が入っている。『風月堂』のボーイも居合わせた常連客の視線も大島を通り越してマユミに注がれている。

その視線を意識した大島が幾分胸を張っている。

「今日は、おでん屋をしないの？」

おでんの味を思い浮べながら声をかけた。

「ああ、あの車は仲間と共同で使っているから二、三日おきで出ているんだ」

マユミが僕に向かって頭を下げた。

コーヒーを盆に載せたミムラが、心配そうな顔で近付いてきた。

「お前、何処に行っていたんだよ。今日も警察が来ているぞ。大丈夫なの？」

どうやら、ミムラも僕と同じことを考えていたようだ。

「ああ、俺は何もしてないよ。何かあっても現行犯じゃないんだから、俺はパクられることないよ」

そう言って一番奥の、壁際に座る灰色の背広を着た刑事らしき男に顔を向けた。

女を連れている手前、精一杯の強がりにも見えるが、ともかくミムラが胸を撫で下ろしている様子が伝わってくる。

「最近、教授来ているかな。俺、教授に用があってさ」

教授とは、『風月堂』に顔を出す東大附属病院の医師だ。東大医学部で教鞭《きょうべん》も執っていると言う人物で、四十歳にはまだ手が届かないが教授の職にあると本人は言っている。

『風月堂』で、体の具合が悪いと言うフーテンがいると、

「僕が診てあげるからうちの病院に来なさい。医者には病気に苦しむ者を助ける義務がある。受付で僕の名前を出せば分かるようにしておくから」

名刺に自分が勤務している曜日を書き込み、相談されたフーテンに渡している姿を何度か見たことがある。もっとも、睡眠薬常習者に睡眠薬をせがまれるとキッパリ断る硬派な面も持ち合わせている。腹が痛むという女の子の相談に乗って自分の病院に連れて行くと、盲腸の診断が下ってそのまま入院させ手術を受けさせたということも聞いていた。

「先週だったかな、学会があってドイツに行くとか言ってたな」

そう言いながら、ミムラが大島の顔を訝しげに眺める。

「そう、じゃ、来るとしても来週あたりかな?」

大島が神経質そうな顔をした。

「そうだろうな。教授は忙しい立場にあるみたいだからな」

「俺、教授に相談があるんだ。今度来たら、そのことを伝えておいてほしいんだけど」

「いいよ」

ミムラはそう言ってカウンターに戻った。日雇いが天職のような頑強な肉体を持つ大島が教授を探している。

「どこか痛むとこでもあるの？」

「いや、大したことじゃないよ。ちょっと頼みたいことがあってさ」

そう言ってマユミの顔を見た。

歌舞伎町で通行人にエロ写真を売り捌いているミノルが店内を覗き込んでから入ってきた。大島の顔を見ると意外そうな顔をした。

「このところ顔を見なかったけど、何処に行ってたんだ。麻雀の面子が揃わなくて困っていたんだよ」

「うん、俺新宿を三か月ほど留守にしていたからな」

卓を囲む常連が一人でもいなくなると面子が立ちにくい。仕方なく三人麻雀となることもあるがそれでは味気ない。このところそんな勝負が多かった。ミノルの目がマユミに注がれると、真剣な眼差しになった。

「なんだ、いつの間にかこんな可愛い姉ちゃんと決めちゃってたんだ。そうか、新宿《ジュク》に姿を現さなかったわけが分かったよ」

言葉は大島に向いているが心はそこにないことが露骨に分かる。

「そういえば、ここに連れてきたのも初めてだし、こいつのことみんな知らないんだよな。紹介するよ」

大島がそう言うと、マユミが自分の名前を言った。

「実は俺、この子と結婚しようと思ってるんだ」

唐突な言葉だが大島の目は真剣だ。

「だったら新婚旅行の計画もあるの？」

ミノルはてんで的外れな質問をした。相手にしていないように訊いた。

「そこまでは考えてはいないよ」

「な〜んだ。本気ならまずは先に行かなくちゃ」

グリーンハウスで知り合ったフーテンのカップルは、お互いの存在を認め合うと仲間内に結婚宣言をする。宣言したカップルはその足で歌舞伎町に向かい『新宿コマ劇場』を一周して戻る。フーテンの間ではこれを新婚旅行といい、新婚旅行を終えた二人には、以後、余計なちょっかいを出さない。そんな不文律があり、ミノルはそれを言ったわけだ。

何処で知り合ったのかはともかく、二人が車を使っておでんを売っている現場を見た僕には、大島の言葉が冗談には聞こえなかった。

それより、街を歩けば誰もが振り返りたくなるような美女を大島が手放さずに幸せを全うできるのか、そっちの方が心配だ。

何かにつけて軽薄なところもあるミノルだが取り柄もある。面倒見のいいことだ。いや、そうは言ってもまだ空気を読めていないと言ったほうが正解だろう。

「だったら、二人の将来を祝して一杯やろうよ」

アルコールの力を借り、一発逆転で自分に振り向かせようと計算する下心でもあるのか、とりあえずその誘いの中に透けて見えるが奢ると言うなら断る理由もない。新宿三丁目の『どん底』に向かった。

ここは、役者の卵や芸術家かぶれの人種が集まる店だ。

店は混んでいた。低い天井の店内では、女装したゲイボーイや髪を染めたやたらと化粧の濃い女が威勢よくグラスを呷《あお》っている。

「あそこにいるのが状況劇場の唐十郎で、向こうが女優の緑魔子《みどりまこ》だよ」

ミノルの説明にマユミは珍しそうに頷く。型通りの乾杯はしたが二人のなれそめも聞いていないから話は盛り上がらない。

「本当に結婚するつもりなの?」

ミノルがマユミに確かめる。

「結婚します。私、何があっても彼に付いていくつもりです」

きっぱりと言い切った。ミノルの顔が横を向いた。

そんなことより、僕は気になっていることを訊いた。

「まさか、去年の十月上落合で起きた爆発事件に係わってはいないんだろ?」

グラスを握る大島の手が止まった。

「少しだけだよ。爆弾造りに必要な薬品の手配はしたけど、それ以上はやばいと思って参加しなかったよ。でも、あの事件の後で仲間に連絡を取ったら、パクられたWがメンバーに迷惑の及ぶことは一切自供《ゲロ》していないって言うから安心したよ。それより怪我したWがどうなっているのか心配なんだ」

「組織と連絡は取っているのか」

「いや、やばいから、あいつらとは手を切ったよ」

大島はいとも簡単に言い切った。


事故を知って新宿から姿を消した大島は、ヒッチハイクで東京から東名高速で大阪に出ると山陽路から九州を縦断して鹿児島まで十日かけて辿《たど》り着いたという。

「俺がマッポに追われているといったって、公共の宿を使うわけでもなし通りがかった車を拾って移動していたわけだからマッポも手の出しようがないだろう。予想が外れたのは、冬の鹿児島は拍子抜けするほど寒かったってことだな」

事件のことは遠い昔のでき事のように言う。

鹿児島に夜到着した大島は、駅のベンチで夜を明かし何日か鹿児島で時間を潰そうと考えた。ヒッチハイクの毎日でジャズに飢えていた。市内の繁華街『天文館《てんもんかん》』にあるジャズ喫茶『ブラックキャッツ』を見つけて飛び込んだ。この店は、モダンジャズを聴かせてくれる店で地元の学生たちの溜《た》まり場になっていた。

諏訪之瀬島に急遽《きゅうきょ》行くことになったのは、この店で顔を合わせた『バム・アカデミー』創設からのメンバーであるポンと会ったことがきっかけだった。大島とポンは新宿で顔見知りの間柄だった。ポンは、信州の『雷赤鴉族』で暮らし、何か月か前に諏訪之瀬島に移って来たという。

諏訪之瀬島には、新宿から来たヒッピーが二、三十人いると言い、ポンが鹿児島にいるのは、島で貝殻を拾って細工した飾り物や開墾して畑にするために切り倒した竹林の竹を利用して作った櫛《くし》と簪《かんざし》を市内の雑貨業者に買ってもらうためだと言う。今回は、思いがけない高値で商品を買い取ってもらえたと言ってポンはご機嫌だった。

市内の居酒屋に誘われて、そこで諏訪之瀬島の説明を受けた。

諏訪之瀬島は東シナ海に七つの島が点在する吐噶喇《とから》列島のほぼ真ん中にある。鹿児島から南に二百四十キロ、周囲約三十キロの火山島で鹿児島から月五回の船便『十島丸《としままる》』が出ている。外海のため海が時化《しけ》ると波が高くなって欠航する。そんな交通の不便さから、島は人口が減り続け、土着の島民は七世帯三十六人だけという。

海岸線は切り立つ絶壁とサンゴ礁に囲まれ、標高約八百メートルの御岳《おたけ》の山頂から火山の噴煙が上がり、亜熱帯の森林は野鳥の宝庫で、鳥のさえずりで朝目覚めるという。

島は車もなければテレビもない、商店もないという小島だ。自給自足で野菜を栽培して、タンパク質は海に潜って魚を獲《と》っている。

生きるために最低限必要な物を手にするとあとは働かない。

原始の生活こそが人間の理想郷と言うポンは、現地人の生き方が気に入って暮らしている。

世間を恨んで体制からはみ出し、跳ねっ返りの破壊活動に自分を賭けている大島は、文明を捨てた原始の生活がどんなものなのか興味が湧いた。

翌日、ポンは島に戻った。大島も諏訪之瀬島に渡る気になっていたが、魚を磨《す》り潰して揚げた薩摩揚げをアテに飲む地元産の芋焼酎の味が気に入ってもう少し鹿児島の街を楽しみたかった。『ブラックキャッツ』が気に入った大島はこの店を拠点にして時間を潰すようになった。そこで働いていたのがマユミだ。キュートな顔立ちのマユミを一目で気に入った大島は一大決心をした。断られても旅の恥はかき捨てとばかりに勇気を振り絞って居酒屋に誘った。

マユミは断ることなく誘いを受けてくれた。

酒場に繰り出すと、マユミには持病がありその発作がいつ出るかと心配していることを知った。マユミは中学生の時、運動すると動悸《どうき》と息切れを感じるようになった。医院に行くと、「心臓の弁が正常な働きをしていない。難しい病気なので本土の病院に行って診てもらうように」と言われたということだ。

運動を控え、自分が働けるようになったところで貯金をし両親の援助も加えて東京に出て大学病院で診てもらう。こんな計画を立てていた。マユミの母親は、米軍嘉手納《かでな》基地の並びにある飲食店街でお祖母《ばあ》ちゃんとバーを経営している。父親は基地に勤める米軍の軍属で、アメリカのオレゴン州に妻子のある身だった。マユミが高校三年の秋、ベトナム戦争が激しさを増した。父親は、ベトナムに配属され沖縄を去った。六七年というから二年前になる。それ以降、連絡が途絶え、沖縄の米軍関係者に相談を持ち掛けても一切相手にされることはなかった。

高校を卒業したマユミは、東京に出ることを諦め母親の経営するバーで働き始めた。しかし沖縄にいても自分の病気は治らない。このままでは病気が進行していくかもしれない。そんな焦りもあり、東京に身寄りのないマユミが鹿児島大学に通う同級生だった友達を頼って船に乗ったのが去年の十月。

同級生の部屋に居候して上京する資金を貯めているところだった。自分の父親も病気で苦しんで亡くなっている大島は、病気持ちで苦しむマユミを見て他人《ひと》ごとに思えなかった。

「俺は、こんなところにまでベトナム戦争の被害者がいることに愕然《がくぜん》としたね。それも、病気で治療も受けられずに悩んでいる。それを聞いた手前、放っておけなくなったんだ」

人の良い大島は、『風月堂』に出入りしている東大病院の教授を思い出しマユミに話した。

「え、そんな有名な病院の先生に診ていただけるんですか」

マユミの瞳が輝いた。その姿を見て大島は決心した。

「俺はこれから諏訪之瀬島に行くけど、帰りに店に寄るから東京に一緒に行かないか」

親身になって心配してくれる大島に、マユミは父親の姿を投影したのか恋心を抱いたのか。どちらにしても頼り甲斐のある男に見えたことだろう。

マユミを病院に連れて行かなければと考えた大島は諏訪之瀬島に渡る船に乗るか迷った。

「ないとは思うけどマッポが追いかけているかもしれない。諏訪之瀬に行って、しばらく時間を潰してから東京に連れて帰ったほうがいいと思ったんだ」

二人の出会いはこんなものだった。

ここまで聞くと、ミムラに教授のことを尋ねていた意味がようやく分かった。

大島が諏訪之瀬島に渡ることを知ったマユミは、一緒に行くと言って『ブラックキャッツ』を辞めて部屋を引き払った。

諏訪之瀬島に渡ると、ポンに説明された通りの世界がそこにあった。

島民が住む集落から一キロほど入った竹林を切り開いたところに建物があり、ポンが迎えてくれた。丸太作りの小屋が竹藪《たけやぶ》を防風林のようにして建ち『がじゅまるの夢族』と書かれた板を刳《く》りぬいた看板が掛かっていた。そこには大人と子供とが総勢二十人ほどが暮らしていた。電気がない小屋の中は天井にランプが下がり、風通しのいい南側に台所があった。土間に丸太作りのテーブルが置かれ、周囲にはメンバーが開墾したという畑が広がり、サツマイモの苗が植えられていた。料理は男女を問わず当番制になっていた。

サツマイモと麦を炊いた御飯に野菜のおかずで食事を摂《と》る。

「誰もが分け隔てなく接してくれました。食事も大きなテーブルを囲んでみんなで食べるんです」

マユミが説明を加えた。

小屋の裏側には『バンヤン・アシュラム』と名付けられた瞑想センターがあった。

衣類を除いて、財産はすべてが共有で私有財産は完全否定されている。それぞれの寝床は、各各が竹の囲いで仕切った壁で作られている。昼間は農作業に出るか海に潜って魚を獲るか。食料の獲得以外の時間の使い方は個人の自由になっている。

「海に網を入れると、鯵《あじ》やヒラメが面白いように獲れるから食料には不自由しないんだ」

「野菜作りは楽しいのよ。ジャガイモは植え付けして三か月、サツマイモは五か月で収穫できるの。キュウリや茄子は二か月すると実が生《な》る。そうして野菜の生長を見ていると、食料は神様が与えてくれた大地の恵みだって実感できるんです」

現金収入は、島で手に入るものを加工して鹿児島市に持って行き業者に買い取ってもらうことと、本土から渡ってきた仲間からのカンパが頼みという。

そんな原始生活だったと説明する。

「あのまま暮らしていたかったけど、こいつの病気が心配で教授に診てもらおうと戻って来たんだ。東京に戻って、直ぐに教授と会うことを考えたけど、何がしかの医療費を用意しておかなければ事は進まないだろ。そんな訳でおでん屋を始めたわけさ」

島では、こんなこともあったという。

一年前の夏、ベトナム戦争に従軍していた米軍の脱走兵三人が行き場に困っていた際、京都の禅寺に修行に来ていたゲーリー・スナイダーという詩人がそれを知った。ゲーリーは、後にピュリッツァー賞を取る人物で、ゲーリーと繋がりのあったべ平連《へいれん》の発起人である同志社大学教授の鶴見俊輔《つるみしゅんすけ》に援助を頼み三人を諏訪之瀬島に二週間ほど滞在させたという。

最初は脱走兵たちを仲間は歓迎した。

ベトナム戦争反対を訴え、捕まると軍法会議にかけられる脱走兵は巷《ちまた》では勇気ある反軍兵士と持ち上げられていたからだ。

だが、男たちの暮らしをサポートしてみると、噴飯《ふんぱん》ものだったという。

「あいつらは、働かないくせに腹が減ると勝手に台所に入って喰い物を漁ったり、放し飼いにしている鶏をナタを持って追いかける。挙句の果ては、現地人の家に勝手に上がりこんで冷蔵庫を開けたりするんだ。信じられないだろ。逃げてこの島に来たというのにベトコンの家を襲うような感覚で暮らしていたんだ」

食料を自給自足している『部族』の共同生活の場に、働かずして勝手に食料を喰い散らす脱走兵は招かれざる客だった。

「やつらは反戦という政治的な思想は持ってないよ。一人は上官に暴力をふるってやむなく脱走してきたゴロツキだし、もう一人は戦場での殺し合いが怖くて逃げだしてきた臆病者さ。あんな連中を、日本の活動家が必死になって救援活動していると知るとアホらしくなったよ」

その兵士たちは、結局べ平連の手引きによって横浜港から『バイカル号』に乗ってソ連経由でスウェーデンに渡って亡命した。

こんな説明を聞くと、それとなく『部族』の活動は分かった。それより、長い間東京を空けていた大島は今何処に住んでいるのか。

「前に住んでいた野方《のがた》のアパートにいるのか」

「あそこは、家賃を滞納していたうえに旅に出て三か月留守にしていただろう。帰ってみたら知らない人間の洗濯物が干してあったよ。大家は、俺が夜逃げしたと思ったんだろうな。仕方ないよ。今は、国分寺のコミューンにいるんだ。来る者は拒まずだから誰でも泊めてくれるんだ。高垣も良かったらおいでよ」

サンセイたちが作ったコミューン『エメラルド色のそよ風族』にいるという。

「そうか、どんな所か行ってみたいなぁ」

僕はその気になった。

「俺は嫌だね。そんな訳も分からない寄り合い所帯のようなところに行って、何があるって言うの」

ミノルは全く興味を示さない。

「俺が行っても、本当に大丈夫なの？」

「ああ、大丈夫さ。フーゲツの連中も何人か顔を出してるよ」

「高垣はモノ好きだなぁ」

その気になっている僕を、ミノルは呆れた顔で見る。


僕たちは中央線の高尾《たかお》行きに乗った。

「東京って大きな街なのね。どこまで行っても家の明かりが途切れることがないんだもの」

マユミは車窓から走馬灯のように流れる外の景色を眺めている。

転寝《うたたね》していると電車が停まり国分寺駅に着いた。マユミに肩をゆさぶられて目を覚ました。

十時を回っていた。駅前の売店で大島が四合瓶の焼酎を買った。

北口に下りて、市立第七小学校の脇を連雀《れんじやく》通りに向かって十分ほど歩く。通りから少し奥まったところに木造建築の二階建ての大きな建物があった。明かりの点いた二階の窓の数を見ると、かなりの部屋数がありそうだった。もっとも旅館の建物をそのまま買い取ったと言っていたから、大島たちのようなカップルが何組も住みついているのかもしれない。

玄関の正面に輝く裸電球に『エメラルド色のそよ風族』と彫刻された看板が照らされている。二人の後に付いて上がり框《かまち》で靴を脱いだ。正面が大きな広間になっている。

広間では六、七人が車座になって酒盛りをしていた。

曼陀羅《まんだら》の刺繍《ししゅう》が施されたタペストリーが正面に飾られている。強い煙の臭いが立ち込めている。僕は、それがグラス（マリファナ）の煙だと分かった。

「よう、しばらく。俺も帰って来たんだ」

髪が肩まであり、髭《ひげ》が口を隠すほどに伸びた男が立ち上がって大島に声をかけた。

「ジュンいつ帰ったんだ。しばらくだなぁ」

「今日の昼だよ。東名高速の用賀《ようが》の出口で拾って乗って来た車から降ろしてもらったんだ」

「じゃ、ヒッチハイクで？」

「もちろんだよ。おかげで鹿児島から一週間もかかっちゃったよ」

諏訪之瀬島での仲間のようだ。

「みんな元気にしている？」

「ああ、ジャガイモの種イモを植えるために、あれからみんなで一反歩《たんぶ》ばかり開墾して植え付けを終えてから来たんだ」

「御苦労さん。あそこは、竹の根が張っているから開墾するには大変だっただろ？　でも、食料がそれだけ増えれば夏に東京から乗り込む仲間の喰い物には困らないだろうな」

「と思うよ。六月頃には収穫できるはずさ」

ジュンと呼ばれる男が大島に湯飲み茶碗を渡すと、手にした焼酎を自分の茶碗と大島の茶碗に等分に注いだ。

「エメラルドでの再会を祝して乾杯」

そういいながらジュンが大島の肩をたたいた。

「大島は当分ここにいるつもりなんだ、よろしくね。マユミも無事辿りつけたんだ」

「ええ、なんとか」

「相変わらず仲がよろしいようで」

浅黒く日に焼けている顔は精悍《せいかん》だ。車座の男たちの視線がこちらを向くが、どの顔も鋭さを忘れたように柔和な目をしている。壁際の台座に線香と紅茶ポット。それにモームの『月《つき》と六《ろく》ペンス』、ヘミングウェイの『キリマンジャロの雪《ゆき》』などの本が置かれている。

大島が線香を出すと灰皿を受け皿にして火を点けた。

車座に座っていた男が、立ち上がってテーブルに置いた僕たちの焼酎を当たり前の顔でコップに注いだ。それが誰のものかなどてんで頓着していない。衣類以外、ここでは私有財産はすべて認められていないと言っていた。食料を買い出しに行くときはお金のある者が出す、ない者は出さなくていい。僕が、ざっと読んだ『部族』に書かれていたコミューンの生活がここにあるようだ。

車座の仲間が、煙草のように紙に巻いた物を交互に口にして目を閉じた。

「信州の『雷赤鴉族』でも諏訪之瀬でもグラスを栽培しているから、ここに来るとグラスには不自由しないよ。精神革命のためにする瞑想には、グラスが必要不可欠なんだよ」

ジュンがそう言ってグラスをポケットから出した。

裸電球の下がる広間に紫色の煙が立ち込めている。

一人が経を唱え始めた。般若心経だ。

壁際に置かれたカセットレコーダーからは、ヒンズー教のマントラのような調べが流れだした。

壁の曼陀羅がまるで息を吹き返したように鮮やかな色彩を放っている。天井から下がったドライフラワーの紅花が、紫煙に溶け込むように揺れている。車座の一人が立ち上がった。

「踊ろう。魂の解放だ」

新宿のゴーゴー喫茶で流行しているステップを基本にした踊りなんか糞くらえとばかりに、マントラに合わせ体をくねらせて踊り始めた。上半身裸になり、着ていたシャツを振り回しコーランのような経を唱える者もいる。

自分の髪を鷲掴《わしづか》みにし、あたかも空間を彷徨《さまよ》っているような足取りで体を揺らす女の子。誰もが次々と踊りの輪に加わり憑《つ》かれたように陶酔の表情を浮かべる。

マユミが売っていた『部族』がかなりの高さで積まれている。

「二年前の秋から、自分たちのムーブメントを世の中に伝えるために作った新聞だよ。初版で一万部刷ると街頭で飛ぶように売れたんだ。去年の春に、二号を一万部刷ってこれも五千部を刷り増ししたよ」

ジュンの説明だ。新聞は旅に出る仲間が旅先で売り、それを生活の足しにしているともいう。

時計の針が午前一時を回っていた。

大島がマユミを伴って二階に向かった。

「高垣もおいでよ」

階段を上ると、廊下を挟んで両側に襖《ふすま》が立つ四つの部屋が並んでいる。

「空いている部屋があるだろうから、押し入れから布団を引っぱり出して眠ればいいよ」

二人は階段を上ったすぐ手前の部屋に入った。

僕はその向かいの襖を開けた。薄く明かりの点いた六畳の部屋に布団を掛けた男の顔があり鼾《いびき》が聞こえた。剃り上げた頭とは不似合いに顎鬚《あごひげ》がかなり伸びている。一人部屋を想定していたわけではないが布団が部屋の真ん中に敷かれていて自分の敷く布団のスペースがない。僕は襖を閉じた。音が聞こえたようだ。大島の声がした。

「誰かいるんだ。じゃ、こっちにおいでよ」

そう言われても、二人の部屋にお邪魔するわけにもいくまい。

躊躇していると大島の部屋の襖が開いた。

「布団を敷いたからこっちで寝ればいいよ」

裸電球の点いた部屋に、川の字に三組の布団が敷かれていた。

「ここが、二人で使っている部屋なんだ。大勢転がり込んでこない限り、俺たちだけで使えているからありがたいよ」

登山用のグレーの大きなリュックと、アメヤ横丁で見かけるカーキ色の肩掛けが付いたバッグが置かれている。

「大島は、ここに転がり込んで二週間になるってことか」

「そうだな。マユミの病気が何なのか分かったら部屋を探そうと思ってるんだ。ともかく、今は節約してお金を貯めなくちゃ」

マユミは黙って天井を見つめている。僕が電気を消した。

階下から聞こえてくるマントラがまだ続いている。


窓から差し込む日の光で目覚めた。三人で階段を下りた。時計を見ると午前八時を回っていた。

マユミが居間の横の戸を開けた。そこは炊事場になっている。僕たちは外に出た。朝日が眩しかった。庭の隅の冬薔薇《ばら》が鮮やかな深紅の花を咲かせている。

大島がラジオ体操の真似事をして体をほぐす。

玄関横には大島が新宿で使っていた屋台の軽トラックが幟をはためかせて停まっていた。

昨晩、布団を被って寝ていた丸坊主が下駄履きで出てきた。庭の脇にある水道の蛇口を捻ると水が勢いよく吐き出される。

男は蛇口に口を付け喉を鳴らしながら水を飲んだ。

「二日酔はこれに限るよな」

笑うと意外に愛嬌《あいきょう》がある。

僕も水を飲んだ。冷たい水が喉を通ると頭に溜まっている霞《かすみ》のようなもやもやが消えた。

「大島、俺が屋台の掃除するから市場にはお前らで行ってよ」

「いいよ、じゃあおでんの具の仕入れも頼めるのかな」

「ああ、仕入れておくよ。最近は何が売れ筋なの？」

「こんにゃくと豆腐を多めに仕入れといてよ」

「分かったよ。お前はマユミが一緒にいるおかげで俺より売り上げいいもんな。悔しいけどしょうがないな」

マユミが嬉しそうに笑う。

「はじめまして、高垣と言います」

「こいつ欣也《きんや》って言って板前の経験があるんだ。おでんの具の仕入れと味付けはあいつ任せさ。なんてったってプロの味付けだから、そこいらの同業者には負けないよ」

大島がそう言って僕に紹介してくれた。

「ねえ、すいとんと、おでんの売れ残りがあるから食べる？」

マユミの声だ。玄関を入ると、四つのどんぶりをお盆に載せてマユミが持ってきた。すいとんがよそられている。ニンジン、ジャガイモ、キャベツ、里芋と野菜類の具が沢山入ったものだ。小麦粉を捏《こ》ねて固めたすいとんは、噛むと歯ごたえがあってこれがなかなか旨い。

四人で箸を動かしていると、昨晩「魂の解放だ」と叫び、軟体動物のように踊っていた男が階段を下りてきた。

前夜の酒かグラスが残っているのか、左手で頭を叩いている。

「俺、富士見からきたシロウ。よろしくね」

そう言って僕の前に右手を出した。食事が終わると、

「さぁ、食料調達のための作業に出発だ」

大島が立ち上がった。これから何が始まるのか——。

午前九時を過ぎている。近くにある青果市場に向かうという。

大島がリヤカーのハンドルを摑んで歩きだした。僕たちは後ろに付いて歩く。

連雀通りから中央線の踏切を渡り、新小金井《しんこがねい》街道の交差点までくると『東京多摩青果市場中央支店』と書かれた看板があった。リヤカーを引いて場内に入ると、車の出入りが激しく前掛けに捩《ねじ》り鉢巻きの男たちが忙しそうに動き回り、野菜や果物の箱が壁際に並んで置かれている。

シロウが慣れた様子で事務所に入って行く。

「お早うございます。今日もよろしくお願いしまーす」

机に向かって書き物をしていた胸にワッペンのついた紺のジャケットの男が、手を止めて顔を上げた。

「今日も来てくれたかい。助かるよ、こちらこそよろしくね」

シロウは顔馴染みのようだ。

「市場のセリが終わった後の掃除を手伝うことで、その手間賃として売れ残った物や、運搬中の荷崩れで傷ついた野菜を分けて貰うんだ」

大島の説明だ。

セリが一段落し荷物を積み込んだ小売店の車が姿を消すと、それまで混雑していた市場にかなり広い空間ができた。野菜屑や破れた段ボールの箱が散乱している。僕らは野菜の入った段ボール箱を片隅に積み上げる。床の箱物が片付くと箒《ほうき》を持ち一列に並んで掃き進む。

「この連中、仕事をさせれば丁寧だしサボる者もいない。けど、定職を持つ気もなさそうだよな。一体何考えてんのかなぁ」

「まんざら馬鹿にも見えないけどなぁ」

市場で働く男たちの声は大きく、話す声が途切れながらも聞こえてくる。

「連中の住んでいるところは、誰が行っても泊まらせてくれるそうだよ。それに銭も喰い物も全部共同で何があっても平等に分け合うとか言ってるよな」

「と言うことは、お釈迦《しやか》様みたいな連中の集まりと言うことか」

おおよそ理解不可能と言った顔で、僕たちの仕事を眺めている。

四人で三往復すると、広場が奇麗に掃き清められた。

事務所にいた男が、隅に積んである段ボールの箱を指さした。

「喫茶店も経営してるんだよな。店で使う物があれば持って行きな」

その箱にはキュウリと玉ねぎ、パセリが入っていた。

「そうそう、駄賃にあそこにあるみかんも一箱持って行っていいよ」

宇和島《うわじま》みかんと書かれた箱だ。

「曲がった大根とかジャガイモがあると助かるんですが」

シロウがちゃっかり催促する。

すべての頂き物をリヤカーに積み込むとかなり重たい。

みんなで押して市場を後にした。

木造平屋の建物の前にリヤカーが停まった。『Ｃａｆé　ほら貝』と書かれた看板が出ている。どうやら喫茶店のようだ。シロウがドアを開ける。

エプロンを掛けた女の子が出てきた。昨晩、両手を夢遊病者のようにくねらせて踊りに熱中していた女の子だ。『部族』は喫茶店も経営しているようだ。店内からジミ・ヘンドリックスの『紫のけむり』が大音量で流れていた。

「今日はいろいろ揃っているのね」

女の子はトマト、キュウリ、パセリなどの入った箱を嬉しそうに覗いた。シロウがその箱を店内に運び込む。

残った食料は『エメラルド色のそよ風族』行きということになるのか。リヤカーはそのまま来た道を引き返した。玄関でマユミが待ち受けていた。

「傷がついていても曲がっていても食べ物にはかわりないのに、東京の奥さん方ってこういうのを嫌がるんでしょ。もっとも、そんなお馬鹿さんがいるから私たちがこうして美味しい食材にありつけるのよね」

リヤカーから野菜を下ろすマユミがそう言って小さく舌を出した。

青果市場の掃除を請け負い、ロック喫茶の経営で自分たちの生活を支える。旅に出る者、帰館してくる者。入れ替わり立ち替わりここを拠点に暮らしている。

大島が水道の水で大根とジャガイモを洗う。ジャガイモの皮を剝くと大根も皮も剝いて包丁を入れる。屋台の下拵えだろう。

「今夜も、あそこに店を出すのか」

「そうだよ。今日の働きの礼にジャガイモと大根だけはサービスするからおいでよ」

僕は二人に挨拶して国分寺駅に向かった。


僕が『風月堂』のソファに腰を下ろすと、ミムラが待ち構えていたように近づいて来た。

「教授がドイツの学会から帰ったよ。あしたの三時頃に来るそうなんだ。大島に連絡がつかないかなぁ」

「俺夕方会うことになってるからそれ伝えるよ」

僕は日が沈むのを待ってマンモス交番に向かった。大島たちのおでん鍋が湯気を立てていた。

ミムラの伝言を大島にそのまま伝えた。

「そう、教授が帰ったんだ。よかった早速行くよ」

マユミが僕に頭を下げ大島をみつめる。

「大したことがなければいいんだけど」

大島が心配そうな顔をした。

「心臓の弁が通常の働きをしていないと言っても、こうして普段の生活には支障ないんだからそんなに心配することないんじゃないかな。教授なら親身になって相談に乗ってくれるはずだから大丈夫だよ」

二人が出してくれた大根とジャガイモを頬張りながら、僕はマユミに言った。

翌日の『風月堂』に、大島とマユミが約束より早い時間に姿を見せた。緊張しているのかマユミの頬が強張《こわば》っている。

教授が姿を見せた。ベージュのカシミヤの背広を上品に着こなしている。

二人は立ち上がると頭を下げた。

「聞いてるよ。僕に用事があるんだって」

「ちょっといいですか」

「いいよ、どうしたの」

僕に聞かせたくないことでもあるのだろう。離れた席に移った。教授が手帳を出してメモを取る。大島がマユミの病気の説明をしているのだろう。しばらくするとマユミを手招きした。教授がマユミの方を向いた。

店内の曲がモーツアルトの『交響曲第四十一番ジュピター』に変わった。

三人の会話が続いている。時折マユミが大きく頷く。僕がトイレから戻ると話は終わっていた。

二人並んで教授に頭を下げている。

「分かったね。じゃ、明日の二時に病院に来なさい。検査をしてみよう。それからだ」

「よろしくお願いします」

「僕たちの仕事は患者の病気を治すことなんだ。何も心配することはないからね」

そう言うと二人の肩を叩いた。ツイッギー似の彫りの深いマユミの顔が教授に向かって小さく微笑んだ。大島は嬉しそうにマユミを見つめている。

二人が僕たちの前に戻ってきた。

「どうだった」。僕は大島に訊いた。

「うん、そんなに心配はないと言われたよ」

それから一週間後。

『風月堂』に行くとミムラが僕を手招きしている。

「彼女、レントゲンを撮って調べてもらったところ軽い心臓弁膜症で激しい運動さえ控えていれば命に別状ないと言われたそうだ。喜んだマユミは沖縄に帰って母親に報告したいということで二人は鹿児島に向かった。高垣にはよろしく伝えてくれと言ってたよ」

マユミの喜んだ顔が浮かんできた。長年気にかけていた心配事が消えた。となれば、母親に一刻も早く知らせたくなるマユミの気持ちも分かる。マユミが沖縄から戻った後、二人はどうするつもりなのだろう。

大島に連れられて行った国分寺のコミューンに行ったとき、玄関を入った瞬間から、これまで感じていた重力と違う空気の流れがあそこにはあった。彼らの生活を見ていると、本来、動物に備わっているはずの闘争本能を否定した暮らしがあった。ぬるま湯のような緩んだ空気は悪くないが、あそこに集まっているメンバーは物欲や世間に対する上昇志向を本当に捨て去ることができるものなのか。

　僕には生理的に馴染めそうもなかった。


　夏休みが終わり、ミノルと『風月堂』で雑談していると黒く日焼けした大島が姿を見せた。

「マユミのことは聞いたよ、よかったな。で、マユミは沖縄に行ったんだよな」

　小さく頷いたが精悍に見える顔に覇気がない。

「一緒じゃないの？」

　ミノルが確認するように訊くと視線を足元に落とした。

「あいつ、俺と鹿児島の港で別れて沖縄に帰ったきり連絡が途絶えてそのまんまなんだ」

　二人はヒッチハイクで鹿児島に辿り着いた。返還前の沖縄はアメリカ領扱いで、本土との往来にはパスポートが必要とされている。マユミと一緒に沖縄に行きたかったが大島はパスポートを持っていない。鹿児島から沖縄に向かう船『黒姫丸《くろひめまる》』に乗ったマユミを見送り、大島は諏訪之瀬島に渡った。

「母親に報告を済ませ次第、俺が待つ諏訪之瀬に戻って来るということで待っていたんだ」

　島には電話がなく連絡を取る手段がない。一向に姿を見せないマユミにしびれを切らした大島は、聞いていた沖縄の住所に手紙を書いたが返事が来なかった。連絡が取れず動きようもないいまに時間だけが過ぎていた。

　それから五か月を島で過ごした。原始の生活を送る日々の中で、何の不満もないが自分がこのまま島の暮らしに埋没できるのか。大島は形にならない不安を抱くようになった。

「あの暮らしは、精神が解放された心地よさがあるんだけど、時々怖くなったんだ。人間何事につけても徹底的に無欲でいられるかってことがな。例えば、自分だけ莫大な親の遺産を手にしたとしたら平気で仲間に全財産を供出できるのか。もし、マユミが島に住む他のメンバーに心変わりしたとしたら平静でいられるのか。そんなことを考えると、自信がなくなったんだよな。原始の暮らしと無欲との境界線の線引きが俺には曖昧で分からなくなったんだ」

僕が国分寺に投宿したとき感じた不思議さと同意語であるように思えた。

「大島はあの女にうまく利用されただけだよ。心配していた病気も大丈夫と知れば、世の中には面白いことがもっとある。流れ者の寄せ集めみたいなところなんかで暮らしたくないと思うのが人間の心情さ。要するに、大島は用無しになって捨てられただけのことだ。歌舞伎町に居着く男と女の仲を見ていれば三か月周期で変わっているよ。これって歌舞伎町に限ったことじゃなさそうだな」

ミノルはそこまで言い切ると、したり顔で煙草に火を点けた。

「そうかなぁ」

大島はそう言って溜息をついた。

僕にはそうは思えない。娘の帰りを喜んだ母親が、娘を手放す寂しさからマユミが本土へ戻ることに身を挺《てい》して反対したのではないか。マユミも、母親のそんな姿に決断が鈍ってしまった。

やるせなさそうに俯《うつむ》く大島に掛ける言葉が思い当たらない。

僕たちの前で、力強く結婚宣言をしたあの時の大島はもういない。

第七話

オカマの売春宿

東の空がコバルトブルーに変わり始めた新宿の街。

僕は深夜営業のジャズ喫茶を出て、歌舞伎町通りを靖国通りの交差点まで歩いた。石畳に延びる都電のレールの上を鳩《はと》が歩き回っている。

交差点の角の銀行の階段に、腰を下ろしたフーテンがアンパンの入ったビニール袋を口に当て焦点の合わない目で空を見上げている。路地裏では、カラスと浮浪者が飲食店から出された残飯を漁《あさ》って蠢《うごめ》き始める。ピーンと張り詰めた冷たい空気のカーテンが、夜の終わりと一日の始まるこの時間を仲良く分けあって幕を下ろす。

新宿の街がひと時の眠りにつく時間だ。

明治通りに向かって歩くと、二筋目の歌舞伎町東通りの角にあるビルの二階に喫茶店『シロー』がある。店の中は花柄模様の壁紙で飾られ、ここは眠りにつくどころかこれからが始まりだ。

新宿二丁目や三丁目界隈ばかりでなく、赤坂や六本木のオカマバーで働くオネエさんたちが、きらびやかに着飾った衣装でおシャレの自慢話や情報交換の場として集まってくる。

花魁《おいらん》姿のオンナ、日本髪に結った和服姿のオンナもいる。白い口紅を塗った黒人のオンナ、背中に〝天女〟の彫り物のあるオンナがファスナーを下ろして自慢げにその絵柄を見せびらかしている。

「どうだったの、今日は？」

「駄目よぉ、お茶っぴきなんだから」

「そんなこともあるわよ。こういう仕事はお金を貯めようなんて考えてちゃやっていけないのよ」

店で飲み足りなかったのか、ビールを旨そうに飲み干すドレスのオンナがいたり明け方のアルコールは体に悪いからと言ってホットミルクを注文する花魁姿のオンナなど種々雑多なオンナたちで賑《にぎ》わっている。

「見て、このヒゲ。悔しいったらないわ。私がいくら要らないって言ったって朝になるとこうして顔を出すの、ア〜嫌だわ。私たちオカマにとって朝は地獄なのよね〜」

和服のオンナが鏡を手に大袈裟な素振りで悔しがる。

フーテン明けの僕は窓側の席に座った。靖国通りは時たま車が走るだけで、乾いた路面を見下ろしながらジャズで疲れた頭を休め朝日の昇るのを待った。階段脇の席から立ち上がったピンクのドレスを着たオンナが断りもなく僕の向かいの席に座った。

「あんた学生さん？」

「ええ、一応は」

潤んだ目で見つめられる。

「可愛いわ、私の好みよ。食べちゃいたいわ」

そう言って手を握ってきた。爪にシルバーのマニキュアが塗られている。女になりたくてもなりきれない喉仏《のどぼとけ》と太い指。黙ってオンナの手を見ているとウインクされた。誘っているわけでもないだろうが、僕には悪い冗談にしか思えず立ち上がるとオンナはプイッと横を向いた。

「何よぅ。あんた、私のこと馬鹿にしてんの」

僕は何も答えず店を出た。

ゴールデン街の『むささび』では、四日前に赤軍派《せきぐん》が北朝鮮行きを要求したハイジャック事件の話題で持ちきりだった。

「あいつらは凄いな。彼《か》の国に国際拠点を勝ち取ったんだから」

「馬鹿なこと言うなよ。官憲に追われて日本で動けなくなっただけさ。乗客を人質にした単なる逃避行だよ」

一九七〇年三月三十一日、赤軍派が羽田から福岡に向かう日本航空機『よど号』をハイジャックし、北朝鮮行きを要求した。飛行機は韓国の金浦《キムポ》国際空港に着陸したが、犯人たちに北朝鮮でないことを見透かされ、北朝鮮の美林《ミリム》飛行場に着陸したのは事件発生から三日後だ。田宮高麿《たみやたかまろ》、小西隆裕《こにしたかひろ》、岡本武《おかもとたけし》、吉田金太郎《よしだきんたろう》ら九人の赤軍派メンバーは北朝鮮に亡命を果たし乗客は全員が解放された。

僕は、新宿駅の地下通路で自作の詩集『さりげなく』を売り始めて一年が経っていた。自分の持ちネタでちょうど一回りしてしまい何を書いても誰かの真似か自分の旧作の焼き直しでしかない。自分の書く詩に限界を感じてスランプに陥っていた。

新作がなければ収入は途絶えてしまう。

その夜も、僕はポケット銭を数えながら飲んでいると、『風月堂』で顔見知りの津田《つだ》が階段を上って入って来た。

整髪料の臭いを漂わせ上質のジャケットを着こなす津田は、僕より三、四歳年上に見える。いつも昼過ぎに『風月堂』に顔を出すが、麻雀を打つでもなし店に顔を出す女の子に手を出すでもない。学生なのか社会人なのか得体のしれないところがあった。時折、オカマらしきオンナと話している姿を見かけるが、かといってその世界に興味があるようにも見えない。

コーヒー代のないフーテンにカンパをせがまれると、いつも気前よく百円玉を渡していた。

津田はカウンターに座ると水割りを注文した。

「どうしたんだよ、相変わらずしけた顔をして。いいバイトあるんだけどやってみないか」

バイト。僕はその言葉を聞き逃さなかった。津田の隣に席を移して話の続きを聞いた。津田が説明するバイトの内容は、伊勢丹デパート横の明治通りと靖国通りの交差点の信号で、停まっているタクシーの運転手にチラシを渡すというものだ。決められた枚数をこなせばそれで終わり。夕方の五時から始めて二時間もあれば終わる仕事で二千円という。

僕は新宿でフーテンを始めたころ、歌舞伎町の街頭に立ってプラカードを持つバイトをしたことがある。そのバイトは四時間で二千円だった。それに比べると随分と割がいい。津田はその仕事を終えての帰りという。

詳しく内容を聞くとこうだった。

仕事の依頼主は毎日一万円と五百枚のチラシを用意する。撒《ま》き手は僕の他に三人必要でそれは依頼された責任者が手配する。チラシはタクシーが多く走っている時間帯に信号待ちしているタクシーの運転手に渡す。バイト代は仕事が終わったところで支払われる。三人に二千円の日当を渡す。残りの四千円は責任者の懐に入るというわけで、その責任者をしてくれないかというものだ。四千円の日銭は悪くない。

いつもゆったりとした物腰で『風月堂』に顔を出す津田の懐具合が豊かなのは、このバイトのおかげだったのか。

津田は、空になった僕のグラスを見て水割りを注文するとカウンターに五木寛之《いつきひろゆき》の『青年《せいねん》は荒《こう》野《や》をめざす』を置いた。

「こんな国で、反体制だの安保反対だなんて騒いでいるより、この小説の主人公のように外に出て好きなことをしてみようと思わないか」

挑戦的な物言いになった。

「俺、今月の中旬に横浜港から日本を脱出するんだ。赤軍派の連中は北朝鮮に渡って革命の国際拠点を作ると言っているだろ。できるかできないかはともかく日本を捨てて外国に出る。その気概がいいよ。俺もこの国を出て自分なりに暴れてみるつもりさ」

そう言ってグラスを口に運んだ。

「なもんで、俺の仕事の後釜をしてくれる奴を探していたところだよ。高垣がやってくれるならありがたいけどな」

「ちょっと懐が寂しいんだ。やらせてよ」

僕の返事を聞くとバッグから二十センチ四方ほどのチラシを出した。

艶《なま》めかしく化粧をした女のカラー写真が載っている。

その横に書かれた文句はこのようなものだ。

《『美少女倶楽部《びしょうじょくらぶ》カトレア』は高級社交倶楽部です。お客様のお遊び代は一万円から。お客様一人のご紹介につき、運転手さんにはその場で三〇〇〇円のお礼を差し上げます。私たちのクラブは、お客様に誠心誠意尽くせる女性ばかりを取り揃えています。運転手さんには絶対に迷惑をかけません。よろしくお願いします》

写真の下にマンションの地図がある。場所は南青山《みなみあおやま》だ。

翌日、『風月堂』で落ち合う約束をした。津田は僕の飲み代も払って席を立った。引き受けた以上仕事を手伝わせる三人を探さなければならない。仕事を欲しそうな仲間の顔が次々に浮かんできた。フーテン仲間のミノルに大島、それにケン坊とフジサワだ。

歌舞伎町のジャズ喫茶『ヴィレッジ・ゲート』に行くと案の定ミノルも大島もケン坊もフジサワもいた。早速バイトの話を切り出した。

「それって疲れるじゃん。俺、自分の写真販売したほうが割がいいからパスするよ」

ミノルは断った。

「何言っているんだ。銭ってのは自分の額に汗して働いてこそ価値があるんだぞ。女で喰おうなんて下衆《げす》な根性はそろそろ捨てろよ。男なんだろ、体を使って稼ぐことを考えろよ」

大島が怒った。これは正論だ。ケン坊もその通りだと頷《うなず》く。大島は懐が寂しくなると横浜の寿町《ことぶきちょう》で沖仲仕をしている肉体派だ。ケン坊はどこから流れてきたのか、自分の経歴を口にはしない新米のフーテンだ。僕は津田からの説明をそのまま話した。

「ということは時給千円か、悪くないな。車道を駆けての仕事ならいい運動にもなるな」

大島はやる気満々だ。ミノルも皆がやると言うので渋々だが承諾した。これで頭数が揃った。

翌日、早めに『風月堂』に行った。壁に掛けられている「倫敦《ロンドン》展」のタイトルがついた写真展を眺めていると津田がやってきた。ジーンズに狐の毛皮を着た小柄な女を連れている。肩まである髪に肉厚の唇。香水の香りにつられて女の顔を見るとどこかで見たことのある顔だ。

「彼が高垣君。学生だけど街頭詩人をしている文学青年といったとこかな。仕事を安心して任せられる男だよ」

津田がそう紹介した。

「そう、よかったわ。私、真美《まみ》。よろしく」

そう言うと煙草を咥えた。煙草を挟んだ指の関節の膨らみを見て思い出した。早朝の喫茶店『シロー』で僕の向かいに座ったオンナだ。挨拶の具合からしてオンナは僕に気付いていないようだ。

「高垣です。よろしくお願いします」

「あら、こちらこそお願いね」

男と思えば無骨な指も気にならない。野太い裏声も心地よく聞こえるから不思議だ。

「案外にいい男ねぇ。食べちゃいたいわ」

また同じフレーズが出た。これはオカマたちの男に対する挨拶代わりの常套句《じょうとうく》なのかそれとも愛情表現なのか。相手が男だと分かっても潤んだ目で見つめられると戸惑ってしまう。津田が見せてくれた物と同じチラシを真美がバッグから出した。仕事の説明になると、それまでのオネエ言葉ががらりと変わって依頼主の男口調になった。

指定された仕事場所は津田が言った通り、伊勢丹デパート横の明治通りと靖国通りが交差する新宿五丁目の交差点だった。靖国通りを四谷《よつや》方面に信号待ちしている車に一人と、対向車線に一人、明治通りの高田馬場《たかだのばば》方面に信号待ちしている車と対向車線に各一人の計四人で、信号で停まるタクシーの運転手にチラシを手渡すというものだ。

「タクシーの多い時間帯は夕方の五時頃だから、その時間に始めてね。使う子たちは誰でもいいけど、睡眠薬常習者やアンパンしているフーテンは使っちゃ駄目よ。もたもたして事故なんか起こされたら私責任負えないんだから。それだけは注意してね。他に何か分からないことある？」

僕の興味は、仕事に対する注意事項よりチラシに書かれている内容だった。お客さんに誠心誠意尽くせる女性ばかりとあるが、本物の女が用意されているのか。女であれば売春になる。仮に真美たちが相手をするとなればどんな内容のサービスになるのか。

そんなことはあるはずがない。オカマがいくら頑張ってみたところで、男が女の役割を果たせる道理がない。よしんば、その接客がまかり通っているとしたならどんな手順で進めるのか。

それを知りたかった。

「私たちの集客方法はこのチラシしかないの。だから運転手さんに渡す時はちゃんと笑顔で〝お願いしまーす〟くらい、愛嬌《あいきょう》よくしてね。このことは、他のバイトの子たちにも伝えてよ。毎日のチラシとギャラの受け渡しは、夕方の四時半から五時の間に交差点の脇にある喫茶店『コージーコーナー』に私が行くわ。知ってるでしょ。じゃお願いね」

それだけ言うと真美は立ち上がった。接客内容を確かめようと喉元まで出かかったが、それは訊けなかった。津田に訊いてみた。

「そんなこと知らないよぉ。お前が真美に直接訊けよ」

そう言って突っ撥ねられた。津田は核心部分を知っているのか――。

「今日は初日だから、俺も現場に行くよ」

これから始まる仕事だ。接客の内容を聞く機会はいくらでもあるだろう。そう自分に言い聞かせて大島たちの待つ歌舞伎町の名曲喫茶『スカラ座』に向かった。三人は約束通り集まっていた。五百枚のチラシを四人で分けた。

「これはどう見ても売春クラブだよな。ということは俺たちのする仕事はポン引きの片棒担ぎになるんだ。ま、そんなことはどうでもいいけど相手するのは女じゃなくてオカマってこともあるのか……。いや、そんなことあるはずないよな」

ケン坊が意味深な目でチラシを見ている。約束の新宿五丁目の交差点に行くと津田が立っていた。四人で津田の指示を聞いた。信号で停まったタクシーの運転席側のドアに走り寄る。頭を下げて窓を叩く。窓が開いたところでチラシを渡す。

礼儀だけは正しくしろと津田が釘を刺すように言った。仕事が始まると、思いの他運転手は興味を示してチラシを受け取ってくれた。僕たちの仕事ぶりを見た津田は満足そうに頷き、僕にこの日のギャラを渡してくれた。

三十分ほど続けると、信号待ちの車の停車時間がどれくらいあるのかが分かるようになった。停まった車の間を縫うようにして駆け抜けるのは爽快だ。喫茶店で時間を潰すか新宿駅の地下道に座るのが日常の僕には、少年が突然運動場所を与えられたような気分になった。二時間とかからず全員が仕事を終えた。

バイト代を渡すとみんなホクホクだ。僕は人数分のカップ酒を買った。花園神社は桜が葉桜に変わる直前だが花見客がまだいる。仕事を終えた後の酒は格別だった。

「津田が言っていた通り、ほんと一生懸命働いてくれたわね。あなたたちにお願いしてよかったわ」

真美が靖国通りから続く参道を歩いて来て言った。

僕たちの仕事ぶりを観察していたようだ。

「明日からもよろしくね」

安心した、と言う足取りで去っていきタクシーを停めて乗り込んだ。

この仕事は、誰にも束縛されず適度な運動にもなる。

二千円の軍資金が入れば、他の三人も酒を飲んで深夜喫茶を梯子《はしご》しても懐は心配なしだ。

ケン坊は殊《こと》のほか喜んでくれた。

チラシ配りの仕事を始めて一か月ほどが経《た》った。

待ち合わせの喫茶店に行くと、真美が浮かない顔をしている。

「あんたたちが一生懸命働いてくれるのは感謝するわ。でもねぇ、正直言うと、最近お客さんの数がめっきり減っちゃってるの。それで、もし時間があるようなら、青山墓地下の外苑《がいえん》東通りでもうひとっ働きしてくれないかしら」

思いがけない申し出だ。

「あそこは、昼間車を停めて休んでるタクシーが沢山いるのよ。そこに行ってチラシを渡してほしいの。運転手さんに話しかけられたら倶楽部のサービスの内容を丁寧に説明もできるでしょ。運転手さんも安心してくれるしいいアイデアでしょ。行ってくれるんなら交通費込みで二千円出すわよ」

倶楽部でのサービス内容を訊くチャンスがようやく巡って来た。

「接客は、真美さんたちがするんでしょ」

「もちろんよ。私たちがしないで誰がするのよ」

「お客さんは女が相手してくれると思ってくるわけでしょ」

「そうよ、私たちオンナだもの当たり前でしょ」

「女演じるんだ。ちゃんとデキルわけ……」

「あんた、デキなかったらどうするのよ」

そう言って睨まれた。僕は下を向いた。

「ヒミツの〝テク〟があるのよ」

と意味深に言った。

「私、この仕事始めて三年になるのよ。だけど、これまで一度もバレたことないの。何故《なぜ》かって？　私のこの掌《てのひら》が魔法の役目をするの。だから私にかかると男の人はすぐ昇天しちゃうわよ」

そう言って自分の掌を眩《まぶ》しそうに見る。女のアレを持たずに役目を果たす。そんなことができるものなのか――。

「いいのよ、あんたはそんなこと知らなくても。どうなの、行ってくれるの行かないの？」

僕は仕事を引き受けた。

翌日、青山墓地下に行くと確かにタクシーが列をなして停まっていた。夜通し走るための体力を温存しているのか、どの車も運転手はシートを倒して目を瞑《つぶ》っている。お墓の供え物を狙っているのかカラスの群れが墓石の上をカァーカァー啼《な》きながら旋回している。

車の窓を叩く。運転手が目を開ける。開いた窓からチラシを手渡す。何台か続けていると起き上がった運転手が僕に質問をしてきた。

「本当にいい女いるの？」

「主婦やホステスが、深夜のバイトで来てるんですよ」

女装したオカマとは口が裂けても言えない。

「兄ちゃん、俺たち運転手にも味見させてくれないかなぁ」

「駄目ですよ、そういうのは身銭を切ってこそ価値があるでしょ」

「そりゃそうだけど、兄ちゃん若いくせになかなか海千山千だな」

僕が離れると再びシートを倒した。

車を降りて背伸びをしている運転手がいた。

チラシを見せると運転席から同じ物を出した。

「俺、何回かおたくに客を運んだことあるんだ。この前の客は、終わるまで待っていてほしいって言うから待ってたんだけどさ。相手してくれる女って本当に素人なの？」

その目は疑っている。どう答えたらいいのか分からない。

緊張が一気に膨らんだ。

「戻って来た客がご機嫌で、いい女に当たったと言って俺にチップをくれたんだ。素人は言いすぎだろうけど、どんな女を揃えてんの？　これからも客を連れて行くからその辺のことを教えてよ」

僕の心配とは全く逆だった。となると、今度は僕が強気に出る。

「選《え》りすぐりの主婦とホステスですよ。うちは募集すると、接客のテストとして一通りの指導をしてから働かせていますから、運転手さんに迷惑かけるような事はしませんよ」

偉そうに答える自分が滑稽に思える。が、反面、真美の説明は強がりで実は正真正銘の女が待機しているのではと疑いたくなる。

青山から新宿に戻ると、昼間交わした運転手とのやり取りをそのまま真美に伝えた。

「多分、そのお客さん私が相手したのよ」

そう言ってしなやかに体をくねらせた。

真美の言う〝テク〟の内容を知りたかったが、チラシを撒く時間になっていた。チラシを受け取り立ち上がろうとすると、ミノルが頭を掻きながら店に入ってきた。

「真美さん、ちょっと頼みというか相談があるんだけど」

「何よぅ、どうしたの」

ミノルが言いにくそうに頭を掻く。胸のポケットから写真を出した。

「俺の女、真美さんのところで使ってくれないかなぁ」

メガネをかけているが鼻筋が通り、スレンダーな体をしている女が写っている。真美は写真に目もくれずミノルの顔を正面から見据えた。

「何勘違いしてんの。私んとこ女なんか使うはずないでしょ」

写真を破り捨てた。

「冗談じゃないわよ。どうせその辺で引っかけた女でしょ。その女を売春婦に仕立てようというの。そんなの最低よ。私ね、あんたみたいな腐った男は嫌いなの」

ミノルは固まったまま動かない。

真美が立ち上がった。コージーコーナーを出るとミノルが忌々しそうな顔で吐きだした。

「オカマに馬鹿にされたんじゃ俺の面子が立たねえ。俺はこんな仕事降りるよ」

僕の宥《なだ》める言葉も聞かずに店を出てしまった。

その夜、『ヴィレッジ・ゲート』で夜を明かした僕は、朝方『シロー』に行って時間を潰すことにした。店内の白粉《おしろい》と香水の匂いは相変わらずで花魁姿のオンナが簪《かんざし》の自慢をしている。背中に天女の彫り物をしているオンナが、今日も背中を開けて見せびらかしている。優しく微笑みながら天空を舞っている構図の天女が青い線で描かれ、赤い蓮の花が天女の足元に咲いている。

彼女はどんな事情から、一生消えることのない入れ墨を施すことになったのか。この空間の空気を詩に書き留めておかなければと、僕は大学ノートを広げた。

「あんたと、此処《ここ》で会うのは久しぶりよね」

真美の声だった。と言う事は、真美も僕と初めて会った日のことは覚えていたんだ。

この日も、あの時のピンクのドレスを着ている。

「街頭詩人しているって聞いてたけど、本当なのね」

僕のノートを覗き込みながら言う。ミノルに投げた言葉と違い口調が柔らかい。

「私も高校時代は好きな子がいて、告白はできなかったけどその子との空想の世界を雑文で毎日書いていたわ」

半分残っているビールグラスを眺めながら呟いた。

「彼女のこと？」

「そうよ、彼女よ。男の子だけどね」

窓の外に視線を向けた。真美にとっては当たり前の青春だったのかもしれない。

「そうなんだ」

「そうよね、不思議に思うのも当然よね」

私《あたし》が　男になれたなら
私は女を　捨てないわ

ネオンぐらしの　蝶々には
やさしい言葉が　しみたのよ
バカだな　バカだな　だまされちゃって
夜が冷たい　新宿の女

まるで真美の気持ちを代弁しているかのように、藤圭子の投げやりな歌唱の『新宿《しんじゅく》の女《おんな》』が流れていた。

「私たちの悩みなんて誰も分かってはくれないわよ。体は男であっても心は女なんだもの」

真美は髪をいじりながらボソボソと話し始めた。

甲州葡萄の産地、山梨県の勝沼町に生まれた。父親は大きな農園を経営する、地元の名士で通っていた。

三人兄弟の長男として生まれた。年は僕より五歳上だった。

中学に入学してから野球を始め、野球の強い地元の私立高校に進むと父親は息子の逞《たくま》しさに喜んだ。野球に打ち込んではいたがチームに憧れを抱く先輩がいた。筋肉が逞しく、短髪で涼しい目をしたエースで四番バッターだった。

「今でも思い出すと抱きしめてあげたくなっちゃうくらいいい男だったの。毎日会っているのが楽しみだったから練習も休まなかったわ。ある日、部室に先輩たちの練習着が洗濯して干されていたの。その中に憧れの先輩のユニフォームがあって、誰もいないことを確認してバッグに入れたつもりが見られちゃってて」

力のない声に変わっていた。

部活の顧問の先生に呼びだされたが、その日から泥棒のレッテルを貼られてしまった。父親の尽力で退学処分だけは免れたが、同性に惹かれる自分を隠して生きる苦しさが嫌になって家出をした。

「東京に出てきて良かったの。こうして私と同じ悩みを抱えた子たちが沢山いることを知ることができたから」

上野の映画館で隣の客に手を握られ、喫茶店に誘われるとそのまま旅館について行った。自分の中にある淡い期待が断る言葉を忘れさせた。その時が初めての男性経験だった。男は真美の心を見透かしたように、浅草のゲイバーに連れて行った。そこは同じ匂いを持った男たちが集まり、その店でバーテンとして働くことを勧められた。

自分を浅草に連れて行った男が時折店に来たが、真美の望む相手ではなかった。

「人間の欲望って限りないのよね。自分を隠さずに生きていると恋人も本物を欲しくなるのよ。私にとっての本物って男を好きな男。フツーに女が好きな男じゃないと駄目なの」

働いていた店に羽振りの良い常連客オンナがいた。そのオンナは赤坂の路上で女装して〝立ちん坊〟をして商売していると言った。

「そのオンナが言うには男と分かって誘ってくる客もいるけど、女と思って声をかけてくる客もいるというの。この世界で生きたいんなら自分で男の子を喜ばせてあげる術《すべ》を知らなくちゃ。それには、私みたいに街に立って客を相手に極意を磨くのが一番よ、って」

そう言われて真実も上野の街に立つようになったと言う。

「女装を始めると、奇麗になりたくて美容整形に通ったわ。二重瞼《ふたえまぶた》にしたり胸を膨らませたり。それで今の私が出来上がったの」

新宿の二丁目界隈に軒を連ねるオカマバーは、真実のような女でない男たちが自分の性を隠さず生きていける場所だという。

「あんたに初めてここで会った朝、私、あんたの手を握ったでしょ。似てたのよ、田舎の昔の彼氏に。だから、思わず手が出ちゃったの。あの時はごめんね」

そこまで喋るといつもの真美に戻っていた。

「今の仕事は、お客さんが私たちを女と思って来るわけでしょ。そう、相手するお客さんは私を女として扱ってくれるから嬉しいの」

この日を境に、真美とは平らな目線で接することができるようになった。


ゴールデンウィークが始まる前日だった。

チラシの受け渡しに来た真美の右目の周りが青く腫れあがっていた。オカマ同士の喧嘩《けんか》でもあったのか。

「仕事が終わった後もう一度ここに来てくれない？　あんた相談があるの」

喧嘩の助っ人に呼ばれるわけでもなさそうだが、何か訳がありそうだ。今の僕にとって、この仕事は大事な収入源だ。オカマ同士の喧嘩の加勢かもしれないが乗れる相談には乗ってやりたい。

仕事を終え『コージーコーナー』に戻ると、アイシャドーを強く引き頬紅を薄く塗った短いカーリーヘアのオンナが真美の横に座っていた。目尻の皺《しわ》を見ると真美よりかなり年上のようだ。

「この子よ、お願いしようと思っているのは」

オンナはサトルと名乗った。値踏みするような目で僕を見た。

「学生時代、何か運動してたの？」

太い声だった。

「中学時代は、サッカーをしていました」

どうやら、何らかの面接を受けているようだ。

「もう少し体のでかい男かと思ったわよ」

サトルが落胆の表情を浮かべた。

「サトル、体の大きさなんて関係ないでしょ。バットか鉄パイプでも用意しておけば済むことよ。とにかく用心棒を置いてくれないと、私、怖くて働けないわよ」

僕が用心棒に？　確かにそう言った。

沈黙が続いた。サトルが無気質な目で僕を見ている。僕はコーヒーを一口飲んだ。

「前に言ったけど、私これまで男だってことがバレたことは一度もなかったのよ」

「ところが、昨日真美が見破られちゃったのよ。男だと知った客が怒って殴りかかってきたの。それがこの傷よ」

サトルが変わって説明した。

僕は真実の顔を見た。

「そんなことがあったものだから、真実が怖がっちゃって客取るの嫌だって言うのよ。真美がうちの一番の売れっ子だから駄々こねられると商売にならないのよ」

サトルが経営者で、真美は雇われている〝娼婦〟ということか。

「これまでバレたことなかったし、これからもないと思うの。でも、もしものことを考えて用心棒を雇おうと思って」

つまり、僕に求められているのはチラシを撒いた後に真美たちの仕事場に行って用心棒をしてほしいということのようだ。

腕力に自信があるわけではない。用心棒が務まるかどうかは不安だが、このオンナたちの商売の内容に興味があった。そのうえ日当は一晩五千円という。僕にしてみると一石二鳥だ。

「よかったぁ、あんたがいてくれると安心よ。お願いね」

僕の返事に、沈んでいた真美の顔に明るさが戻った。

「真美ったらやぁねえ。もしかしたらあんたこの男を食べちゃう気でいるんじゃあないの」

「なによ。あんたは私の怖さをちっとも分かってくれてないのね」

「そんなことないわよ。考えてみてちょうだい。バイト代払うの私なんだからね」

真美がプイッと横を向いた。

「じゃ行こうか、遅くなっちゃうから」

今から働けと言うわけか、僕の都合などお構いなしだ。三人でタクシーに乗り込んだ。青山通りのスーパー紀ノ国屋から赤坂に向かった先の交差点を右に曲がり一本路地を入ったところに十階建ての白い瀟洒《しょうしゃ》なマンションがあった。

五階に上がると、廊下の壁にアルプスの雪景色を描いた油絵が飾られていた。廊下からエレベーターホールを右に行くと、二番目の右側の部屋のドアの上に『美少女倶楽部カトレア』と書かれた表札が貼られていた。サトルがドアを開けた。入ると正面の廊下に紫の照明が点いている。

僕は昼から何も口にしていない。

「飯喰ってないから、どこかで……」

半分は逃げ出したい気持ちで言った。

「馬鹿ねぇ。あんたの食べ物も用意してあるわよぅ」

僕は借りてきた猫のようになる。魔物が棲《す》む屋敷に乗り込む気分だ。オカマたちの館はどうなっているのか。頭の中は恐怖心と好奇心が半々だ。廊下の右側に十畳ほどの部屋があった。越路《こしじ》吹雪《ふぶき》のシャンソン『サン・トワ・マミー』が、語りかけるような甘い口調で流れている。

左側の壁際にL字形のソファーと大きなガラスのテーブルが置かれている。

右側の壁には等身大の作り付けの鏡があり、天井に赤と紫と緑の電球が光るシャンデリアが吊《つ》るされて鏡に反射している。正面にアールデコ調の蔦《つた》の彫り物が施されたサイドボードが置かれ、中には靴や本に象られた何本もの洋酒のボトルが並んでいる。横尾忠則《よこおただのり》の赤を基調にしたサイケデリックなポスターが周囲の壁に何枚も貼られている。

その画風はぞくりとする妖《あや》しい雰囲気を漂わせている。

鮮やかなエメラルドグリーンのミニドレスを着た髪を肩まで伸ばしたオンナがいた。鏡に自分の姿を映し背中のファスナーを下ろしてドレスを脱いだ。赤いブラジャーと同色の透けて見える下着だ。僕は目のやりどころがない。

「用心棒ってこの子なの？　私メグミ、よろしくね」

オンナに話しかけられた。

「彼、高垣君。よろしくね」

真美が紹介してくれた。メグミの幼さの消えない顔立ちからすると僕より年下かもしれない。裸の体に今度は深紅のドレスを纏《まと》って両手で髪を束ねて持ち上げた。僕の目などてんで気にしていない。

廊下の突き当たりがキッチンになっていて冷蔵庫と食器棚が並んでいた。グラスとコーヒーカップは置かれているが鍋や釜、まな板、調味料など生活を感じさせる調理道具は見あたらない。

真美が、冷蔵庫からサンドイッチの盛られたお皿と飲み物の入った紙パックを出した。キッチンの右側に襖《ふすま》がある。襖には七福神の神々が描かれている。襖を開けてみた。かなりの広さの和室で壁際に大きなベッドと造花の薔薇《ばら》の花の絡まったスタンドがあった。

「私たちの仕事場よ。どう、中に入ってみる」

真美に誘われたがとても入る勇気が湧かない。

僕は首を横に振った。

真美の持ってきた紙パックにはオレンジジュースが入っていた。

「こういう食事は美容にいいのよね」

そう言ってメグミがコップにジュースを注いでくれる。

真美がサンドイッチを取ってくれた。

「真美、今日はいやに気が利くわね。やっぱり彼に気があるんじゃないの」

サンドイッチをつまむ真美の手が止まった。

「サトル、あんた言いすぎよ。客にバレたのは私の責任だけど、客に顔を殴られて首を絞められたのも私よ。私が用心棒欲しがる気持ちが分からないの」

「冗談よぅ、あんた直ぐ本気にするんだから。心配しているからこそ、こうして高いお金を払って彼にお願いしたんじゃないの。支払い誰がすると思ってるの」

あれこれ言いあいながらも四人で簡単な夕食を摂《と》った。

「紀ノ国屋のサンドイッチ、美味しいでしょう」

「駄目よぅ。オリンピックのほうが美味しいのよ」

真美が言うとメグミがプイッと横を向く。

女学生同士の喧嘩を見ているようだ。

オカマの世間話はオシャレの話から始まって、化粧品、仲間が経営するゲイバーの最新情報など話題が尽きない。彼らの四方山《よもやま》話《ばなし》やエロ談議は、世間の日常会話とズレているところが面白くもあり滑稽でもある。

「昨日の子はきっと童貞君よ。オッパイ押しつけてあげたら震えていたわよ。おかげで乳首嚙みつかれちゃって痛くて。でも、お金貰って童貞君食べちゃえるんだから私たちはオカマ冥利《みょうり》よね」

「童貞破りなら私も負けてないわよ。真実とは相手した数が違うもの」

サトルと真美の自慢合戦だ。

会話に入れないメグミが食器を片づける。

ここには三人のオンナがいる。一つしかないベッドで客が重なったときはどうするのだろうか。

そんなことを質問をすると、近くの旅館を使うという。

僕の仕事は客が来ると洗面所にバットを持って隠れる。無事接客が終わると、次の客が来るまでは一緒に時間を潰す。

そう言われても、客の来る頻度も分からなければそれに要する時間だって分かったものではない。出たとこ勝負と腹を決めて細かいことはそれ以上訊かなかった。

食事が終わると、三人は鏡を持ち出して化粧を始めた。香水とファンデーションの匂いが噎《む》せ返るように襲ってくる。行き場を失った僕はキッチン横にある和室を覗いてみた。

畳の上にダブルベッドが置かれて、ピンクのシーツに夏布団のように薄いものが畳んである。

香水の匂いなのか男と絡み合った際に出る汗の臭いなのか複雑な臭いが鼻をついた。

三人は化粧を終えるとテレビのニュースを見ていた。

玄関のチャイムが鳴った。真美が僕に目配せした。

僕はバットを持って暗闇の洗面所に駆け込んだ。

ドアが開き嗄れた声がした。「お客さんをお連れしました」タクシーの運転手の声だ。

「あら、いらっしゃい。どうぞ中に入って」

頭のてっぺんから抜けるようなサトルの裏声が響く。

「どうもありがとう。うちね、お客さんが好きな子を選ぶシステムなの。会員制だから入会金が三千円でお遊び代は一万円ぽっきりなの。割安でしょう」

チラシに書かれている通りだ。

「うん、お客さんにもそう説明しておいたよ」

運転手らしい声が聞こえた。

「さあ、どうぞ」

「上がってもいいのかね」

客の声だ。

「どうぞどうぞ。いらっしゃい」

客が応接間に通されたようだ。三人並んだオカマたちを客が品定めして、決まったところで寝室に案内するという手順のようだ。三人がそれぞれシナをつくる姿が目に浮かんできた。

誰が選ばれるのか。応接間のドアの開く音がした。

「私でいいのね、嬉しいわ」

真美の声だった。小柄で艶《なま》めかしい唇。スレンダーな肢体。真美がこのクラブの一番の売れっ子であることは僕でも分かる。

廊下の足音が奥の部屋に向かう。男と男の睦《むつ》み事なわけで、真美の体や指はどんな動きをするのか、そんなことを考えると心臓がバクバクと激しく鼓動を始めた。静寂な時間が続いた。耳をすませていると呼吸音にしては不規則な小さな声が流れてきた。それがすすり泣きに似た甘い声に変わった。男と女の睦み事から生まれる快楽の声なら僕の神経も高ぶるが、流れてくる声の主を知っているだけに複雑な気持ちのままだ。

あれやこれや考えていると再び静寂な時間が戻った。バットを握った僕の手が汗で濡れている。

「ありがとう。私、あなたのおかげでつい仕事のこと忘れちゃってたわ。はしたない声出してしまってごめんなさいね。楽しかったわ。また東京に来る機会があるようでしたら寄って。お待ちしてるわ」

真美の声が潤んで聞こえる。

「うん、俺も良かったよ。ありがとう」

甘えるオンナをいたわる声は中年男のものだ。

玄関のドアが閉まると、僕の初仕事は出番がなく終わった。バットを置いてドアを開けた。サトルとメグミがテレビの前にいた。真美は煙草に火を点けて大きく吸い込むところだった。

「今のおっさん、青森から銀行の支店長会議で来たんだって。東京の思い出ができたって喜んでくれたわ、フッフッフッ」

僕は真美の右手を眺めた。新宿の喫茶店で握られた指とは違い細くしなやかに見えた。

この夜、女を求めて来た客は四人いた。客は七、八人来る日もあればお茶っぴきの日もあるという。

「だから、あんたたちに頑張ってチラシを撒いてほしいのよ」

サトルの顔が経営者の顔になる。話の流れに任せて男を相手にするときの具体的な対処方法を訊いてみた。

「掌にハンドクリームを塗るの。そうするとぬめりがでるでしょ。それを女のアソコの代わりにして迎えるのよ」

そう言って掌を僕に見せる。何の変哲もない男の手が本当に女の役目を果たせるものなのか。テーブルに置かれたハンドクリームは薬局の店頭でよく見かけるものだ。

僕は不思議でたまらなかった。

「客にバレないようにするには、お尻の下から腕を回してお股に掌を持って行くのよ。男がそこで押しつけて来るものを待ち伏せして握ってあげるの。この方法を素股《すまた》って言うの。覚えておきなさい」

「それで、バレないんですか」

「バレないから今までやってこれたんでしょう。好きこそ物の上手なれなのよ」

自信たっぷりに言い切る真美の指が魔法の手に見える。

「知らない男と寝るなんて、気持ち悪くないですか」

「そりゃ嫌な客もいるわよ。でもね、私たちはオンナ。男の子と戯《たわむ》れることができるだけで嬉しいの」

「男に愛されてお金も貰えちゃう。一石二鳥で、この仕事ならではの美味しさなのね。男だって、女なら多少気が向かなくても相手できちゃうでしょう。それと同じよ」

メグミが言葉を挟んだ。オネエ言葉が飛び交い、赤と紫の照明に照らされる室内ではそれが当たり前に聞こえる。

サトルがサイドボードの引き出しから新聞を取り出した。夕刊紙の『内外《ないがい》タイムス』だ。

細かい文字の並ぶ求人欄を開いた。

「殿方との楽しい時間を共に楽しみたいの、スタッフ募集」とある三行広告が、赤いボールペンで囲まれている。それはサトルが出した求人広告という。

その並びの求人は、類は友を呼ぶというのか同業者と思える種類の求人広告が並んでいる。文面を細かく見ると、接客内容の違いに気付く。『美少女倶楽部カトレア』のような売春宿と違い、飲食店のものは「殿方接客のバー」とか「オカマバーで働きませんか」となっている。競馬や競輪に紙面を多く割く夕刊紙が、裏稼業とも言えるこういった業界の広告を一手に引き受けていることも知った。

「採用するオンナは、どんなタイプを選ぶんですか」

「ただ、男が好きだからっていう理由で来るのは単なるゲイ野郎だから駄目。女として扱われて喜べないオンナじゃないとね。メグミは応募で来たのよ」

メグミがシナをつくる。

「それと腕と指が長くないと駄目ね。腕が短くちゃ掌がお股に届かないでしょ。真美もメグミも腕と指が長いのよ」

　真美の体が少し反り返った。

「他に働く当てがなくて男の相手をすれば収入になる、そんな動機で来る男は使わないわ。お金だけが目当てで男と寝る男は、ほとんどが売りセンバーで体を売っている男よ。売りセンで働く八割の子はノンケ（男に興味を持たない男）なのね。体を売ればお金になる、売らなきゃ生活していけないから売る。それはいいけど、中年の脂ぎった男に食べられ続けていると自業自得なのかな、女を好きになっても純粋に愛せなくなっちゃうの。そうなると、普通の結婚もできなくなるから人生狂っちゃうのよ。私、そういう子を何人も見てきたわ」

　複雑な話になってきた。

「その世界から足を洗って普通に働き始めても、一度この世界に足を踏み入れた子たちって、男に体を汚された悪夢が、あるとき突然フラッシュバックするんだって」

　真美がメグミを見た。

「メグミは浅草の売りセンにいたのよ。でも、この子はもともと心が女で、男が好きだから私たちの仲間に抵抗なく入れたのよ」

　話題を振られたメグミが口を開いた。

「私ちっちゃい頃から、女の子にはどうしても興味が持てなかったの。田舎にいたけどつまらないから出て来ちゃったのよ」

　秋田の男鹿《おが》半島で生まれ育ち高校を中退して上京したという。

「高校時代に好きな男ができたけど相手にされなかったの。追いかけても良かったけど、田舎で変な噂が立ったら親や兄弟に迷惑がかかって可哀想でしょ。だから東京に来ちゃったの」

「女の子と寝たことってあるんですか」

僕は訊いてみた。

「あるわよ」

そう言ってメグミが煙草に火を点けた。

「高二のとき仲の良かった女の子に誘われたの。女の子の家に行ってキスしたりオッパイ触ったり、そこまでは良かったのよ。でも女のアソコを見たとき急に動悸《どうき》が激しくなって、吐き気がしちゃって。小学生の頃から、女の子に対してもやもやした違和感があったんだけど、そのとき、自分は女を愛せない男だって自覚したの」

照明が三人のオンナを妖しく照らす。

「私はないわ。嫌よ考えるだけでも気持ち悪いもの」

真美が顔を左右に振った。男に生まれた自分への怨みなのか女に対する敵愾心《てきがいしん》なのか。それとも、女になりきれないやりきれなさなのか口調が厳しい。

「私たち、この仕事していても警察《マッポ》なんか怖くないの。何故って、接客している最中に踏み込まれても、引っ張られる要素がないからへっちゃらなのよ」

サトルはこの商売に対してしっかりした計算をしている。

「仮に、私たちが素っ裸でお客さんと絡み合っているとこに踏み込まれたって慌てることないの。

私たちの生の姿を見せるだけ。お互いが男だから、男同士でお遊びしていたって言えば売春にはならないでしょ。お客はびっくりして腹立てるけど、売春の現行犯でパクられるよりマシでしょ。これまで三回踏み込まれたことあるけど、ぜーんぜんお咎《とが》めなしよ」

なるほど、これなら警察も手の出しようがない。

自分の彼女を使ってほしいと言ったミノルの申し出を、真美が一刀両断で断ったのも頷ける。

夜中も三時を過ぎると客はほとんどない。

この時間になると、同業者と思える仲間から電話が入る。

「今日はどうだったの？」

「ぼちぼち。これ以上不景気になると考えちゃうけどね」

そんな情報の交換をし合っている。オカマの売春宿はここだけでなく赤坂や浅草、六本木にもあるようだ。赤坂の倶楽部は山王下《さんのうした》交差点近くで六本木は霞《かすみ》町の交差点近く。浅草は雷門前の信号近くと区域の棲み分けをしているようだ。

オカマ同士の電話を聞くことは、彼らの思考形態やライフスタイルを知ることができるから退屈はしない。

この日、仕事を終えたサトルは六本木にある仲間の店に顔を出すと言う。四谷に住む真美と信《し》濃《な》町《のまち》に住むメグミは新宿に出かけると言ってタクシーを拾った。『シロー』にでも行くのだろう。

僕は始発の電車を待ってアパートに戻る。用心棒を始めると時間的なこともあって殆ど夜の新宿に行かなくなった。昼過ぎに新宿に出て『風月堂』でコーヒーを飲みながら新聞を読みチラシを撒く時間を待つ。それが日課になっていった。

ミノルが辞めた後のチラシ配りは、フーテン仲間のフジサワが後釜に入り問題なく三か月ほど仕事が続いている。

ケン坊は皆勤賞だ。安定した収入源ができたと言って感謝してくれる。チラシの受け渡しを終えて真美が席を立つと、真美の後ろ姿を見ながらケン坊が言った。歩く時ぐらいは胸を張って堂々とすればいいものをと。

「高垣は真美さんと妙に仲が良いけど、ひょっとしてコレの気があるんじゃないのか」

右手の甲を左頬に当て、オホホという仕草をした。

「そんなこと、あるはずないだろう」

慌てることもないが否定した。

「そうかなぁ。だって最近オネエ言葉が目立つからなぁ」

そういえば、このところの僕の生活は〝彼女〟たちと大半の時間を過ごしている。チラシ配りを終えた仲間は歌舞伎町に向かうが、僕は、その足で青山のマンションに直行する。オネエ言葉の世界に浸っているために言葉遣いが変わったのか。自分では気が付かないでいた。

「用心棒してるくらいだから知っていると思うけど、チラシに書かれている内容のサービスは、女じゃなくて全部オカマが相手しているってことか」

ケン坊が僕に質問すると大島も身を乗り出した。僕は真美に聞いた〝素股〟の内容を話した。

「そうなんだ。それでも客は満足して帰るんだ」

「客は相手が男だって気付かないのか。信じられないな」

用心棒を引き受けてからというもの僕の出番は一度もない。

「そんなもんかなぁ」

ケン坊が不思議そうに首を捻った。


過分な収入を得たことで、僕は詩を書くことを怠けた日々を送っていた。いつものように停まった車の間を駆け抜けて仕事を終えると、マンションに直行して〝お転婆娘〟たちのオシャレ談議に加わっていた。玄関のチャイムが鳴った。

客が来る時間には早すぎるが真美たちは商売顔に変わった。

テーブルの上にある食べ残りを皿に載せると、僕はそれを持って洗面所に駆け込んだ。ボールが一球も当たったことのないバットのグリップに僕の汗が滲んで変色している。急いで電気を消した。この夜も指名されたのは真美だった。問題なくコトが済めば三十分ほどで客は帰る。ベッドルームから漏れ伝わる恥声は相変わらずだが聞き耳を立てることもなくなった。とはいっても真美の悩ましい声が鼓膜をくすぐる。

腕時計を見るとまだ二十分しか経っていない。ま、早い客もいれば計算通りに終わらない客もいるだろう。そんなことをぼんやり考えていると洗面所のドアがノックされた。出動命令の合図だ。僕は焦った。

相手はどんな男だろう。とにかく客を追い払わなければならない。バットで退治するわけだが相手から攻撃を仕掛けられたらどうするか。怪我を負わせてしまえば警察沙汰になってしまう。焦る気持ちを抑えバットを握る手に力を込めて立ち上がった。ドアが外から開けられた。そこに立っていたのは妖艶な笑みを浮かべ下腹部をタオルで隠しただけの真美だった。人指し指を口の前に立て入ってきた。拍子抜けするほど落ち着いている。戦闘態勢の僕はつんのめりそうになった。

僕が驚いていると片手にカーリーヘアーの鬘《かつら》と白いブラジャー、それにピンクのパンティーとスリップまで持っている。

狐につままれた気分になった。何をしろというんだ。

「お願い、早くこれに着替えて。そして私について来て。何もしなくていいから後は私の言う通りにして。ギャラは三千円。いいでしょ」

ブラジャーとパンティーとスリップに着替えろというわけだ。女の体から下着を剝ぎ取ったことはあるが、自分の体につけたことなんかない。僕が呆気にとられていると真美にシャツのボタンを外された。ジーンズのベルトも引き抜かれた。しょうがない、言われるままに下着をつけた。

「心配しなくていいのよ。お客さんが〝何か面白い遊び方がないか〟って言うから3Pを持ちかけてみたの。いい、ここが肝心よ、よく聞いて。あんたは昨日ハワイから来たばかりのハーフ。だから日本語は分からない。お客さんが私にしがみついてきたところで、そのお尻を後ろから押してくれればいいの。タイミングはその場になれば分かるわ。それだけ。分かったわね」

僕は鬘を被り洗面台の鏡に映した。鬘と下着の小道具が僕を見事な女に変身させている。女としては身長もあるが、ハーフの外国人となれば不自然でもない。客に話しかけられても日本語が分からなければ返事をする必要もない。なるほど、これなら正体がバレることはないだろう。真美の後について和室に向かう。薄明かりのベッドの上に男の仰向けの姿があった。男は真美を見るとおいでおいでをしている。真美が素早く男の横に体を滑り込ませた。

「カモン、サリー」

僕は体を縮めて部屋に入ると襖を閉めた。

「パパ、彼女ね、昨日ハワイからきたばかりの二世なのよ。どうせなら日本人の子よりいいでしょう。さあ、楽しみましょ」

男が透かし見るように僕の顔を見る。僕は黙って俯いた。

「さあ、早く楽しみましょ」

真美が男の体に覆いかぶさって体を重ねた。男の頬を両手で包むと唇を吸う。男の両腕が真美の背中を抱きしめる。真美の唇が男の胸から下半身にゆっくりと移動する。左手が男の腰を抱き込むと股間に頭を沈めた。しばらくすると体を移動して再び唇を重ねた。

「パパ、真美オッパイ感じるの、吸ってぇ」

男が真美の乳房を鷲掴《わしづか》みにするとそこに顔を沈めた。

「パパ、気持ちいいわ。パパ、今度は耳を舐《な》めて」

真美の言いなりだ。男が唇を耳たぶに運ぶ。男に覆いかぶさる真美が右腕を尻から自分の股間に移動させた。重なり合うと軟体動物のようにうねりながら男と体を入れ替えた。

「サリー、サリー、カモン、カモン」

僕は、真美の体にピッタリと体を重ね、波を打つ男の尻に掌を当てた。張りのない肌が汗ばみ、ねっとりとした手触りが気色悪いがそんなことを言っている場合ではない。男の腰の動きに合わせて力を加える。両手をグラインドさせながら角度も変えてみた。男の腰が杭を打ち付けるように激しく動く。その動きに合わせて僕は掌を引いては押す。

真美の悦楽の嗚咽《おえつ》が漏れると男がかすかに呻いた。一瞬震えて男の腰の動きが止まった。全身に籠もっていた力が抜けていくのが分かった。後は車に轢《ひ》かれたカエルのように男は動かない。

「なによぅ、パパもうイッちゃったの」

甘えた声色で真実が囁いた。

「う、うん、イケたよぅ」

真美は、男の下から自分の体を抜くとベッドを下りて下着をつけた。男がようやく上半身を起こした。

「サリー、サンキュウ。イッツ・グード」

男の視線を背中に感じて僕は部屋を出た。

「楽しかったわ。パパ、今日はありがとうね」

「うん、俺こそ……。ありがとうな」

男は何の疑念も抱いていない。真美が演じた素股の威力は見事としか言いようがない。

人間の持つ固定観念の恐ろしさを目《ま》の当たりにして感心した。

Hちゃんと会ったのはそれから数日後だ。

いつものように青山のマンションで夕食を終えて客待ちの時間に入ろうとした時だ。玄関のチャイムが鳴った。リビングのテーブルにはサンドイッチの食べ残しが置かれてあった。メグミがキッチンに走りサトルはベッドメイキングに立ち上がった。僕は洗面所に走る。

化粧の仕上げをしていた真美が玄関口に出た。

「客じゃあないわよ。わ・た・し。Hよぅ」

訊きもしないのに、外で男の甘えた声がした。

「あら、Hちゃん、どうしたの？」

気抜けした真美の声と同時に、Hちゃんと呼ばれた男が煙草を咥え、体を左右に揺らしながら入ってきた。長身で痩せた体に四角い顔をしている。カールがかかった髪をしているがどう見ても女装の似合う顔とは言い難い。意外だったのは、新宿の『風月堂』で僕が何回か見かけたことのある顔だった。いつも『風月堂』の窓際の席に座ってクラシック音楽を聴いている。時々レコードジャケットを手にし熱心にライナーノーツを読みふけっている姿を見たことがある。

Hちゃんは室内を見回しながら横尾忠則のイラストに目をとめた。

「彼の絵って良い味出しているわよね」

独りごちながら鏡の前で化粧する真美の後ろに立った。

「あら、真美ったら随分奇麗になったわね、男ができたんでしょう」

「当たり前でしょ。私、あんたみたいにブスじゃないもん」

「何よ、それ。言ってくれるじゃないの」

そう言って真美の座る椅子の脚を軽く蹴飛ばした。

鏡に映るHちゃんを真美が睨みつける。

「何よ、その顔。嬉しいんなら嬉しいって素直になればいいものを、可愛くないんだから」

今度はアカンベーの舌を真美に向けて出した。サトルが二人の会話を聞いていた。

「商売どうなの？」

「駄目よう、あんたのとこはどうなのよ」

「ぼちぼちってとこね」

「この商売長く続けたいんならお金貯めようなんて考えたら駄目よ。楽しくやっていければそれでいいの」

口ぶりからしてHちゃんも同業者のようだ。

一通り室内を見回すと僕に目をとめて言った。

「あら、どうしてここにフーゲツのフーテンがいるの」

フーゲツとは、『風月堂』の常連が使う店の呼称だ。

「彼、うちの用心棒なの。最近は物騒で安心して商売していられないんだから、嫌な時代になっちゃったわよね」

真美が説明するが、Hちゃんはさして関心を示さない。

「なによ、ただのあんたのコレじゃないの。どう、お味の方は？」

僕を舐めるような目で見る。

「やめてよ、本当に用心棒だけなんだから」

真美が躍起になって打ち消す。

「分かったわよ、はいはい。それよりさ、この夏、銀座や新宿で車道の車を遮断して、歩行者天国にするなんて浮かれているけど、これってどうかと思わない？　通りに面した店はいいわよ。黙ってたって客が押し寄せるんだから。だけど、下町の商店街はどうなるのよ。客を歩行者天国に持って行かれるだけ。結局、割食うのは客を根こそぎ持っていかれる下町よ。これって、日の当たらないオカマの私たちの生き方に似ていると思わない」

美濃部亮吉都政が提案した車を車道から閉めだす「歩行者優先」政策は、都民の話題になっていた。買い物も便利になり、開放感が生まれるといって新聞等の報道は賛成論ばかりが並んでいた。Hちゃんの視点は、それとは全く反対の弱者の側に向けられている。チェーンスモーカーのようで煙草が手から離れない。

Hちゃんは時計を見た。

「朝くらい顔を出さないと、うちの子たち店の掃除もおざなりなんだから」

昼夜を逆転して生きるオカマたちにとって、夜の八時は朝といったところのようだ。

「あんた今度フーゲツで会ったら、コーヒーくらい奢ってあげるから声かけなさいね」

Hちゃんはそう言うと僕の肩を叩いて帰っていった。

真美が言うには、Hちゃんは台湾生まれで父親が台北《タイペイ》で大きな病院を経営している。母親が日本人で、その母親の意向を受け東大の工学科に入学した留学生だそうだ。

「Hちゃんは私たちと違って、親から好きなだけ仕送りしてもらえる身だから働かなくてもいいの。贅沢三昧でいい身分なのよ」

ということは仕事はお遊び程度ということか。

それ以来、『風月堂』で顔を合わせると挨拶をするようになった。


そのHちゃんと、社会人になった僕が再び顔を合わせることになるのは一九八三年六月二十九日のことだ。その前日、俳優のOが飛び降り自殺した。僕はフーテン時代に知り合った麻雀仲間の漫画家の紹介で週刊誌の記者になっていた。

「Oは前夜午前四時五十九分、新宿の京王プラザホテルの最上階、四十七階からガードマンの制止を振り切って飛び下り百七十八メートル下に転落。全身打撲で即死しました」

事件の速報を伝えるアナウンサーの声を僕は週刊誌の編集部で聞いていた。貴公子然とした柔和な笑顔を浮かべる俳優Oの写真がブラウン管に映しだされると、続いて彼の所属プロダクションの社長の姿をカメラが追っていた。

《××プランニング社長T・H氏》とテロップが流れた。

社長は、ハンカチを手に泣き崩れたままレポーターの差し出すマイクに顔を上げようともしない。ようやくカメラに映った男の顔を見て僕は目を疑った。なんと、あのHちゃんだったからだ。

まさかと思い目を凝らして見たが人違いではなかった。

担当デスクに、T・H氏が昔の知り合いであることを告げるとさっそく「俳優O自殺の真相」の取材スタッフに組み込まれた。

《俳優Oは芸能界デビューに尽力してくれたT・Hさんと同性愛関係にあった。スター街道に乗って仕事が増えると共演した女優と恋愛関係になった。結婚を考えるようになったが、自分を売り出し育ててくれた養父のT・Hさんに恩義を感じ結婚話を切り出せなかった。自分の抱える異常な関係を彼女に告げることもできず、思い悩んだ末の自殺だった》

これはマスコミが描いたOの自殺の真相だった。

ある日、Oとの関係で、取材陣の厳しい突っ込みに辟易《へきえき》して逃げ回るHさんの後を僕は追いかけて声をかけた。

「Hさん、僕だよ。新宿でフーテンしていた高垣」

Hさんが足を止めて振り向いた。僕はフーテン時代と違って紺のフィッシュボーンのジャケットに赤と紺のストライプのネクタイを締めていた。Hさんは、そんな僕を暫く黙ったまま見つめ記憶を呼び戻そうとしているようだった。

「あんた、あのときの……」

オカマの売春宿にいた男がどうして此処にいるのかと、不思議そうな目をした。フーテン時代に知り合った漫画家の紹介でこの仕事に就き、編集部からの指令で、今回の一連のできごとの取材に動いている旨をかい摘《つま》んで話した。

「そうなの、あんたが芸能記者に……」

「そんな訳で、話を聞きたくて来たんですよ」

Hさんはタクシーを止めると僕に先に乗れと言った。

赤坂東急《あかさかとうきゅう》ホテルと行き先を告げ、車が走り出すと僕の身なりを確認するようにネクタイに手を掛けた。

「あんた、フーテンを抜けだして上手く社会に溶け込んだのね。溶け込みたくても溶け込めない、そんな人間が世の中には沢山いるのよ」

そう言うと窓の外に目を向けた。僕にはその理由が分からなかった。ホテルに着くと二階のエスカレーター正面にある喫茶店に入った。周囲を見回す。相当警戒心を強めている。顔見知りがいないことを確認するとコーヒーを注文して煙草に火を点けた。

「Oは、あんたと同じように新宿でフーテンをしていたの。でも、あの子の育ちの良さが災いして、あまりに汚らしいフーテン生活に耐えられなかったのよ」

そこから話が始まった。大分の別府に生まれ育ったOは、中学卒業を間近に控え進学先の高校も決まった夜に、家族とある揉め事を起こして家出した。行く当てもなく東京駅に着くと新宿に出てフーテンに混じってモグラ生活をしていた。

こんな暮らしもフーテンたちは気儘な生活として気にとめることはないが、良家の子息として清廉潔白に育てられたOは乱雑で汚らしいフーテン生活にどうしても馴染めなかった。

未成年者を迎え入れる職場は少ない。仕方なく水商売に足を踏み入れ、浅草の女装バーを皮切りに職場を転々として池袋のゲイバー『グレ』に流れついた。この店は「売りセンバー」で、店に男を求めてやって来る客と買われることを目的に働くボーイとの社交場だった。

客として出入りしていたHさんが、Oと知り合ったのもこの店だ。Oはモデル事務所に籍を置いて役者の道を模索していた。Hさんは、Oが芸能界に憧れを抱いていることを知るとOの芸能界デビューを目指して奔走した。Hさんの人脈と先行投資が実って数々の映画やテレビドラマに出演するようになる。

石原裕次郎《いしはらゆうじろう》と共演した『太陽にほえろ!』で人気に火が点くとOを取り巻く環境も激変していった。仕事の本数も増え、共演した女優に恋心を抱くようにもなった。

「あの子は、ある女優との付き合いが長かったの。結婚を真剣に考えていたことも知っているわ。だけど、私は敢《あ》えて反対することはしなかったの」

本当にそうだったのか。HさんとOはオカマ同士の結婚と言われている養子縁組をしていた。OはHさんの自慢の恋人だった。返しても返しきれないほどの恩義を感じているOが、女優の恋人ができたことでHさんとの三角関係に思い悩むのは当然のことだろう。生きるために女装し、売りセンボーイをしながらOがようやく掴んだ夢だ。

Oの投身自殺の真相を掴もうとするマスコミの動きは当面収まることはないだろう。連日押し掛けるであろうマスコミ対策に、僕が窓口に立つことを約束するとHさんは喜んでくれた。

Hさんと行動を共にし、後日Oが働いていたという浅草の「売りセンバー」に案内された。

「ここがオカマたちの館よ」

Hさんに連れられて行った店は、千束《せんぞく》通りから路地を一本中に入ったところにある小さなビルだった。

一階がカウンター形式の飲食店で、食事をしながら客同士が会話を交わし、気の合う相手が見つかると、フロアーの正面にある風呂場で体を清め合う。支給された浴衣を着ると客同士のお楽しみの場となっている二階と三階にある畳敷きの部屋に向かう。

僕もHさんに連れられて二階の部屋に入った。薄暗い十五畳ほどある部屋のいたるところで親亀と子亀のように男同士が体を重ねて転がっていた。

上に乗る男の腕が、相手の顔を自分の方に向けさせて唇を重ねている。重なった唇の隙間から漏れる呻き声。熱気で噎《む》せ返るその部屋は座っているだけで汗ばんでくる。漂う生臭い臭いにも耐えられなかった。

僕は堪らずHさんの腕を引いて部屋を出た。

帰りの電車で僕が黙っているとHさんが言った。

「Oも、あんな具合に男たちに弄《もてあそ》ばれていたのよ。それも生きるためには仕方なかったのね」

Hさんの話で、真美とサトルが話していた会話を思い出した。

「体を売らないと生活していけないノンケの男の子たちって可哀想よね。中年の脂ぎったオカマに買われると人生を狂わされちゃうんだから。たとえ足を洗うことができても、オカマに汚された体はフラッシュバックのように悪夢となって突然蘇ってくるんだって」

僕は、Oの自殺の原因がそこにあったように思えてならない。

自殺してしまったOに尋ねることもできず、真相は永久に闇に葬られることになってしまった。

オカマの売春宿。割の良いバイトではあったが、オネエ言葉になったとケン坊に言われたことで、知らぬうちにオカマの世界に取り込まれている自分が怖くなった。この仕事を紹介してくれた津田は、見切りをつけてヨーロッパに放浪の旅に出た。津田が真美たちとどんな関係にあったのかは知らない。

結局、僕は四か月ほど働き夏休み前に辞めることを申し出た。

街頭詩人に戻って酒を飲み、夜通しジャズを聴いて一番列車の山手線に乗り込む。そんな日常が戻った。

その日も地下道に座って詩集『さりげなく』を売り、そのお金で酒を飲み夜通しジャズを聴いた。明け方の冷たく澄んだ空気が夜明けの新宿の街を包む頃、僕は山手線の始発に乗り込んだ。

寝不足の重たい体を座席に預けた途端ぐっすりと眠りこんでしまった。ふっと目が覚めると僕の周りを通勤のサラリーマンたちが不機嫌な表情で埋め尽くしていた。

隣に座る男の新聞の活字を見ると《今日も光化学スモッグ注意報が出るだろう》と書かれている。現実に引き戻された。この満員電車の乗客と深夜に生きるオカマたちとの接点は何処にあるのだろうか。オカマたちと通勤客、フーテンをしている僕。どれがまともな生き方なのか答えようがない。

※この物語は1960年代後半から1972年が舞台であり、実際の事件や当時の社会風俗を丹念に取材し構成した作品です。本文中に浮浪者・トルコ風呂・沖仲仕・屑屋・乞食など、今日的な観点からみて不快・不適切と思われる呼称や表現がありますが、作品の時代背景、物語の設定に鑑み、そのまま使用しました。

また最終話『オカマの売春宿』中にオカマ・ゲイ野郎など、同性愛者や性同一性障害に対する不快・不適切な呼称・表現・揶揄が含まれています。しかしながら、物語の根幹に関わる舞台設定と登場人物たちのキャラクターを考慮した上で、当時使われていた呼称等をそのまま使用しました。もとより差別の助長を意図するものではないことをご理解ください。（編集部）

※この物語はフィクションです。実在の人物が登場する場面も、作者の実体験に基づく創作です。

高部務（たかべ・つとむ）

1950年山梨県生まれ。新聞記者、雑誌記者などを経て、フリーのジャーナリストに。新聞や雑誌で執筆を続ける傍ら、『ピーターは死んだ―忍び寄る狂牛病の恐怖―』や『大リーグを制した男　野茂英雄』（ともにラインブックス刊）などのノンフィクション作品を数多く手がける。本書は、フィクション一作目となる『新宿物語』（小社刊）の続編である。

新宿物語《しんじゅくものがたり》 '70《ななまる》

2016年7月20日　初版1刷発行

著　者　高部《たかべ》 務《つとむ》

発行者　鈴木広和

発行所　株式会社 光文社

〒112-8011　東京都文京区音羽1-16-6

電話　編　集　部　03-5395-8254

　　　書籍販売部　03-5395-8116

　　　業　務　部　03-5395-8125

URL　光　文　社　http://www.kobunsha.com/

組　版　萩原印刷

印刷所　萩原印刷

製本所　ナショナル製本

落丁・乱丁本は業務部へご連絡くだされば、お取り替えいたします。

ISBN978-4-334-91108-9